JULIEN

ou

LA FIN D'UN SIÈCLE

PAR

Félix BUNGENER

AUTEUR DE : *Un Sermon sous Louis XIV*
DE *Trois Sermons sous Louis XV*
DE *Voltaire et son Temps*, ET DE L'*Histoire du Concile de Trente*

TOME TROISIÈME

PARIS

J. CHERBULIEZ, LIBRAIRE-ÉDITEUR
10, RUE DE LA MONNAIE

A GENÈVE, MÊME MAISON

A LEIPZIG, TWIETMAYER

M D CCC LIV

JULIEN

ou

LA FIN D'UN SIÈCLE 732

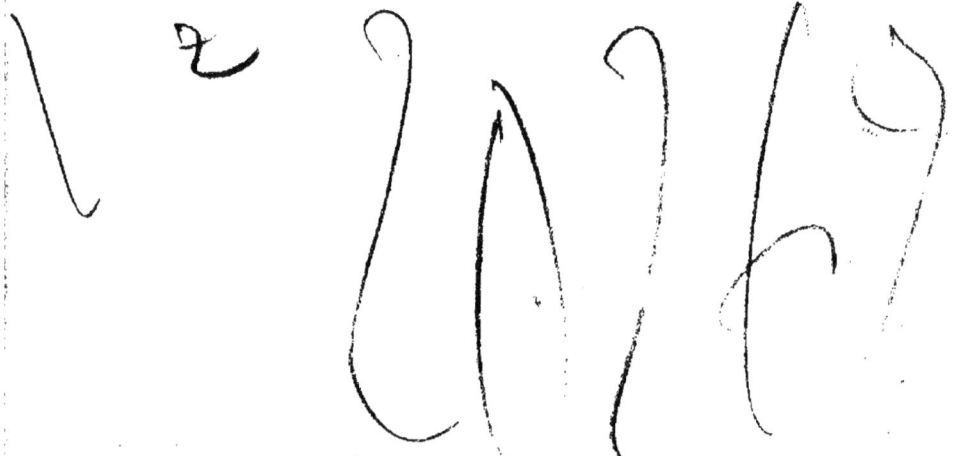

JULIEN

ou

LA FIN D'UN SIÈCLE

PAR

Félix BUNGENER

AUTEUR DE : *Un Sermon sous Louis XIV*
DE *Trois Sermons sous Louis XV*
DE *Voltaire et son Temps*, ET DE *l'Histoire du Concile de Trente*

TOME TROISIÈME

PARIS

J. CHERBULIEZ, LIBRAIRE-ÉDITEUR
10, RUE DE LA MONNAIE

A GENÈVE, MÊME MAISON

A LEIPZIG, TWIETMAYER

M D CCC LIV

I

Nous voici arrivés au milieu de cette histoire. Nous avons suivi pas à pas le long enfantement de la foi de Julien, et, du milieu des ruines de tout genre que nous contemplions s'entassant sur le vieux sol monarchique et catholique, nous avons entendu sortir ce mot, symbole d'une création nouvelle : « Je suis chrétien. »

Mais ce n'est qu'à Dieu qu'il appartient de créer d'un mot un univers. La voix de Julien était condamnée à se perdre au milieu du tumulte; des ruines nouvelles allaient recouvrir ce germe lentement sorti des anciennes. Ce siècle avait mis trop de haine à déraciner l'arbre chrétien; il ne méritait pas de se reposer, en mourant, sous son ombrage. Dieu est miséricordieux aux individus, terrible aux peuples.

De 1780, où nous étions, nous arrivons à 1784. Le siècle est plus vieux de quatre années, et il s'en réjouit, car il croit avoir approché d'autant de l'âge d'or que lui ont promis les rhéteurs. Leur rôle, à eux, est fini; ils se croisent les bras, et ils regardent. Plusieurs sont morts; plusieurs mourront dans peu. L'an passé, c'était d'Alembert; dans quelques mois, ce sera Diderot. Leurs amis trouvent généralement qu'ils font bien, et ils avaient déjà trouvé, eux, comme nous l'avons vu, que Voltaire était mort au bon moment. Les vieux, en temps de révolution, sont toujours plus ou moins un embarras. Ils se croient les successeurs naturels de toutes les puissances renversées; il faut les renverser eux-mêmes et leur passer sur le corps, ce qui a un air d'ingratitude qu'on aime autant ne pas être obligé d'avoir. Qu'ils meurent donc avant d'entrer dans la terre promise. On mènera grand deuil autour de leurs mausolées, mais on serait bien fâché qu'ils en sortissent pour se mettre à la tête des vainqueurs.

Cependant, reconnaissons-le, la période entre 1780 et 1788 est celle où nous apercevons, à quelques exceptions près, le plus de bonne foi et de bonnes intentions, le plus de sagesse même. On commençait à ne plus démolir uniquement pour démolir, et, bien que n'ayant encore ni les matériaux ni le plan, on songeait sérieusement à reconstruire.

C'était donc une halte, en quelque sorte, entre la théorie et la pratique. La théorie, qui avait été si vague, si imprudente, souvent si niaise, même

chez les meneurs de premier ordre,—on sentait que
son règne était passé; la pratique, qui allait être
ou si téméraire, ou si folle, ou si stupidement
cruelle, — on ne l'abordait pas encore, et même
on semblait prendre toutes les mesures nécessaires
pour l'aborder sagement. Un puissant développement scientifique, outre l'avantage d'offrir un dé-
bouché à de nombreuses ambitions, avait encore
celui de contenir, par l'étude des faits, une géné-
ration qu'on avait accoutumée à n'en pas assez
tenir compte dans la philosophie et dans l'histoire.

Mais la science elle-même se ressentait de cette
fâcheuse habitude. Si les faits n'étaient pas dé-
daignés ou travestis, on manquait généralement
de mesure dans l'appréciation de leur valeur. À
chaque pas, on se croyait énormément plus avancé;
tout le monde avait, semblait-il, les fameuses bottes
de sept lieues. Tout ce qu'on voyait surgir avec
certaines marques d'originalité, de fécondité, on
l'accueillait comme un gage assuré des plus magnifiques choses; toute porte s'ouvrant voyait se précipiter des hommes prêts à se croire à deux pas de
l'infini. De là cet inextricable pêle-mêle de la politique, des sciences, de la morale, des arts; de là ce
progrès mi-parti de mysticisme et de matérialisme,
de belles découvertes et d'espérances ridicules.

II

Un jour donc de cette même année 1784, des cavaliers, suivis de cinq ou six domestiques, galopaient à quelques lieues de Paris. A les voir franchir fossés et haies, on aurait dit une course au clocher ; mais ils quittaient quelquefois la ligne droite, et quelquefois même ils s'arrêtaient comme pour délibérer. Tous ils avaient constamment l'air de chercher quelque chose dans le ciel.

En suivant la direction de leurs yeux, nous aurions fini par découvrir, à une hauteur immense, un point noir. C'était ce point qui leur servait de boussole à travers monts et vaux, champs et rivières. Il allait tantôt d'une vitesse à désespérer les chevaux, tantôt si lentement qu'on ne le voyait pas remuer, et qu'on ne savait plus de quel côté marcher pour le suivre.

— Accroché à un clou, je crois... dit un des cavaliers.

— Il monte et descend, monseigneur... Il change de grosseur à tout moment...

— Votre lunette, Sillery... Bien... Mais je ne
vois rien de plus qu'avec mes yeux... C'est trop
haut... Le soleil m'aveugle... Et puis, ma foi, j'ai
faim...

— Monseigneur veut-il...

— Oui.

Deux domestiques sautèrent à bas de leurs chevaux. En un clin d'œil, il y eut sur l'herbe une
nappe, et, sur cette nappe, un pâté, un poulet, un
pain, sans oublier une bouteille supérieurement
bouchée. Le duc de Chartres — c'était lui — prit le
poulet, arracha une aile, et...

— Au diable !... cria-t-il.

Le point noir s'était remis à marcher, et avait déjà
fait un quart de lieue. On courut aux chevaux et on
se remit à galoper. Le prince allait comme le vent.
Seigneurs et valets n'en pouvaient plus.

— Arrivez !... arrivez !... leur criait-il.

— Monseigneur a... en... en vérité... des... des
ailes...

— *Des* ailes ?... Non... Rien qu'une...

Il jeta l'os, très-passablement rongé. Et tous de
rire. Mais ils étaient rendus.

— Vous verrez, reprit-il, que nous irons jusqu'à
Meaux...

— Si ce n'est plus loin...

— Où est-il ?... Eh ! le voilà encore arrêté... Nous
le dépassons... Où est l'autre aile ?

Les deux valets de bouche arrivaient à toute bride.
On leur cria de donner le poulet à Son Altesse. Ils

1.

crurent n'avoir qu'à le prendre ; mais point. Le
poulet était tombé en chemin.

Son Altesse lâcha un jurement épouvantable ; puis
elle se souvint qu'on doit être philosophe, surtout
quand il reste un pâté. — Adieu mon aile, dit-il.
Au fait, vous n'auriez plus pu me suivre...

Tandis que le calembour fait de nouveau l'admiration des courtisans, profitons de la halte pour dire
en peu de mots de quoi il s'agissait.

Mais on l'a depuis longtemps compris. Ce point
noir, c'était un ballon.

Au milieu de cette fermentation universelle que
nous avons montrée s'alimentant de toutes choses,
une découverte de ce genre avait de quoi exciter
plus qu'aucune autre l'admiration et l'enthousiasme.
A l'attrait fantastique, dont les gens graves se seraient défiés, elle joignait celui d'un fait acquis,
palpable, scientifique. On pouvait discuter les espérances du vulgaire ; mais les repousser ou s'en
moquer, personne ne le pouvait ni ne l'osait.
« A quoi cela sert-il !... » disait quelqu'un, dans
les premiers commencements. « A quoi sert l'enfant qui vient de naître ? » avait répondu Franklin ; et ce mot avait eu un retentissement d'autant
plus grand que Franklin était des plus froids à
l'endroit du magnétisme, cet autre engouement du
temps.

Aussi les rêveurs de profession — et il y en avait,
nous l'avons dit, un grand nombre ; — se donnaient
largement carrière sur ce nouveau terrain, où le

progrès semblait ne devoir pas rencontrer plus de
limites que les ballons eux-mêmes dans l'espace. La
question du possible, on ne l'abordait même pas.
La grande, l'unique affaire, c'était, disait-on, de se
hâter, de ne pas se laisser devancer par les Anglais,
si habiles à profiter de toutes les découvertes. L'art
de la guerre allait changer; maint philanthrope se
croyait déjà obligé de n'admirer qu'en faisant ses
réserves, et de gémir sur cette nouvelle carrière ouverte au génie des combats. On peignait les batailles
qui se livreraient dans les nuages; on entendait déjà
le bruit de l'artillerie se mêler à celui de la foudre.
Les optimistes répondaient que le remède serait à
côté du mal; qu'avec des moyens si rapides, si faciles, de communiquer entre eux, les peuples ne
pouvaient manquer de devenir des frères, et d'abjurer, dans une douce harmonie, leurs vieilles inimi-
tiés. Hélas! ce que l'on rêvait par les ballons, —
l'anéantissement de la distance, — le voilà accompli
par les chemins de fer et les télégraphes électriques.
Les peuples sont frères... en temps de paix. Et encore!...

En attendant la fraternité universelle, l'envie
n'avait pas manqué de disputer à Étienne Montgolfier l'honneur de sa découverte. Le hasard, disait-on,
en avait fait tous les frais. Montgolfier avait vu s'élever un linge gonflé par de l'air chaud; tout était là.
— Sans doute; comme la gravitation universelle
était dans toutes les pierres qu'on avait vues tomber depuis Adam jusqu'à Newton.

Les Montgolfier habitaient Annonay. Ils invitè-
rent un jour les États du Vivarais, réunis dans cette
ville, à voir *une expérience de physique*. On vit
donc — c'était le 5 juin 1783 — un grand sac de
toile, doublé de papier, se gonfler, s'élever à un millier de toises, et tomber à une lieue environ. Peu
après, l'expérience était répétée à Paris, aux acclamations d'une foule immense, et deux hommes se
décidaient à tenter la navigation aérienne. Partis du
château de la Muette, Pilâtre du Rozier et le marquis d'Arlande passèrent par dessus Paris, et descen-
dirent sains et saufs sur la route de Fontainebleau.

Le procédé des frères Montgolfier ne consistait
qu'à raréfier l'air atmosphérique, dans l'intérieur
du ballon, au moyen d'un réchaud placé dessous.
Leur secret n'était pas encore connu, lorsqu'un physicien de Paris, en le cherchant, trouva mieux.
Charles pensa que le plus léger des gaz, l'hydrogène,
qu'on appelait alors *gaz inflammable*, *air inflammable*, serait le meilleur à employer; c'était aussi,
après l'air chaud, le plus facile à produire. Aidé du
mécanicien Robert, il fabriqua un ballon de taffetas
dont l'ascension eut lieu au Champ-de-Mars avec un
succès complet. Louis XVI, qui s'était vivement in-
téressé et aux essais et à la réussite, ordonna de
joindre aux cadeaux qu'on envoyait à l'empereur de
la Chine « douze ballons de taffetas, disent les *Mémoires secrets* [1], avec des bouteilles d'acide vitrio-
lique et tous les instruments, ustensiles et directions

[1] 12 janvier 1784.

nécessaires, adressés aux anciens missionnaires qui sont à Pékin, dans le palais de l'empereur. »

Le procédé de Charles était déjà connu lors de l'ascension de Pilâtre; mais celui-ci avait préféré la *Montgolfière*. Le danger du réchaud lui paraissait moins à redouter que celui d'un gaz qu'enflammerait, pensait-il, l'électricité des nuages. Il eut l'imprudence, plus tard, de vouloir combiner les deux systèmes, et ce fut, comme on sait, ce qui lui coûta la vie.

Mais Charles s'était convaincu, par plusieurs expériences, que l'électricité ordinaire de l'atmosphère ne risquait point d'enflammer l'hydrogène. Il voulut en convaincre le public en se confiant lui-même à un ballon rempli de ce gaz, et le jardin des Tuileries fut mis à sa disposition pour cette solennelle épreuve. Paris, la France, l'Europe avaient les yeux sur lui.

Cependant des timides, peut-être des envieux, agissaient auprès de Louis XVI. Il se laissa persuader que le danger était grand, la catastrophe inévitable; qu'en permettant l'expérience, il permettait la mort d'un homme, ou plutôt de deux, puisque Robert devait accompagner son ami.

Tout était prêt. L'élite de Paris et de Versailles se pressait, depuis le matin, dans le jardin des Tuileries; la ville entière était sur pied. Un ordre arrive; il faut renoncer à l'entreprise.

Alors, murmure immense. On accuse l'aéronaute d'avoir lui-même sollicité en secret cet ordre qui lui épargne tout danger. Mais le baron de Breteuil, ministre de la maison du roi, était là. Charles court à lui, presse, supplie ; le public joint ses prières aux siennes ; le ministre consent. Peu après, le ballon s'élève.

Ce fut, à ce qu'il paraît, un moment comme personne n'en avait jamais vu un semblable. Les femmes se trouvaient mal ; les hommes, disent des témoins oculaires, semblaient tous perdre la raison. Beaucoup n'étaient plus même assez maîtres de leurs sens pour applaudir ou pour crier ; ils restaient immobiles, bouche béante, riant, pleurant, et ne comprenant même plus, aurait-on dit, ce qu'ils voyaient.

III

— Ce serait pourtant bien dommage, disait donc le
duc de Chartres, un œil au ciel et l'autre sur le pâté,
qu'on eût écouté le...

Il fit signe aux valets de s'éloigner.

— ... le soliveau... poursuivit-il.

C'était le nom mignon qu'on donnait à Louis XVI
dans la société du duc de Chartres.

— Il va se fâcher tout rouge, dit le marquis de
Sillery [1].

— Il se fâchera, si cela va mal...

Ce mot peignait assez bien Louis XVI, toujours
soumis aux événements, et ne sachant vouloir, pour
ainsi dire, qu'avec leur permission.

— Mais il ne se fâchera pas, reprit le prince, car
tout ira au mieux. Je ne regrette, quant à moi,
qu'une chose... c'est de ne pas être là-haut...

[1] Le comte de Genlis. Il avait pris ce nom à la mort de
son frère aîné. Sa femme garda l'autre.

— Oh! monseigneur...

— Oui... et avant peu, vous verrez...

— Une vie si précieuse...

— Précieuse à qui?... à quoi?... Qu'ai-je à faire?... Que fais-je?... Vous rappelez-vous, Sillery, ce que je disais à Franklin quand je voulus aller en Amérique?... Il y a six ans de cela; et qu'en ai-je fait, de ces six ans?...

— Votre Altesse en a fait tout ce qu'il lui était permis d'en faire.

— Sans doute... c'est-à-dire rien. Franklin me disait d'aller me battre. J'y allai. Le combat d'Ouessant semblait se donner exprès pour m'aider à sortir d'obscurité... Et vous savez comme il m'a réussi...

— Des calomnies...

— Qu'importe? *Il en reste toujours quelque chose,* comme dit l'autre. Quelque chose! Tout est resté. Aux yeux des trois quarts de la France, Sillery, je suis un lâche...

— Mais, monseigneur...

— Pas de *mais...* Vous êtes peut-être les premiers à le penser, si ce n'est à le dire... Voilà le comte d'Artois, mon ami jusqu'ici, qui m'abandonne...

— Votre Altesse sait bien pourquoi.

— Oui. Il prétend que c'est à cause de mes constructions au Palais-Royal; il ne veut plus, dit-il, d'un prince qui loue des boutiques. Mais il y a long-temps qu'il ne cherchait qu'une occasion. Il a été si brave, lui, à son siége de Gibraltar! On a dit qu'il n'était venu à l'armée que pour donner des repas

aux officiers, et que sa batterie de cuisine leur avait
fait plus de mal que toutes celles des Anglais. Mais
le voilà revenu en triomphateur, en héros ; et moi...
Eh bien ! on me ferme la mer, on ne me fermera
pas les nuages... Mais en avant ! en avant !...

On repartit au galop.

IV

Mais ce n'était pas seulement à Paris et près de Paris que tous les yeux étaient fixés sur le triomphant aérostat. On ne voyait, à dix lieues à la ronde, que des gens le suivant ou le cherchant.

Grande était l'attente, surtout, dans les châteaux, chez ces bons nobles campagnards assez instruits pour apprécier la découverte, et assez sevrés de distractions pour se promettre un immense plaisir de celle qui allait leur arriver. Que de vieilles lunettes nettoyées! Que de vieilles dames parlant de leur bonne vue de jadis!

Une heure, ou environ, avant le moment où on pensait que le ballon allait paraître au-dessus de Paris, nous aurions retrouvé sur la terrasse du château de Clamière les divers personnages que nous avons vus et entendus, quatre ans auparavant, autour de l'antique cheminée.

Rien, d'ailleurs, ne nous eût paru changé, sauf

que le chevalier n'avait plus le bras en écharpe; et
rien, en effet, n'était changé. Le père était grave,
l'oncle ardent, les filles modestes, les fils beaux officiers, et la cousine...

Car elle était aussi là, la cousine; et c'était toujours celle qui avait fait dire aux deux cousins,
comme Hélène aux vieillards de Troie : « Elle est
bien belle! »

Sa beauté, en perdant peut-être un peu d'éclat,
avait acquis d'autres charmes. Elle était moins grave
et plus touchante, moins imposante, et plus que
jamais capable d'imposer.

— Que je suis heureux de vous revoir, ma nièce!...
disait le père. Près de quatre ans!... Il me semble
tantôt que c'était hier, et tantôt qu'il y a un siècle.
Vous dites donc qu'il se fait vieux, Rabaut?

— Oui; bien vieux. On dirait qu'il retrouve toutes
ses fatigues de jadis.

— C'est comme nous, gens de guerre, dit l'oncle,
frottant son vieux rhumatisme. Tant que la machine va, elle va; quand elle s'arrête, elle s'arrête.
Un vieux soldat se sent tomber sur le corps tout ce
qu'il a secoué dans sa jeunesse; la nature l'attend
avec sa note à payer, et pas un article n'y manque.

— Pauvres soldats que nous, reprit le baron, en
comparaison du vieux Rabaut! Nous n'avons pas
dépensé en sept ans, dans toutes nos guerres d'Allemagne, autant de courage que lui dans sept mois
quelconques de sa vie; et peut-être dans sept semaines. Mais enfin, ce temps est passé.

— On l'espère, dit Marie.

— Les assemblées se font en toute liberté, n'est-
ce pas ?

— Oui ; aussi le clergé est furieux. Les mandements
sont pleins de lamentations menaçantes ; les prônes
rappellent ceux de la ligue.

— Quels hommes !

— Dites plutôt : « Quelle Église ! » C'est elle qui
les condamne à rester ce qu'ils ont été...

— Et qui se condamne elle-même à rester into-
lérante.

— C'est son premier châtiment. Elle ne peut pas,
le voulût-elle, effacer les malédictions qu'elle a pro-
noncées contre nous quand elle espérait nous écraser.

— Elle ne le veut pas plus qu'elle ne le peut. Vous
rappelez-vous le curé Cambel ?

— Il est toujours ici ?

— Oui. Eh bien, sous sa politesse parfaite, j'ai
souvent aperçu un homme qui nous déteste, et qui
serait impitoyable dès qu'il en aurait l'occasion...

— Je le crois...

— Et il y en a bien peu qui ne soient, au fond,
comme lui. Nos assemblées étaient libres depuis
plusieurs années, que le gouvernement n'osait pas
donner au clergé le déplaisir de voir sortir du
bagne les galériens protestants, condamnés jadis
pour assemblées. Les deux derniers n'ont reçu leur
grâce qu'en 1775, après trente ans de galères [1].

---

[1] Antoine *Riaille* et Paul *Achard*, condamnés par arrêt du
parlement de Grenoble, le 26 février 1745.

— La tour de Constance a été vide quelques années plus tôt; mais on sait aussi ce qu'il a fallu de sollicitations, et combien le gouvernement, quoique disposé à faire grâce, redoutait les cris du clergé.

— Avez-vous vu quelqu'une des prisonnières?

— Deux; les seules, je crois, qui soient en vie.

— Elles devraient vivre un siècle.

— La tour vivra.

— Vous l'avez visitée?

— Oui, et avec M. Rabaut. C'est là qu'il faut le voir et l'entendre! Il semblait rajeuni de quarante ans. J'ai compris ce qu'il devait être dans ce qu'il appelle son beau temps, c'est-à-dire le temps où il ne savait jamais s'il ne serait pas pris ou tué dans la journée. Puis...

Mais un cri joyeux interrompit l'entretien, et tout le monde courut au bord de la terrasse. Le chevalier venait d'apercevoir ce que tous les yeux cherchaient. Le ballon n'était déjà plus au-dessus de Paris, et paraissait venir dans la direction du château. Mais il était encore à plusieurs lieues.

On resta quelques moments immobile. Le premier transport apaisé, il y avait comme un besoin de se recueillir un peu pour calculer la grandeur du prodige, et presque pour se demander si on devait y croire.

Tandis que les exclamations reprennent, suivons Marie de Clavigny dans ce petit pavillon où le vieux baron vient de la conduire.

— Eh bien, ma fille, lui disait-il, vous voilà de

2.

retour, et je ne sais pas encore ce qui vous fit partir.
Vous paraissiez vous plaire au milieu de nous; vous
aviez passé paisiblement la soirée avec nous. Le
lendemain, tout à coup, vous annoncez que vous
retournez à Nîmes. J'ai craint qu'un de mes fils ne
vous eût peut-être offensée. Ils m'ont juré que non.

— Ils ont dit vrai.

— Je le vois bien, puisque vous revenez. Mais ne
serait-il pas temps de m'en dire enfin un peu plus?
Mes cheveux sont assez blancs, ce me semble...

— Ils le sont trop, monsieur.

— Non, Marie. Je suis bien sûr que vous n'avez
rien à me dire qu'un vieillard ne puisse entendre,
et que, moi, en particulier, je ne puisse comprendre.

— J'ai bien souffert, monsieur.

— Eh! ma fille, si je ne le voyais pas, croyez-
vous que j'insisterais ainsi?

Elle hésitait cependant encore. Il fallait commencer par avouer pourquoi elle était partie, et les
menaces de Cambel se retraçaient vivement à son
esprit. Il avait parlé d'un secret terrible, qui écla-
terait, avait-il dit, au premier mot qu'elle laisserait
échapper sur ce qui s'était passé entre elle et lui.
Puis, ce point dévoilé, il faudrait dévoiler le reste,
et la pureté de son cœur ne la rassurait pas sur ce
qu'une histoire de ce genre pourrait avoir d'étrange
aux yeux de M. de Clamière.

Enfin, elle se décida, et, une fois la confidence
entamée, ce fut elle au contraire qui aurait été fâ-
chée de n'avoir pas à la faire jusqu'au bout. Elle

éprouvait un soulagement indicible à franchir pleinement ce pas devant lequel elle avait toujours
reculé.

Laissons ce qu'on a déjà lu, et disons en deux
mots ce qu'avait été sa vie pendant ces trois ans et
demi.

Elle avait cru, sur l'assertion de Cambel, à la résolution de Julien de ne pas répondre à ses lettres,
de ne plus les ouvrir même; elle avait fait de son
mieux pour se persuader que Julien agissait sagement, et elle y était parvenue. Le cœur saignait; la
raison n'aurait pas voulu qu'il en fût autrement. Le
cœur lui-même, d'ailleurs, travaillait à se dépren-
dre, et n'était pas loin d'y réussir. Julien était-il
encore Julien? N'avait-il pas montré, en revêtant
cette odieuse robe, ou une bizarrerie, ou une faiblesse, ou une hypocrisie également dignes de mé-
pris? En repoussant Marie, il ne faisait que se reconnaître indigne de l'intérêt qu'elle avait conservé
pour lui. La barrière était désormais entre les âmes,
comme son vœu de prêtre l'avait déjà mise entre les
cœurs.

Ainsi raisonnait donc Marie de Clavigny. Mais elle
n'en était pas arrivée là sans des combats cruels, et,
même victorieuse, le vide restait grand. Cependant
elle s'était crue assez forte pour se retrouver sans
danger dans le voisinage de Julien. Le silence ob-
stiné de celui-ci — elle ignorait, on se le rappelle,
que Julien ne sût pas où lui écrire — le silence de
Julien, disons-nous, prolongé pendant près de quatre

ans, lui démontrait assez que ce ne serait pas seulement une démarche indigne d'elle, mais une faiblesse ridicule, que de chercher à le voir et de paraître ne l'avoir pas oublié. Aussi parlait-elle de lui avec une indifférence qu'elle pouvait croire complète, et qui, en effet, l'était presque.

Cependant le baron avait l'air assez inquiet et même assez embarrassé, tellement que Marie ne put s'empêcher de soupçonner qu'il en savait plus qu'il ne semblait en savoir.

Il ne savait pourtant que ce qu'elle venait de lui apprendre ; mais il la voyait dans l'erreur quant au fait même sur lequel s'appuyait sa résolution. Elle n'oubliait Julien que parce qu'elle le croyait devenu indigne d'elle ; et M. de Clamière, qui le connaissait depuis quelque temps, avait trouvé en lui l'homme nouveau dont nous avons raconté la naissance. Rien donc ne lui manquait maintenant de ce que Marie avait jadis essayé de lui donner, de ce qu'elle avait cru qu'il renonçait à posséder jamais. Cette transformation, qui aurait fait autrefois le bonheur de tous les deux, une triste fatalité voulait qu'elle menaçât de devenir une source nouvelle d'amertumes. Une fois la barrière enlevée entre les âmes, — le vœu du prêtre, hélas! n'en serait peut-être pas longtemps une entre les cœurs.

M. de Clamière hésitait donc à énoncer un avis, quel qu'il fût. Il feignit de s'apercevoir que c'était s'éloigner trop longtemps de la compagnie, et on entendait, en effet, sur la terrasse, un assez grand mouvement. Le ballon paraissait décidément vouloir passer au-dessus du château. Il grossissait de moment en moment, et déjà, avec le secours d'une lunette, on distinguait les deux aéronautes.

C'était aussi un curieux spectacle que celui de l'étonnement des paysans, rassemblés au pied de la terrasse. On sait l'effroi que des ballons ont causé, de nos jours encore, dans quelques villages reculés. Les vassaux du baron n'avaient pas précisément peur, rassurés qu'ils étaient par sa présence et par celle de sa famille; mais plus d'un était assez près de croire à quelque diabolique manigance où tous ces protestants pourraient bien être pour quelque chose, puisque l'affaire paraissait les intéresser si fort et les effrayer si peu.

Un grand bruit de chevaux vint tout à coup rappeler sur la terre tous ces regards fixés sur le ciel.

Nous n'avons pas besoin de dire quels étaient ces chevaux. On traversa le village au galop, non sans risquer d'écraser bêtes et gens; puis il fallut se ralentir, car on avait dépassé le ballon, et sa marche pouvait changer.

Le duc de Chartres passa donc assez lentement sous la terrasse. Il eut le temps d'être reconnu et salué; il eut aussi celui de voir...

V

A une lieue, ou environ, au delà du château, le ballon commença à descendre rapidement. On put comprendre que les aéronautes se proposaient de débarquer dans une grande prairie, laquelle s'étendait entre un village et un ravin.

La troupe du duc de Chartres, qui les précédait d'une ou deux minutes, s'arrêta donc en cet endroit.

Il y avait là un prêtre autour duquel s'agitaient des paysans, hommes, femmes, enfants, tout le village. Les uns avaient l'air de le prier, les autres de le menacer. Il faisait des signes de refus.

Le prince arriva droit au milieu de la cohue.

— Place!... place!... Qu'est-ce que c'est?

— Ils veulent...

— C'est vous, l'abbé!...

— Ils veulent me forcer d'exorciser le ballon...

— Place! tas d'imbéciles!...

Ils s'enfuirent. Le ballon arrivait; les aéronautes

criaient qu'on vînt le retenir. On voulut rappeler les
paysans, mais pas un ne bougea; il fallut que le duc
de Chartres et sa suite s'attelassent aux cordes, et le
ballon eut encore la force de les promener un moment par la prairie, à la grande jubilation des
manants.

Ce fut pourtant enfin une scène vraiment grande
que celle où on vit le prince serrer la main aux deux
amis, et les féliciter du succès de leur entreprise.
Ils avaient l'air, au premier moment, de se figurer
à peine que ce fût à eux qu'il s'adressait. L'émotion
du voyage, celle d'un pareil accueil, tout concourait
à leur stupeur ; on eût dit qu'ils avaient laissé leur
courage dans les nues, et que c'était maintenant la
terre, l'herbe, la vue des hommes, qui leur était
étonnante et nouvelle. Ils avaient su le projet du duc
de Chartres de se trouver à leur descente ; mais ce
souvenir, comme les autres, semblait ne leur revenir que peu à peu, à mesure que leurs poumons se
rouvraient à l'air des régions inférieures. Plusieurs
minutes se passèrent avant qu'ils pussent être tout
entiers à la joie de leur triomphe et aux félicitations
du prince.

Il les mena au presbytère. Quelques bouteilles de
la cave princière avaient survécu aux haltes et aux
secousses du voyage ; l'humble vin du curé leur céda
volontiers la place. Ce curé, qu'on avait été assez
surpris de voir connu du duc de Chartres, c'était
Julien.

Les deux aéronautes répondaient de leur mieux

aux questions qu'on leur adressait ; mais ils avaient, en somme, peu observé, et c'était, pour une première fois, fort excusable. Ils n'avaient guère que des impressions à peindre, celle surtout de la solitude et du silence qu'ils avaient trouvés à ces hauteurs. Les foules leur avaient paru d'abord des fourmilières, puis un peu de sable noirâtre, puis une simple nuance sur le sol. Paris ressemblait, disaient-ils, à une place couverte de cailloux. Dans les campagnes, tout paraissait uni, et il fallait bien regarder pour distinguer un château d'une chaumière.

— Avis à vous, l'abbé, dit le duc de Chartres. Voilà qui est bon à noter pour quand vous prêcherez sur l'égalité des hommes.

— Je prêche à des gens, monseigneur, répondit Julien, qui n'ont pas besoin qu'on la leur prouve.

— Ici, oui. Mais... Écoutez... Venez...

Le prince le mena dans le jardin.

— Ne deviez-vous pas, une fois, prêcher à la cour ?

— La reine m'en avait parlé.

— Et puis ?...

— Il n'en a plus été question.

— La voilà bien. Elle oublie tout, la reine, excepté ses rancunes.

Julien aurait pu répondre au prince qu'il ne paraissait guère, lui non plus, avoir oublié les siennes. Le duc de Chartres ne pouvait rencontrer un mécontent, ou un homme qu'il supposait devoir l'être, sans tâcher aussitôt de s'en faire un partisan.

— Je crois, dit Julien, qu'il n'y a pas eu d'oubli. On m'a desservi auprès du grand aumônier.

— Qui?

— Un de mes collègues, je suppose.

— Bien. Et c'est... calomnie?...

— C'est selon.

— Quelque sottise de jeunesse?... Il en a assez fait, le cardinal, sans compter celles d'âge mûr.

— Ce n'est pas cela, monseigneur.

— Vrai?... Ce doit être alors quelque délit philosophique. Il est si croyant, lui !...

— Je ne suis pas incrédule, monseigneur.

— Bah!

— Je suis ce qu'on pardonne généralement beaucoup moins...

— Quoi?

— Hérétique.

Le prince éclata de rire.

— Hérétique!... Hérétique!... Venez donc que je vous voie... que je vous regarde bien! Je croyais la race perdue... Hérétique!... Hérétique!...

Beaucoup de gens étaient prodigieusement étonnés, en ce temps-là, comme le duc de Chartres, quand ils voyaient un homme ne pas suivre ou le torrent catholique, ou le torrent voltairien. Ils ne comprenaient pas que la religion pût être encore une chose assez sérieuse pour qu'on se querellât sur ses doctrines.

Mais le sérieux de Julien mit un terme à l'hilarité du prince.

— Monseigneur, dit-il, je comprends qu'il serait

assez inutile de vous expliquer en détail pourquoi je
ne suis pas de la religion de tout le monde. Peut-
être a-t-on bien fait de me refuser la chaire ; car je
n'aurais guère pu ne pas dire ce que je pense, et il
en serait résulté beaucoup de bruit et peu de bien.
Qu'on me laisse dans mon obscurité. Dieu, avec le
temps, fera son œuvre.

— Et si on vous appelait ?... dit le prince.

— On ne m'appellera pas.

— Mais encore ?

— J'irais.

— Vous prêcheriez ?

— Je prêcherais.

— Bon. — Eh bien ?...

Ce dernier mot s'adressait à un officier du prince,
lequel venait de se montrer à quelques pas de lui et
paraissait avoir à lui parler. Le duc de Chartres alla
vivement à sa rencontre.

— Monseigneur, dit-il à demi-voix, c'est une
nièce du baron de Clamière... Elle n'est chez lui que
d'hier... Elle s'appelle mademoiselle de Clavigny...

Julien avait entendu.

VI

Quelques jours se sont écoulés. Nous sommes à Paris. Qu'est-ce que cette foule qui s'entasse?... Écoutons un peu ce qui s'y dit.

— J'étouffe!...

— Moi aussi...

— Vous?... Avec ces épaules d'éléphant?...

— Il me faudrait plus de place qu'à un autre, et j'en ai juste autant.

— Vous respirez par-dessus les têtes.

— Bien... Encore une corne de chapeau qui m'entre dans la bouche...

— C'était midi, je crois, quand nous nous sommes plantés là...

— Pas même.

— Et on ouvre?...

— A quatre heures.

— Il en est?...

— Il en est... Tonnerre!... On m'a volé ma montre...

— Le billet vous reviendra un peu cher.

— Ce n'est rien, si au moins j'entre.

— Il y a dix fois plus de monde après nous qu'avant nous...

— Et deux fois plus, avant nous, qu'il n'en faut pour remplir la salle.

— Si elle n'est déjà pleine...

— On dit qu'il ne s'en faut guère. Hébert, le marchand de contremarques, disait que des duchesses ont fait venir leur dîner dans les loges des actrices.

— Voilà trois heures qui sonnent.

— Est-ce pour dire que vous voudriez bien dîner aussi?

— J'ai mangé un morceau.

— Et vous en mangeriez bien un second...

— Mais oui.

— Messieurs, dit un petit homme qui se trouvait devant eux, — c'était celui dont le grand avait failli mordre le chapeau, — oserait-on vous offrir?... Partagez...

C'était un pain d'un sou. Ils l'acceptèrent avec le plus grand plaisir, et la connaissance fut faite. Faisons-la, nous aussi, avec ces trois personnages.

Celui qui avait donné le pain était vêtu avec un soin encore assez visible, malgré les longs froissements de la cohue. Il avait l'œil vif, les lèvres minces, la tête... Mais voilà que vous le reconnaîtriez, car vous l'avez déjà entrevu dans notre premier volume. Il est, si nous ne nous trompons, d'Arras, et s'appelle M. de Robespierre.

Le moins grand des deux autres, après quelques phrases échangées, parut aussi le reconnaître. Il lui demanda s'il n'avait pas fait ses classes au collége Louis-le-Grand, s'il ne se rappelait pas un de ses condisciples, plus jeune que lui d'un an ou deux, et nommé Desmoulins. L'autre parut enchanté de la rencontre, et se retourna que bien que mal, tant la presse était rude, pour serrer la main à son ancien condisciple.

Celui-ci lui présenta, autant que faire se pouvait, son large et grand compagnon. C'était un homme aux formes athlétiques, à la tête carrée, aux traits écrasés et rappelant presque ceux d'un nègre. Sa voix était rude, caverneuse; on pouvait douter, à son ton, si c'était un homme lettré ou un campagnard un peu monsieur. Mais rien n'était plus connu, au Palais, que maître Georges Danton, avocat au conseil du roi, et souvent avocat sans causes. Aussi le rencontrait-on perpétuellement dans la salle des Pas-Perdus, où sa taille, sa voix tonnante, son audace à tout dire, faisaient de lui le président-né des groupes de flâneurs qui se rassemblaient dans cette enceinte.

Il se trouva donc naturellement le président du petit groupe que nous venons de voir si bien serré, le 27 avril 1784, devant une des portes de la Comédie Française. La conversation s'était engagée; l'événement du jour en faisait, comme de raison, le sujet.

Cet événement, nos lecteurs l'ont peut-être de-

3.

viné. Le roi avait dit que *Figaro* ne se jouerait pas, et *Figaro* allait se jouer. Le roi de France, ce jour-là, c'était monsieur Caron de Beaumarchais.

L'autre roi avait donc cédé, pour ne pas dire abdiqué. Il avait même cédé de la pire manière, c'est-à-dire en remettant au public le soin de laver sa honte : tout le monde savait qu'il espérait la chute de la pièce. Il comptait donc sur les sifflets pour prouver à la fois et qu'il avait bien fait de la défendre, et qu'il jouait un excellent tour à l'auteur en lui fournissant maintenant l'occasion d'être sifflé.

Aussi se préparait-on à applaudir d'autant plus fort. « La pièce tombera, » disait quelqu'un à mademoiselle Arnould, l'actrice. « Oui, dit-elle; c'est une pièce à tomber cinquante fois de suite. » Elle se trompait, mais en moins. A la soixante et quinzième représentation, il y avait encore presque autant de foule qu'aux premières.

C'était par M. de Vaudreuil que Beaumarchais était enfin arrivé au terme de ce labeur de quatre années. Le comte avait obtenu de faire jouer la pièce dans son château de Gennevilliers, devant quelques personnes, avait-il dit au roi, et ces quelques personnes s'étaient trouvées trois cents. Le roi s'était fâché, et, à force de répéter qu'il n'avait point entendu la chose ainsi, qu'il n'avait point permis cette représention presque publique, il alla lui-même au-devant de ceux qui se préparaient à lui dire qu'autant valait maintenant laisser faire.

Beaumarchais avait cependant agi., environ un an auparavant, avec une impudence bien propre à confirmer le roi dans sa résolution de tenir bon.

Les Comédiens français reçurent secrètement l'ordre d'apprendre *Figaro* pour le service de la cour. Ce secret fut bientôt celui de tout le public; mais comme on ne comprenait pas qu'une pièce interdite sur les théâtres de Paris fût demandée pour celui de la cour, on supposa que l'auteur y avait fait des changements considérables; lui-même, sans le dire, il faisait en sorte qu'on le crût. Grand mystère, du reste, et sur le temps et sur le lieu de la représentation. Les uns disaient Versailles, mais dans les petits appartements; d'autres Choisy ou Trianon; d'autres Brunoy, chez Monsieur; d'autres encore Bagatelle, chez le comte d'Artois. Mais personne n'en savait rien, et ce, pour une excellente raison : l'ordre communiqué aux comédiens n'existait pas. Beaumarchais seul avait tout imaginé, tout mené.

En attendant, les répétitions allaient leur train; elles avaient même lieu, vu le prétendu ordre du roi, dans le théâtre qui eût semblé devoir leur être plus fermé que tout autre, celui des Menus-Plaisirs, propriété de la couronne. On ne se figure pas sans peine une pareille anarchie dans les choses les plus immédiatement soumises à la volonté royale; mais on comprend de reste quelle idée le public était conduit à se faire d'un semblable gouvernement. Le lieutenant de police et le premier gentilhomme de la chambre [1] déclaraient ignorer en vertu de quelle autorisation les préparatifs avaient lieu, et les préparatifs continuaient. On sut, quoique toujours sans savoir qui donnait l'autorisation, que la représentation aurait lieu le 13 juin [2]. Mais les répétitions étaient déjà presque publiques, et on put calculer que deux ou trois mille personnes avaient vu, sur un théâtre appartenant au roi, une pièce interdite et condamnée par le roi

Enfin, tout était prêt, tous les billets distribués; distribués, disons-nous, et non vendus : n'était-on pas invité chez le roi? On se demandait bien qui donc payerait les frais, car on n'allait pas jusqu'à croire que ce fût le roi lui-même; on sut plus tard que c'était encore Beaumarchais, bien sûr de se rattraper ensuite. On reconnaissait déjà sa main dans la façon même des billets, coquettement chinés *à la Malbrouck*. Et qu'est-ce qui n'était pas à la Malbrouck! Chapeaux, souliers, tabatières, rubans, robes de femmes, habits d'hommes, tout, depuis quelques mois, se fabriquait sous cette affiche; et l'auteur de la chose, c'était encore Beaumarchais, pour avoir mis sur le vieux air de Malbrouck la chansonnette de son page [3]. Autour du roi, une autre version circulait. La résurrection de Malbrouck, lui disait-on, était du fait de madame *Poitrine*, nourrice du Dauphin,

[1] Le maréchal de Duras.

[2] 1783.

[3] *Mon coursier hors d'haleine...* etc.

qu'elle endormait avec cet air; ce bon peuple français était heureux d'avoir des modes dont le nom même lui rappelât l'héritier de la couronne. Il va sans dire que tout le monde savait de reste à quoi s'en tenir, et probablement le roi aussi. Toujours est-il qu'on avait vu jusqu'au mannequin expiatoire, le Suisse de la rue aux Ours, vêtu, cette année, à la Malbrouck.

Le 13 juin donc, à midi, salle comble; à une heure, défense de procéder à la représentation.

Jamais les mots d'arbitraire, de despotisme, de tyrannie, n'avaient été prononcés dans le royaume comme ils le furent ce jour-là; jamais le pouvoir royal, dans ses plus coupables excès, n'avait été maudit comme il le fut. On eût dit que Paris s'apercevait pour la première fois qu'il avait un maître à Versailles.

Il est sûr que la maladresse avait été grande, énorme, et qu'en laissant ce feu s'entretenir pendant trois mois pour y jeter ensuite, à la dernière heure, un seau d'eau, on avait commis une faute comme peu de gouvernements en ont jamais commis. Nous ne pouvons savoir jusqu'à quel point elle était personnelle à Louis XVI, qui avait probablement ignoré bien des détails; mais il en avait vu les résultats, il avait su la colère du public, et c'eût été une raison de plus pour que la sienne se maintînt contre le premier auteur de cette affaire. Il semblait n'avoir travaillé quatre ans qu'à préparer ce qui pouvait rendre sa défaite plus éclatante.

VII

— Et si on recevait encore une fois contre-ordre?..
disait Desmoulins à ses amis.

— On recommencerait sur nouveaux frais, dit
M. de Robespierre.

— Contre-ordre !... dit Danton ; je les défie de le
donner maintenant.

— Chut !... On vous entendrait...

Il aurait pu dire : « On vous entend, » car Danton
avait pris, sans le vouloir, sa grosse voix, et tous les
voisins s'étaient retournés, comme tout à l'heure à
son *tonnerre*. Quant à M. de Robespierre, il était
déjà, comme on voit, l'homme futur, pacifique et
timide jusqu'au moment où on oserait sans péril.

Mais Danton était déjà aussi l'homme qui devait
résumer dans un seul mot, « audace, » l'art des
révolutions. Il jeta sur l'ami de son ami un regard
presque méprisant.

— On m'entendrait !... Eh bien ! quand on m'entendrait jusqu'à Versailles ?... On aurait peur ; voilà tout.

— Oui, à Versailles. Mais un mouchard pourrait se trouver ici, en attendant, et nous faire empoigner...

— Monsieur voudrait-il bien nous dire de qui il parle ?... s'écria un de ses voisins.

— Moi, monsieur ?... De personne.

— Vous avez parlé de mouchards...

— Eh bien ?...

— Vous me regardiez...

— Du tout, monsieur...

Mais il était facile, en regardant ce nouveau personnage, de comprendre pourquoi il se montrait si chatouilleux à l'endroit des mouchards. Les mouchards, à tort ou à raison, passent pour avoir mauvaise mine ; si notre individu s'était vu jamais dans un miroir, il ne pouvait que se croire en grand danger d'être pris pour un de ces messieurs. Sa figure était repoussante, ignoble ; ses habits ne relevaient guère, par la propreté ou l'élégance, la sombre bassesse du regard.

Mais ce regard était en même temps si hardi, si impudent, que Robespierre ne tarissait pas en excuses. Peu s'en fallait qu'il ne lui fit compliment sur sa bonne mine, pour mieux se disculper de l'avoir pris pour un mouchard.

Danton, impatienté, finit par intervenir. — Assez, messieurs, assez... Que diable !... On ne se fâche pas comme ça pour rien du tout... On ne s'excuse

pas comme ça pour rien du tout... Voulez-vous nous
donner la comédie à la porte, en attendant de la voir
dedans ?... Et tout ça parce que j'ai dit que je dé-
fiais nos gouvernants d'envoyer contre-ordre aujour-
d'hui !... Certainement que je les en défie... Qu'ils
essayent, pour voir !... Et si tout ne saute pas...

— Tout, monsieur !... C'est beaucoup...

Maître Danton se retourna vivement, car c'était
derrière lui qu'on avait prononcé ces mots. Crai-
gnait-il qu'en se moquant des mouchards il n'en eût
évoqué quelqu'un ? Mais s'il eut peur, ce ne fut pas
long. Il reconnut un homme dont les hardiesses
avaient fait un tout autre bruit que les siennes.

— Vous ici, monsieur d'Éprémesnil !...

C'était peut-être la première fois, en effet, qu'un
conseiller au parlement figurait dans une *queue* à la
porte d'un théâtre.

— Pourquoi pas, Gracchus?...

— Parce que, Catilina, je...

— Oh ! oh !...

— Le nom ne vous plaît pas?

— Catilina !...

— Eh bien?... Mais je comprends. Catilina voulait
se défaire du sénat, et vous ne songez, vous, qu'à lui
donner le pouvoir souverain. Quand je disais que
tout sauterait, vous me l'auriez de très-grand cœur
laissé dire si j'avais ajouté : « Excepté le parlement. »
Avouez que c'était là le vrai sens du « Oh ! oh !... »

— Monsieur se croit sorcier.

— En ai-je besoin?... Mais ce que je puis encore,

sans l'être le moins du monde, vous dire, c'est... Eh! eh! où est-ce donc qu'il va?...

D'Éprémesnil, se dégageant brusquement de la foule, courait après un homme qu'on venait de voir se dirigeant vers une petite porte, interdite au public. Cet homme arrivait entouré de gens qui paraissaient le prier, le supplier; d'autres, comme d'Éprémesnil, avaient quitté la *queue* pour s'élancer sur ses pas. Le pauvre conseiller se trouva bientôt confondu dans cette cohue ambulante, où il s'était jeté de l'air d'un homme qui se croit sûr qu'on lui fera place. Il ne parvint pas même à être vu de celui que tout ce monde suivait, et, arrivé à la bienheureuse porte, il se la vit, comme les autres, fermer au nez. Beaumarchais — c'était l'homme — avait fait comprendre par un geste d'une politesse superbe qu'il ne pouvait ni tout introduire, ni choisir, qu'il en était désolé, etc. Grand fut le rire, dans la foule, quand on les vit revenir pour reprendre leurs places, lesquelles, comme de raison, étaient prises, et par des gens très-peu disposés à les céder. Le plus penaud, c'était d'Éprémesnil.

— Bravo!... disait Danton. Il est allé chercher la preuve de ce que j'allais justement lui dire. Ah! vous croyez, messieurs du parlement, qu'une fois les choses en branle, nous n'aurons rien de plus pressé que de vous récompenser pour nous avoir aidés à les y mettre?... D'Éprémesnil a épaulé Beaumarchais; d'Éprémesnil a cru que Beaumarchais lui devait au moins une loge; d'Éprémesnil a eu nez de bois... Il est plaisant, d'Éprémesnil, avec son parlement qui restera quand tout aura sauté....

Si fractus illabatur orbis,
Impavidum ferient ruinæ...

Impavidum, ce n'est pas sûr; ils finiront bien par avoir peur, mais ce sera trop tard. Les parlements! Et qu'est-ce que c'est que les parlements? Le jour où il y aura une nation, qui est-ce qui se souviendra seulement qu'il en existe?... Ce que je leur conseille, ce jour-là, c'est de se taire et de se cacher bien vite, ou sinon... Les parlements! Ah! vous croyez, messieurs, que le peuple s'y laisse prendre, à tout ce beau courage contre une couronne qui chancelle et un trône qui craque? Vous croyez que le peuple ne les démêle pas, vos petites ambitions, vos petites vanités, vos petites intrigues?... On vous connaît, beaux masques! On sait que vous acceptez, dans les idées nouvelles, juste ce qui vous va pour battre en brèche ce qui ne vous va pas dans les anciennes. Une fois le char lancé, vous serez les premiers à l'enrayer. Gare les roues, messieurs!...

Danton se vantait, plus tard, d'avoir été un des premiers à prédire comment la révolution marcherait. Il oubliait bien un petit détail; savoir qu'il serait lui-même écrasé par lesdites roues; mais, à cela près, ce n'était pas trop mal jugé.

C'était la première fois, du reste, qu'il s'exprimait si nettement. La victoire de Beaumarchais ne donnait pas seulement plus d'audace pour dire ce qu'on pensait, mais elle ouvrait une perspective immense; et quand les amis de Beaumarchais, quand Beaumarchais lui-même aurait pu croire, jusque-là, qu'il s'agissait tout uniment de faire jouer une pièce, il aurait compris, maintenant, que son triomphe avait une tout autre portée. On a souvent cherché quel jour devait être regardé comme le premier de la révolution. Le 27 avril 1784 a de grands droits à cette gloire. L'ardeur commençait à descendre dans les régions où se forgent les émeutes, et le marchand de contre-marques disait « *notre* pièce, *nos* droits. » — On se rappelle que Danton l'avait appelé Hébert.

Cependant l'homme si laid avait fini par se lier de conversation presque amicale avec celui qu'il avait accusé de le prendre pour un mouchard ; et tandis que Danton continuait ses prophéties, ils étaient à en faire d'autres sur l'avenir des sciences, sur les progrès que le siècle avait déjà vus ou devait voir. Mais l'avocat d'Arras, qui n'en était qu'aux illusions du jour, aux navigations aériennes, fut surpris de trouver son compagnon tout autrement initié aux affaires de la science. L'autre lui apprit qu'en effet il avait beaucoup étudié, et même écrit des ouvrages; qu'il avait publié, en 1775, trois volumes dont Voltaire avait donné une analyse dans la *Gazette littéraire;* qu'il en avait publié d'autres sur l'électricité, sur la lumière, et qu'un traité d'optique, également de sa façon, était sous presse ; enfin, qu'il était médecin des écuries de monsieur le comte d'Artois, et qu'il s'appelait Marat.

La politique paraissait l'intéresser assez peu. C'était dans les sciences, disait-il, qu'il fallait trouver le principe de tous les progrès sociaux; le branle donné de ce côté, tout suivrait de soi-même.

Mais de ce calme du Marat de 1784 aux fureurs du fou que nous savons, il y avait peut-être moins de chemin à faire qu'on ne se le figurerait. Bien d'autres, comme lui, allaient passer des plus paisibles études aux emportements de la même fièvre. Était-ce colère de trouver, dans les expériences politiques, plus de difficultés et d'embarras que dans celles de la science? Était-ce que la science, au contraire, servait trop lentement leur indomptable appétit de progrès, et qu'ils se rabattaient, en conséquence, sur les choses où l'homme est tout-puissant pour changer, pour bouleverser au moins? Les deux causes agirent sûrement en même temps, et la nation fut traitée comme une de ces matières brutes que la science avait appris à dompter et à pétrir.

Mais la conversation fut subitement interrompue par une sorte de secousse électrique que saluait un long *ah!* — Les bureaux, ou, comme on disait alors, les guichets, venaient de s'ouvrir; mais tant de mains s'y précipitèrent à la fois, que la distribution des billets fut impossible.

Il faut renoncer à décrire la scène qui s'ensuivit. Après quelques moments d'hésitation, la tête de la colonne s'élança vers les entrées, culbutant gardes et grilles, jetant son argent aux portiers, et se précipitant dans les corridors du théâtre. Mais le torrent fut bientôt forcé de s'arrêter, car tout, comme on l'avait dit, était plein. Ceux du dehors poussant toujours, la presse devint épouvantable. Il fallut une demi-heure pour qu'on commençât à comprendre qu'il était inutile de poursuivre.

4.

VIII

Si nous avions été du petit nombre des heureux qui parvinrent jusque dans la salle, nous n'aurions pas tardé à apercevoir au parterre, et même à une assez bonne place, deux de nos *amis* de la queue. Danton, une fois la colonne en mouvement, avait si bien usé de ses rudes avantages, qu'il se trouva bientôt dans les premiers, et Desmoulins, grâce à lui, avec lui. Les deux autres s'étaient perdus en chemin.

— *Audaces fortuna juvat*, Desmoulins.

— Oui... Mais j'étouffe...

— Encore!... Donnez des coudes...

— Tenez... Tenez...

— Brigand!... Vous m'enfoncez les côtes...

— Vous me disiez de donner des coudes...

— A gauche... A gauche...

— Aïe!... fit le voisin de gauche. Doucement... Doucement...

— Je vous ai fait mal, monsieur?

— Vous m'avez cassé...

— Allons donc!

— Oui... mon crayon...

— Vous dessiniez?

— Pour la postérité.

— Diable!...

Le monsieur tailla son crayon, et se remit, non à dessiner, mais à écrire.

Danton causait avec son voisin de droite.

— Monsieur, disait celui-ci, voilà un jour qui certainement marquera dans les annales de la démocratie...

— De la?...

Danton n'avait pas bien entendu, vu le tumulte. Et puis le mot était singulièrement nouveau, même pour Danton, en 1784.

— De la démocratie, reprit l'autre. C'est le peuple qui a fait la loi aujourd'hui; c'est lui qui la fera, quand il voudra, non pas au théâtre seulement, mais partout.

— Monsieur, dit un voisin de devant, auriez-vous la bonté de me le montrer, le peuple?... Je ne vois là, aux loges, que des duchesses, des comtesses... et puis des actrices... et puis... Enfin, ce n'est pas là, je pense, ce que vous appelez le peuple. Ailleurs, et ici au parterre, je ne vois non plus que des marquis, des officiers, quelques avocats, quelques... Bref...

— Le peuple, monsieur, c'est tout le monde.

— Alors j'en suis, moi aussi?...

— Certainement.

— Et si j'étais d'un autre avis que la foule?

— Vous auriez tort.

— Oh! monsieur, je saurais bien m'arranger pour avoir raison. Je ferais comme vous. Je donnerais le nom de *peuple* à ceux qui seraient de mon avis...

— Subtilités!... Voyez les républiques antiques...

— Monsieur, ne me mettez pas sur ce terrain. J'aurais, en vérité, trop beau jeu.

— Eh bien, on verra les républiques modernes. Dès qu'il n'y aura plus de rois...

— Il n'y aura plus de peintres du roi, c'est clair.

Le démocrate, un peu interloqué, — car ce n'était rien moins que David, le peintre du roi, — prit le parti de sourire.

— Monsieur de Rivarol fait de l'esprit, dit-il.

— Je tâche de faire du bon sens, dit Rivarol.

Mais revenons à gauche.

Restif de la Bretonne, qu'on a reconnu sans doute et que Desmoulins devina, car il ne le connaissait pas, avait enfin remis son portefeuille dans sa poche. Il était là depuis avant midi, observant, écrivant. Les privilégiés entrés comme lui dès le matin lui avaient vu noircir une quarantaine de feuillets.

— Monsieur travaille à ses *Contemporaines*?...

— Oui, monsieur.

— Tome?

— Vingt-deuxième, je crois.

— Et vous en êtes à madame de?...

— Vous êtes curieux, monsieur.

— On le devient à côté de vous.

— Soyez-le.

— Vous ne voulez pas me la nommer?... Eh bien, monsieur, je la connais...

— Oh! oh!...

— Je la vois. J'ai suivi, tout à l'heure, votre regard, et... Avouez que je suis arrivé juste...

— Cela se peut. Qu'avez-vous vu?...

— J'ai vu cette dame... là... à côté de la colonne...

— Et puis?

— Et puis?

— Oui; et puis?...

— Et puis c'est tout.

— C'est tout ce que vous avez vu?

— Mais oui...

— Enfant!... Et son amant, qui est debout derrière elle? Et son mari, qui est dans la loge en face avec la belle mademoiselle Duthé?... Ils sont arrivés, l'un et l'autre, après s'être dit mutuellement qu'ils renonçaient à venir...

— Vous le saviez?

— Mais non... Est-ce que je ne l'ai pas assez lu dans l'air qu'ils ont eu en s'apercevant?

— Et c'est ainsi que vous fabriquez vos histoires?

— Vous la croyez *fabriquée,* celle-là?

— Je ne dis pas...

— Il ne s'agit que d'avoir de bons yeux...

— Et de l'imagination.

— Oui, un peu... Mais le siècle est si riche en

belles choses, que je m'en remets à lui pour justifier
mes inventions. Je n'ai jamais rien peint de si fou,
qu'on ne m'ait montré, après, ou l'original ou la
copie. En voilà un là-haut qui... Mais qu'est-ce que
ce brouhaha? Tout le monde applaudit... Ah! c'est
M. de Suffren, l'amiral... Il salue... Bien... En voilà
un, vous disais-je... Le voyez-vous?...

— M. de Mirabeau, je crois...

— Oui. Est-ce que sa vie ne vaut pas le meilleur
de mes romans?

— D'autres diraient *le plus mauvais.*

— C'est la même chose. Avez-vous lu le mémoire
qu'il vient de publier sur son procès avec sa femme?
Le parlement de Provence avait prononcé la sépara-
tion. C'est contre cela qu'il réclame, et son seul
but, dirait-on, est d'avoir occasion de nous raconter
son histoire. Ajoutez, à tout ce qu'il raconte, ce qu'on
sait et ce qu'il ne peut pas dire, ses ouvrages surtout, et additionnez si vous l'osez... Mais qu'est-ce
qu'ils ont encore à applaudir?... Ah! c'est madame
Dugazon, qui relève de couches, et qu'on n'avait
pas revue en public... Encore une belle vie, celle-
là!... Et vous voyez qu'on claque plus fort encore
que pour M. de Suffren. Assez, imbéciles!... Assez!...

— Monsieur!... s'écria un voisin.

— Eh bien, monsieur?...

— Vous avez parlé d'imbéciles...

— Nous revoici à l'histoire des mouchards, dit
Desmoulins.

Mais Restif leva les épaules et laissa grommeler

l'autre, un bon niais de bourgeois qui avait sans
doute cru applaudir une princesse.

—Monsieur, dit un autre bourgeois, —il y en avait
bien cinq ou six dans le parterre, — vous parliez de
M. le comte de Mirabeau... Est-il en France en ce
moment?...

— Il vous crève les yeux.

— Ce monsieur... ce gros... là?...

— Oui.

— Mais il est laid... laid...

— Vous l'aviez cru beau?

— L'amant de Sophie!... J'ai lu quelques-unes de
ses lettres, qu'on faisait courir dans le temps. Eh
bien, monsieur... Mais c'est tellement bête ce que je
voulais vous dire, que vous ne croirez pas que je
puisse le penser...

—Au contraire, monsieur.

— Et si ma femme l'entendait!... Car je suis marié,
monsieur, père de famille, demeurant...

— Oui... oui...

— Même que j'ai une fille à marier...

— Oui... oui...

— Eh bien! il y a des moments où je me surprends...
oui... où je me surprends heureux de penser que ces
deux parfaits amants sont enfin réunis...

— Imb... Pardon... Réunis?...

— Oui.

— O homme de l'âge d'or... et de la rue Saint-
Denis!... Car c'est bien là, n'est-ce pas?...

— Oui.

— Un mois après sa sortie de Vincennes, votre parfait amant était en Hollande...

— Je le sais.

— Avec une autre...

— Oh !...

Il baissa la tête. Le bon bourgeois était assez de son siècle pour ne pas s'effrayer de l'adultère, mais pas assez pour se figurer qu'un si bel amour pût prendre fin. « Faut que je lui envoie, pensa Restif, quelques-uns de mes volumes. Il les lira avec madame sa femme. »

Cependant le public devenait de plus en plus bruyant, et les conversations n'étaient plus guère possibles, car il fallait crier. Des querelles, où l'on criait tout de bon, éclataient en outre à tout moment sur un point ou sur un autre. L'heure approchait, et l'impatience devenait de la fièvre.

Les deux frères du roi parurent enfin dans leurs loges, et leur présence calma quelque peu l'agitation. Ce n'était pas respect, car on était trop habitué à les voir, surtout le comte d'Artois; mais leur arrivée annonçait qu'on allait lever la toile.

Et en quel jour, d'ailleurs, s'étaient-ils moins inquiétés qu'en celui-là de se maintenir dignes de respect? Ils venaient s'atteler au triomphe de Beaumarchais, d'un homme que les honnêtes gens auraient dû s'interdire d'applaudir, n'eût-il écrit que de bonnes choses; ils venaient faire souffleter la monarchie sur leur joue; ils venaient rire à des turpitudes qu'un prince ne doit jamais s'ôter le droit de flétrir, les eût-il commises lui-même ; ils venaient épouser cette époque dévergondée, et ils lui jetaient en cadeau de noces leur part de royauté. Aussi, quand la toile se leva, ils purent apercevoir dans les applaudissements l'intention bien marquée de leur faire à eux-mêmes une espèce d'ovation. C'étaient les sots, ceux qui trouvaient beau tout de bon que des princes en fussent là ; c'étaient les malins, ceux qui riaient de les y avoir amenés ; c'étaient les ennemis de la couronne, ceux qui jouissaient de son humiliation ; c'étaient les étourdis, ceux qui n'avaient jamais compris que la chose fût grave ; c'était tout le monde, enfin ; — et les deux princes, en recevant gracieusement cet hommage, s'associaient, de près ou de loin, à tous ces sentiments.

Mais le comte d'Artois était plutôt avec les étourdis, et son frère avec les malins. Le premier n'apercevait nul danger ; le second trouvait plaisant de voir les embarras s'accumuler autour du trône.

— Eh bien, Montesquiou, disait-il à son premier écuyer, victoire !...

C'était quelques moments avant le lever de la toile.

— Victoire sur nous-mêmes, monseigneur...

— Eh ! c'est le beau. *Omnia vicit qui se ipse...*

— *Fustigavit...*

— Une variante ?...

— Assez juste.

— Que de monde !... Ces gens s'écrasent, là-bas...

— Et nous sommes dans des fauteuils...

— Ah! c'est que nous nous sommes donné la peine de naître, nous, comme dira tout à l'heure Figaro.

— Il serait pourtant bien fâché, le Beaumarchais, que toutes les places fussent égales... au théâtre... et à trente sous...

— Eh! mon cher, n'est-ce pas toujours de même? On demande l'égalité, mais à condition de n'y rien perdre... et d'y gagner si on peut...

— Votre Altesse voit clair.

— Chut! pour ce soir, je suis aveugle. Quelle est donc cette belle dame qui...

— Monseigneur se disait aveugle.

— Oui... d'un œil... La connaissez-vous?

— C'est madame de Beauharnais, entourée de sa cour.

— Elle a retrouvé l'esprit?...

— Assez de gens, du moins, se sont empressés pour le lui rendre.

— Quel bruit!

— Le public commence à n'y plus tenir.

— Qu'attend-on? Voilà cinq minutes que je suis arrivé...

— Monseigneur se rappelle qu'il est prince...

— Ah! j'oubliais qu'il n'y en a point ce soir.

— Enfin!...

— Quoi?

— Voilà Beaumarchais dans sa loge.

— Dans la loge à côté, est-ce pas madame de Genlis?

— Sans doute.

— Laharpe n'est pas loin, alors...

— Brouillés à mort, monseigneur.

— Depuis quand ?

— Depuis que l'Académie a couronné les *Conversations d'Émilie*, de madame d'Épinay, au préjudice d'*Adèle et Théodore*. Elle annonce un livre où il paraît que ces messieurs ne seront pas épargnés.

— Les *Veillées du Château* ?

— Oui, monseigneur. Il y a surtout un certain conte, les *Deux Réputations*... Votre Altesse est bien en train de lorgner...

— Calomnie, mon cher ; je lorgne bien, mais plus les dames. Qu'est-ce que c'est que cette petite loge d'avant-scène dont le grillage est si serré, et doublé d'une gaze encore ?...

— Oh ! c'est le saint des saints...

— *Sanctum sanctorum.*

— Oui... d'autant mieux qu'on y a vu des prélats... ou plutôt qu'on ne les y a pas vus, grâce à la gaze et à la grille... Mais on les y savait...

— Prélats ou non, ceux qui y sont aujourd'hui tiennent à se bien cacher, car j'ai vu tout à l'heure je ne sais combien de mains qui retenaient la grille.

— Quelqu'un voulait la baisser ?

— Je n'en sais rien. Trois pouces plus bas, je voyais les visages. Ce qui est sûr, c'est qu'une des mains avait un gros diamant.

— Une main d'homme ?

— Oui.

— Que vous disais-je?... Un prélat.

— Mais on ne commence pas... Sait-on que je suis arrivé?

— Faut-il envoyer?

— Envoyez.

Mais les trois coups retentirent. Le grand scandale commençait.

1

IX

Nous reculerons maintenant, si on nous le permet, d'une heure. Nous la passerons, cette heure,
dans la mystérieuse loge que le comte de Provence
était en train de lorgner.

Vide d'abord, nous l'aurions examinée, et c'eût
été bientôt fait. Il y avait place pour six personnes
au plus. La grille, longue de quatre pieds, haute
d'une quinzaine de pouces, était au niveau du sol
de l'avant-scène. La gaze aurait pu être plus claire,
le treillis moins serré; mais on avait évidemment
mis la prudence avant tout.

Bientôt après, deux hommes seraient entrés, vêtus
de longues redingottes, le chapeau sur les yeux et
le mouchoir sur la bouche.

La porte refermée, et verrouillée, et tâtée encore
pour voir si elle tenait bien, les deux hommes, ôtant
enfin leurs chapeaux, nous auraient laissé apercevoir deux têtes tonsurées.

5.

— Enfin!... aurait dit l'un.

— Nous sommes sauvés, monseigneur.

— Est-ce bien sûr?.... Ces corridors pleins de monde...

—On a bien vu que nous avions peur; mais quant à nous reconnaître, non.

— Quel bouge !

— Et pour quarante louis !

— Vous comptez toujours, Georgel.

— Et Votre Éminence, jamais.

— Serais-je Rohan, si je comptais?

— C'est ce que disait M. de Guéménée.

— Eh bien?

— Et la banqueroute?

— Trente millions, Georgel!... Savez-vous bien qu'il n'y a qu'un roi ou un Rohan pour faire une banqueroute semblable?

— L'affaire n'a pourtant pas *réussi* dans le public...

— Ceux qui ont perdu crient; c'est tout simple.

— Et les autres rient, monseigneur; mais de ce certain rire qui... Enfin, ce que nous avons de mieux à faire, je crois, c'est d'être sages. Vestris disait l'autre jour à son fils, qui a des dettes : «Je ne veux pas de Rohan dans ma famille. »

—L'animal!

— Et dans le *Journal de la Cour*, que j'ai précisément apporté pour vous distraire, on dit... Mais lisez, monseigneur...

Le *Journal de la Cour* était un petit journal pour

rire, imprimé clandestinement, et dont la cour ne
riait guère.

L'article était ainsi conçu :

« On continue la vente de toutes les terres, sei-
gneuries et châteaux, du prince de Guéménée. Les
créanciers recevront un à-compte incessamment. On
aura sur cent livres un écu. Sur cet écu, on n'aura
à payer qu'une livre dix sous pour la quittance et
trois livres pour le certificat de vie, attendu que le
tout se fait sans frais. »

— C'est bien plat, dit le cardinal.

— Continuez, monseigneur. Vous trouverez certaine épigramme de Lebrun...

— Il est dans les ruinés, lui.

— A peu près.

— Si je lui faisais une pension?

— Ce serait assez Richelieu.

— Nous en reparlerons... Eh! eh! j'ai aussi mon
article... Ah! les gueux!...

« M. le cardinal de Rohan, grand aumônier, disait l'article, est toujours languissant du coup mortel
que lui a porté le parlement; mais comme il est encore
jeune et vigoureux, il peut traîner longtemps. »

C'était l'affaire de ses gigantesques tripotages dans
l'administration de l'hospice des Quinze-Vingts.
D'Éprémesnil les avait dénoncés au parlement, et
le parlement au roi. Cette question n'a jamais été
bien éclaircie. Il paraîtrait que l'hospice n'avait
réellement pas perdu, mais que le cardinal avait
très-réellement beaucoup gagné.

— Je l'espère bien, dit-il, que je *traînerai* longtemps... Et rira bien qui rira le dernier... Ah!
Georgel, c'était quatre millions par an que Richelieu dépensait pour sa maison... Et quatre millions,
alors, en valaient huit d'aujourd'hui... Et malheur à
qui eût osé crier!...

Il ne sortait pas de là, le cardinal, et ses épanchements intimes aboutissaient toujours à la même
conclusion; toujours ce regard presque enfantin de
dépit et d'envie sur la grande figure qu'il se croyait
destiné à rappeler.

Son ambition se présentait, en effet, avec un caractère assez étrange. Non-seulement, ce qui n'est
pas rare, il était loin d'avoir des facultés à la hauteur de ses rêves, mais il n'avait pas même cet orgueil, cette confiance en soi-même, où l'homme
médiocre puise ordinairement sa force. L'archevêque
de Toulouse, que nous avons vu aspirer au même
rôle, se croyait un homme supérieur; lui, il se sentait médiocre, et il allait de l'avant sans s'inquiéter.
On aurait dit qu'il s'appliquait ce mot de Louis XIV
au roi d'Espagne : « Puisque Dieu vous a fait roi, il
vous donnera les lumières nécessaires. »

Mais si le Richelieu était encore à venir, le Père
Joseph était trouvé. Georgel, ancien jésuite, n'était
pas seulement le confident mais le factotum du cardinal, qui ne cherchait pas même à se donner l'air
d'exercer les fonctions de ses hautes charges. Était-
ce, de la part de celui-ci, un calcul? Espérait-il
faire entendre par là que ni l'évêché de Strasbourg,

ni la grande aumônerie, n'étaient d'assez hautes
choses pour qu'il s'en occupât personnellement?
Ce calcul aurait pu être bon chez un homme supérieur et reconnu pour tel; mais, avec lui, on ne
pouvait manquer de se dire que si l'abbé Georgel
était déjà évêque de Strasbourg, grand aumônier,
proviseur de Sorbonne et administrateur des Quinze-
Vingts, il serait aussi premier ministre quand son
patron en aurait le titre.

C'était donc à ce titre que le cardinal visait, et
depuis bien des années; mais il était resté dans
l'impuissance de rien faire qui le rapprochât d'un
pas du terme de ses vœux. Le roi, la reine surtout,
avaient continué à le traiter avec une rigueur désespérante. Dans ces palais ouverts à peu près à tout
le monde, le premier des grands officiers de la couronne avait reçu avis de ne se montrer jamais qu'à
l'occasion de ses fonctions; l'homme qu'on voyait,
aux grandes fêtes, trôner pontificalement dans la
chapelle de Versailles, on savait que la reine avait
failli renvoyer le concierge de Trianon pour l'avoir
laissé pénétrer dans les jardins.

Et cependant, c'était toujours la reine qu'il espérait fléchir plutot que le roi. Quand on sut
qu'elle commençait à prendre une part active au
gouvernement, il s'en félicita comme d'une chance
heureuse, car il n'aurait jamais pu, pensait-il, arriver à rien malgré elle, et maintenant il pouvait
arriver par elle. Nous avons déjà dit quelles incroyables chimères Cagliostro lui avait jetées dans

l'esprit. L'invraisemblance même avait nourri sa confiance; plus la chose était extraordinaire, plus il était flatté de se dire qu'elle pouvait lui arriver. Le cardinal de Rohan ne pouvait amener la reine à être même polie, et il gardait, à cinquante ans, l'espoir de s'en faire une amante! — Il est vrai que certaines circonstances avaient récemment contribué à raviver cette illusion.

L'examen de la salle et du public changea un moment le cours de ses idées. Mais son esprit inquiet ne changeait pas; les plus petits comme les plus grands objets alimentaient son mécontentement. Il avait voulu venir au théâtre, et il y était venu, jetant aux comédiens, pour une soirée, ce qui eût nourri deux ans un curé de campagne; et maintenant, il s'irritait d'être condamné à se cacher dans cette espèce de caverne. Les loges brillantes, le grand lustre, les toilettes, les diamants, lui donnaient le vertige; prince de Rohan, c'était là-haut, parmi les seigneurs et les dames, à côté des frères du roi, qu'il eût voulu sa place. Ce n'était pas assez que l'Église eût fait de lui un des plus hauts seigneurs et des plus riches de l'Europe; il supportait impatiemment qu'elle pût lui ôter, en échange de tant d'honneurs et d'argent, un peu de sa liberté d'homme et de prince.

Il les avait pourtant singulièrement amoindries, même dans sa vie ordinaire, ces gênes sacerdotales dont le joug lui pesait. Les bords du Rhin le voyaient souvent en tout autre équipage que celui d'un prélat

visitant son diocèse; le château de Saverne reten-
tissait perpétuellement du bruit des cors, des chevaux et des meutes. Ne l'avait-on pas vu, du temps
de son ambassade à Vienne, en habit vert, en bottes,
à cheval, suivi de vingt cavaliers, couper un jour
une procession de village, et une procession de la
Fête-Dieu encore [1]! Quant aux plaisirs plus secrets
qu'il n'était pas seul à se permettre, il va sans dire
que nul ne l'y égalait non plus en prodigalités et
en folies ; mais tandis que les autres jouissaient au
moins paisiblement des entorses par eux données
à la gravité sacerdotale, il souffrait, lui, d'avoir
encore à garder quelques apparences, et il ne comprenait pas le plaisir autrement qu'affiché.

Il se remit donc tristement à parcourir le petit
journal, trop plat pour l'égayer beaucoup, même
dans les articles dont le fond pouvait lui plaire. Ils
connaissent fort mal le dix-huitième siècle, ceux qui

---

[1] État de maison du cardinal, à Vienne, en 1772.

Un premier écuyer, un sous-écuyer, deux piqueurs, cinquante chevaux, cochers et palefreniers en proportion.

Sept pages nobles, avec gouverneur et précepteur.

Deux gentilshommes de la chambre, six valets de chambre
et douze valets de pied.

Deux suisses, deux heiduques, quatre coureurs, dix musi-
ciens.

Quatre gentilshommes d'ambassade et quatre secrétaires.

Maître d'hôtel, chef d'office, une armée de cuisiniers et de
valets inférieurs.

Tout cela, splendidement vêtu. Les deux voitures de parade
avaient coûté chacune vingt mille livres.

se le figurent tout pétillant d'esprit jusque dans ses moindres productions. On est confondu, au contraire, pour peu qu'on ait fouillé dans la petite littérature de ce temps, de voir le succès qu'obtenaient les plus pauvres plaisanteries, les plus misérables chansonnettes ; on est souvent tenté de croire qu'on ne comprend pas bien, que la chansonnette ou l'épigramme a un sel caché qui nous échappe. Cela pourrait bien être quelquefois ; mais bien souvent aussi le doute n'est pas possible, et il faut en venir à avouer que le public actuel est autrement difficile en fait d'esprit.

Le *Journal de la Cour* obtenait donc à bon marché un prodigieux succès. En veut-on une page ou deux ?

— Ceux qu'elles ennuieraient sont libres de les sauter.

* M. le comte de Gamache offre une forte récompense à qui lui rapportera son honneur, perdu depuis son procès avec le comte de Maldéré.

* M. le comte de Grasse en offre autant à l'avocat qui aura le talent de le blanchir dans l'esprit du public.

* M. le prince de Ligne, qui s'est cassé une dent dans sa chute en tombant du ballon de Lyon, payera largement celui qui en trouvera les morceaux.

* Madame sa mère est toujours plus grasse ; son menton a maintenant trois étages. Une dame a dit qu'elle ressemble à une chandelle qui coule.

* A louer les habits de théâtre des demoiselles

Vestris et Sainval, attendu qu'elles ne veulent pas jouer que leur différend ne soit ajusté, ce qui pourrait être long.

* Le ballon de Lyon n'ayant guère fait que se traîner, voici une épigramme qu'on a faite :

> Vous venez de Lyon : parlez-nous sans mystère.
> Le globe?... — Il est parti. — Le fait est-il certain?
> — Je l'ai vu. — Dites-nous : allait-il bien grand train?
> — S'il allait ! Ah ! monsieur, il allait ventre à terre...

* Les paysans d'un village près de Meaux voulaient forcer leur curé d'exorciser le ballon de MM. Robert et Charles. On désirerait savoir ce qu'il en serait advenu. M. l'abbé Bossut, de l'Académie des sciences, fera l'expérience un de ces jours.

* M. le marquis de Montesquiou vient d'achever sa généalogie. On y voit qu'il descend en droite ligne de Clovis. Elle se distribue gratis, chez son suisse.

* A vendre l'office d'espion de M. le contrôleur général dans le parlement. Le titulaire, l'abbé Sabatier de Cabres, ayant été démasqué, ne peut plus l'exercer utilement, et voudrait s'en défaire.

* Une dame belle et méchante a eu la petite vérole, et la voilà horriblement laide. « La maladie l'a retournée, » a dit quelqu'un.

* Lorsque le comte de Haga [1] est arrivé, le roi, qui ne l'attendait pas ce jour-là, était à chasser à

---

[1] Gustave III, roi de Suède.

Rambouillet. La reine lui dépêcha un courrier, et il revint à la hâte, tout seul, laissant Monsieur faire les honneurs de Rambouillet à une vingtaine de seigneurs qui devaient y souper. Le roi, rentré dans son appartement, n'avait point de clefs, point de valets de chambre; on appela les premiers venus pour l'habiller. Ceux-ci s'en tirèrent comme ils purent; mais, quand le roi vint chez la reine, il se trouva qu'il avait un soulier à talon rouge et l'autre à talon noir, une boucle d'or, l'autre d'argent, et le reste à l'avenant.

* L'avocat Duvaudier vient de mourir, bardé de son cordon rouge. Il ne le quittait jamais, pas même dans le bain, s'en étant fait faire un de fer-blanc pour ces occasions-là.

* Un des abonnés du docteur Mesmer voudrait trouver quelqu'un qui lui rendît ses cent louis et prît sa place au cours de magnétisme, attendu que ce cours ne finit pas. S'adresser à M. de Chastellux ou à M. d'Éprémesnil, qui certifieront combien l'affaire est sûre et excellente.

* On voudrait présenter à la cour madame la comtesse de Linières; mais comme il y a quelque petit vice d'origine, attendu que madame d'Étioles, sa mère, a dansé jadis à l'Opéra sous le nom de mademoiselle Rem, on prie les dames qui ont vaincu des obstacles de ce genre de vouloir bien lui indiquer comment elles s'y sont prises.

Le duc de Chartres avait naturellement sa bonne

part dans cette distribution de quolibets. On lui
pardonnait toujours moins son palais en boutiques.
De là quelques articles dans le goût de ceux-ci :

* La troupe de madame de Montesson jouera prochainement, chez le duc d'Orléans, une pièce qui a
pour titre : *le Prince spéculateur*. On donnera pour
petite pièce *le Prince dupé*, par M. Louis, archi-
tecte du Palais-Royal.

* A louer encore une partie des nouveaux bâtiments du Palais-Royal. On avertit qu'on n'y recevra
que des brocanteurs, des actrices, des intrigants,
des escrocs, des faiseurs de projets, des inventeurs
de ballons, des fabricants de gaz inflammable, etc.

— En attendant, dit le cardinal, la spéculation
est magnifique.

Le cardinal était de ceux qui trouvent que l'argent
ne sent jamais mauvais.

— Où en sont mes moines de Saint-Waast? reprit-il.

— Ils acceptent toujours, répondit l'abbé Georgel, de convertir vos droits d'abbé en une rente fixe;
mais ils persistent à ne pas dépasser d'un écu leur
première offre.

— Mille louis par mois?...

— Oui.

Saint-Waast d'Arras était la plus riche abbaye de
France.

— Nous verrons... Mais à propos de Palais-Royal

et de duc de Chartres, qu'a-t-on fait pour ce prêtre qu'il m'a recommandé?

— Rien. Tous les sermons de la chapelle sont donnés pour deux ans.

— Il attendra.

— Sauf un, pourtant... Je n'y avais pas songé... Celui de l'Assomption...

— Cette année?

— L'année prochaine.

— Donnez-le-lui.

— Si la reine y consent.

— La reine... toujours la reine... et toujours des *si* avec ce mot... Toute ma vie est un grand *si*, Georgel... Mais il pourrait se passer, d'ici à l'année prochaine, bien des choses...

— M. de Cagliostro l'a dit?...

Georgel croyait beaucoup à la finesse et à la persévérance, mais infiniment peu à la magie. Il ne voyait d'ailleurs pas sans jalousie le crédit de Cagliostro auprès du cardinal.

— Georgel, reprit celui-ci, nous n'en sommes plus, ce me semble, aux simples prophéties. La comtesse est tous les jours plus avant dans les bonnes grâces de la reine...

— La comtesse pense à elle. Voilà deux mois qu'elle promet de parler de vous, et...

— Et elle parlera, Georgel; mais elle attend l'occasion. Fallait-il qu'elle risquât de tout perdre? Elle veut aller à coup sûr... et je suis sûr, moi, de son dévouement.

L'abbé ne répondit rien. Il y avait longtemps qu'il manœuvrait de manière à pouvoir se laver les mains de ce qui échouerait, et profiter de ce qui réussirait. Quant au personnage que le cardinal désignait sous le nom de *la comtesse*, on a compris sans doute que c'était la comtesse de La Motte, dont le nom est resté si tristement associé au sien.

Jeanne de Luz de Saint-Remy était Valois de naissance; elle l'était, du moins, au même titre que le duc de Penthièvre était Bourbon, car elle descendait d'un bâtard de Henri II. Cette famille était tombée dans la plus profonde misère, et, ce qui est assez inexplicable à une époque où le moindre nom avait son prix, dans le plus profond oubli. Les faits de ce genre n'étaient cependant pas rares. Au milieu des usurpations de nom que le moindre procès mettait au jour, il y avait parfois des résurrections véritables, des revendications à l'abri de toute attaque.

Jeanne de Saint-Remy se trouva donc, bien que son père fût mort à l'hôpital, une parente, et une parente aînée, de la maison de France. On comprend que le roi eût préféré n'avoir jamais entendu parler d'elle; mais, du moment que sa généalogie était authentiquement vérifiée, ce fut une faute, une grande faute, que de la laisser dans la misère. Elle obtint, non sans peine, une petite pension sur la cassette de la reine, et on la maria, en 1780, à un homme d'assez bonne maison, mais ruiné, et pour qui on ne fit rien.

6.

Elle eut occasion, peu après, de connaître le cardinal de Rohan. Sa jeunesse, ses grâces, son esprit, sa position malheureuse, l'honneur de devenir le protecteur d'un si grand nom, tout concourut à le charmer. Mais il ne pouvait guère que lui faire l'aumône, car il était trop mal en cour pour lui obtenir quoi que ce fût.

Il apprit donc avec beaucoup de joie que sa protégée avait enfin pénétré jusqu'à la reine. Elle lui raconta qu'étant allée chez la comtesse de Provence pour solliciter quelques secours, elle s'était trouvée mal ; que la reine, arrivant par hasard en ce moment, avait été touchée et lui avait ordonné de l'aller voir ; qu'elle avait obéi ; que l'entrevue avait été remplie d'assurances de protection, d'affection même.

Plusieurs mois se passèrent. Madame de La Motte avait toujours quelque nouvelle entrevue à raconter, quelque nouvelle espérance à donner. La protégée était maintenant la protectrice. Le cardinal se croyait sur le point de lui devoir ce qui avait été, depuis huit ans, l'unique objet de ses vœux, sa rentrée en grâce auprès de la reine.

— Oui, reprit-il donc, je suis sûr d'elle. Jamais elle ne m'avait montré plus d'intérêt, plus d'affection, que depuis qu'elle est en voie de pouvoir se passer de moi. Son bonheur ne sera complet, dit-elle, que lorsque rien ne s'opposera plus à ce que j'arrive enfin... Mais on frappe... Qui est-ce donc ?... N'ouvrez pas, au moins !... Demandez...

L'abbé demanda qui était là.

—Ami... dit une voix.

— Cagliostro!... Ouvrez-lui... Non... Pas encore...
Entr'ouvrez... Est-ce bien lui?...

C'était bien lui.

Il avait son habit vert, brodé d'or, à la forme
antique et bizarre; ses cheveux, tressés depuis le
haut de la tête, tombaient sur ses épaules en sept
ou huit petites queues. Mais il semblait n'affectionner
cet accoutrement de charlatan que pour avoir occasion d'exercer mieux l'empire de sa physionomie. De
loin, on se promettait de rire; de près, on n'en avait
plus aucune envie. Le cardinal avait souvent avoué
qu'en l'abordant pour la première fois, à Strasbourg,
il se sentit plus saisi qu'il ne l'avait jamais été devant
une tête couronnée. Quant à Cagliostro, les dignités
lui imposaient si peu qu'il n'avait pas même voulu,
en ce temps-là, se transporter au palais du cardinal.
« Si M. le cardinal est malade, avait-il dit, qu'il
vienne, et je le guérirai; s'il se porte bien, il n'a pas
besoin de moi, ni moi de lui. » Il refusait, du reste,
tout salaire. Un grand seigneur, un jour, pour lui
faire accepter vingt-cinq louis, les lui remet en le
priant de les donner aux pauvres de Strasbourg.
Cagliostro, le lendemain, lui en envoie cinquante
pour les pauvres de Paris.

Ses relations avec le cardinal avaient continué sur
l'étrange ton du début, le prélat toujours humble et
fasciné, Cagliostro toujours haut et fascinant. Il avait
cependant paru touché de la soumission de son
disciple. « Votre âme est digne de la mienne, lui

dit-il une fois, à ce que rapporte Georgel dans ses mémoires ; vous méritez d'être le confident de mes secrets. » Qu'était-ce que ces secrets ? Lorsque le cardinal était au château de Saverne, Cagliostro venait s'y établir. Ils passaient ensemble des heures, des demi-journées, des nuits. De leurs opérations astrologiques ou chimiques, nul n'en pouvait rien dire avec un peu de certitude ; c'était seulement chose bien étrange que cette intimité publique d'un évêque, d'un cardinal, avec l'apôtre d'un certain mysticisme oriental qui avait bien sa poésie, mais qui n'était guère, à coup sûr, le christianisme.

Il entra donc, et sans même ôter son chapeau.

— C'est moi.

— Vous me saviez ici ?... dit le cardinal.

Cagliostro le regarda fixement, comme surpris qu'on pût le soupçonner d'avoir ignoré quelque chose. Puis, sans répondre et s'asseyant gravement, tandis que le cardinal, qui s'était levé, restait debout :

— Louis, vous souvient-il des expériences d'hier au soir ?

— Sans doute.

— Que vous montrais-je ?

— Une étoile que vous m'avez dit être la mienne.

— *Que vous m'avez dit...* Est-ce du doute ?

— Non.

— Si c'en est, brisons là.

— Non... Non...

— Eh bien, comment la voyait-on, à dix heures, cette étoile ?

— On ne la voyait presque pas.

— A onze heures?

— Mieux.

— A minuit?

— Resplendissante.

— Et tu douterais, enfant!... Écoute. A dix heures, ton amie entrait chez la reine. A onze, il y avait
un moment qu'elle lui parlait de toi. A minuit...
Mais on frappe... Ouvre toi-même... Ouvre... C'est
ton étoile qui vient...

Il ouvrit. C'était la comtesse de La Motte. Elle lui
tendit la main, et il la couvrit, cette main, de baisers passionnés. — Oui, disait-il, oui... C'est mon
étoile... C'est mon ange... Achevez, Jeanne, achevez
ce qu'il disait... Hier... à minuit... chez la reine...

— A minuit, monseigneur, la reine me congédiait
en me disant qu'elle se repentirait toute sa vie d'a-
voir été si longtemps dans l'erreur sur votre compte...
Qu'elle voulait réparer le passé, tout le passé... Que
vous serez bientôt où vous appelait votre nom, votre
mérite...

Il était près de se jeter à genoux. Il suffoquait;
il imprimait convulsivement ses lèvres sur la main
de la comtesse.

— Mais ce n'est pas sans peine, reprit-elle, que
j'ai remporté cette victoire. Il m'a fallu être élo-
quente, monseigneur. Je l'ai été... Je l'ai été... Je ne
pouvais pas ne pas l'être puisque je parlais de vous...
J'ai peint votre générosité, votre belle âme... J'ai
vu... Mais dois-je vous le dire?...

— Dites!... Dites!...

— J'ai vu la reine bien plus émue encore qu'elle ne voulait le laisser voir... J'ai vu... Connaissez-vous l'écriture de la reine?

— Sans doute.

— Lisez.

C'était un petit papier doré sur tranche, raffinement alors tout nouveau et tout royal.

La loge était fort sombre. Le cardinal se précipita vers la grille avec une telle ardeur, qu'un des crochets qui la retenaient céda. C'était ce que le comte de Provence avait vu. La main au gros diamant était celle de Cagliostro, car le prélat n'avait garde, lorsqu'il sortait incognito, de laisser le sien à son doigt.

Mais il parut à peine s'apercevoir de l'accident, car le billet disait : « Je suis heureuse de pouvoir vous rendre mon estime. Le moment n'est pas éloigné où je serai charmée de vous le témoigner de bouche. Dès que ce moment sera venu, je vous le ferai dire. Soyez discret. »

— Oui, je le serai!... s'écria-t-il. Un billet! Un billet à moi!... Après de telles paroles, j'aurais de la patience pour des mois, pour des années...

Cagliostro lui mit la main sur l'épaule.

— Vous n'en auriez pas pour huit jours, si je n'étais là pour vous en donner. Du calme, mon enfant!... Vous entrez dans une grande fortune; sachez vous en montrer digne en y entrant comme chez vous. Cette étoile qui disait si vrai hier au soir, je

veux vous apprendre à la consulter aussi pour savoir, en toute occasion, si vous êtes à la hauteur de
ce qu'elle vous donne. Il pourra arriver que vous la
voyiez pâlir au moment même où vous serez plus
puissant que jamais. Alors, cherchez, et vous verrez
que vous aurez été ou impatient, ou faible, ou trop
joyeux d'un succès, ou trop effrayé d'un obstacle,
ou, ce qui est la plus grande des fautes que vous
puissiez commettre, défiant envers l'étoile elle-
même.

Cagliostro s'animait. Ses yeux, comme l'avaient
souvent dit ses admirateurs, devenaient eux-mêmes
des étoiles.

— Oui, reprit-il, confiance, confiance, et encore
confiance!.... Voilà le grand secret; voilà ce que leur
étoile a prêché à tous les grands hommes. Confiance, Rohan!... Je ne t'ai encore montré que les
mots écrits là-haut, dans le firmament matériel;
mais l'ange de la lumière m'en a montré d'autres,
à moi, dans les mystérieuses profondeurs de l'esprit. Ce que j'ai vu, ce que j'ai lu, je ne puis te le
dire, car tu ne pourrais le comprendre; mais le
moment viendra. En te grandissant parmi les
hommes, le destin se prépare à te grandir parmi
les intelligences. La terre ne te sera qu'un mar-
chepied pour t'élever à de plus hautes choses; et un
jour...

Mais il ne put achever. Le silence s'établissait
dans la salle; et quoique le cardinal ne songeât plus
guère à la pièce, il fit comme tout le monde : il re-

garda. Figaro et Susanne (Dazincourt et mademoiselle Contat) étaient déjà en scène. La comédie prenait possession des planches; le drame venait de se préparer dans la loge.

X

Nous avons laissé Julien au moment où un mot venait de lui révéler la présence de Marie à quelques pas de chez lui.

Ce ne fut pas sans peine qu'il cacha son saisissement. Heureusement que le prince le quitta bientôt après, décidé à reprendre, disait-il, dans la mesure de son très-mince crédit, l'affaire des prédications à la cour.

Il avait tenu parole. On a vu tout à l'heure où cette affaire en était.

Quand tout le monde fut parti, prince, officiers, aéronautes, et que Julien, le soir, se retrouva dans sa solitude ordinaire, il en était à se demander si tout cela, du ballon au mot révélateur, n'était pas un jeu de ses sens, une imagination, un rêve. L'état de son cœur, à la suite de ce qu'il venait d'apprendre, il n'en avait encore aucune notion distincte; dès qu'il voulait s'examiner, il retombait toujours sur cette question : Est-ce vrai?

Mais ce n'était pas seulement l'imprévu de la chose ou l'étrangeté des circonstances qui prolongeait en lui cette espèce d'incertitude. Il doutait parce qu'il voulait douter, parce qu'il avait peur de ce qui résulterait d'une certitude complète ; et s'il n'espérait pas la chasser, cette certitude, il tâchait, par une sorte d'instinct, d'en reculer l'acceptation.

C'était de la joie, en effet, il ne pouvait se le dissimuler, qu'il avait d'abord ressentie, et c'était pour cela, principalement, qu'il avait peur. Était-il donc condamné, se disait-il, à le sentir battre encore sous des émotions de ce genre, ce cœur qu'il avait eu tant de peine à endormir ? L'homme nouveau, l'homme croyant et fort, serait vaincu comme l'ancien incrédule ou comme le disciple imbécile de Cambel ! L'amour aurait sa place à côté du christianisme, comme il l'avait eue à côté d'une vaine philosophie ou d'une superstition plus vaine encore !

Chose étrange ! Depuis qu'il s'était démontré par l'Évangile la nullité et l'illégitimité de son serment de prêtre, il était plutôt plus effrayé à la pensée de l'enfreindre. Sa conscience, plus éclairée, était en même temps devenue plus délicate ; aussi longtemps qu'il porterait cette robe, gage extérieur d'adhésion aux lois de l'Église, il voulait défendre à son cœur de les violer en secret par des sentiments ou des vœux qui y seraient contraires.

Mais la robe elle-même, pouvait-il loyalement la garder ? Pouvait-il, avec ses nouvelles convictions,

porter encore la livrée de celles qu'il n'avait plus,
qu'il n'avait jamais eues ?

Cette question l'avait souvent agité. En regard de
l'Église, il aurait pu s'en inquiéter assez peu, car il
savait de reste combien l'Église est disposée à se
contenter des formes ; il la voyait si indulgente pour
des prêtres notoirement incrédules, qu'il pouvait
bien se donner en conscience la liberté de croire
autrement qu'elle sans le lui déclarer ouvertement.
Mais en regard de sa conscience elle-même, la question revenait sans cesse. Pouvait-il et devait-il, oui
ou non, rester prêtre ?

Or, cette question, une des raisons pour lesquelles
il avait toujours reculé le moment de la trancher,
c'était encore un scrupule honorable : il voulait
pouvoir affirmer, et devant les hommes et devant
Dieu, que sa détermination était indépendante de
tout motif humain, et que, s'il cessait d'être prêtre,
ce n'était pas dans la pensée de se rouvrir l'accès au
bonheur qu'il s'était fermé en le devenant ; il voulait, en un mot, avoir la pleine certitude de ne consulter dans cette affaire que sa conscience, que sa
foi, et, depuis bientôt quatre ans, il calculait chaque
jour ses progrès dans cette impartialité délicate et
difficile.

Là donc était, on le comprend maintenant, la
cause de l'effroi qu'il éprouva. Il retrouvait Marie ;
il ne pourrait donc plus secouer sans arrière-pensée
le joug qu'il avait espéré voir se briser sous le libre
effort de sa conscience.

Cependant, s'il eût été moins sévère envers lui-même, il aurait essayé d'envisager sous un autre point de vue ce premier mouvement de joie qui l'avait si fort alarmé. Il se serait dit, et c'était vrai, qu'une partie au moins de cette joie était celle de se sentir maintenant d'accord avec Marie dans les choses où il s'était vu si loin d'elle, l'affligeant par son incrédulité, désespérant de la consoler jamais. Il pourrait désormais lui dire, comme à Cambel : « Je suis chrétien. » Il pourrait, si leur sort était de rester séparés sur cette terre, lui donner rendez-vous ailleurs...

Mais comment discerner, dans le chaos d'une âme d'homme, ce qui est de la terre de ce qui est du ciel ? Tout au plus est-on sûr des grands extrêmes ; le reste est un océan qui flotte, un va-et-vient de lumière et de ténèbres. Le bien, le mal, le pur, l'impur, couvrent ou abandonnent successivement les mêmes plages ; insensé qui croirait avoir tracé une limite, ou seulement avoir reconnu, à l'œil, quelques points inattaquables et fixes ! Julien n'avait pas cette folie, et c'est pour cela qu'il avait peur.

Quelques jours se passèrent, jours d'angoisse, comme il avait espéré n'en plus avoir. Depuis quatre ans, il confiait chaque soir au papier ses impressions de la journée, heureux, le plus souvent, de quelque progrès à constater. Mais, hélas ! ce n'est que dans le port qu'il n'y a plus d'orage à craindre, et le seul port, ici-bas, c'est le tombeau. Julien l'avait oublié. Il s'étonnait que son navire obéit encore aux vagues; il en était confus, presque irrité.

Je m'étais cru sur le rocher, écrivait-il un soir, — c'était le 14 avril, — et je ne vois que trop que je suis encore sur la mer.

Le lendemain, il reprenait courage.

Dieu, écrivait-il, m'a sauvé, il y a quatre ans, du plus redoutable des naufrages. Il a retiré mon âme de l'abîme; il a voulu devenir, comme dit l'Écriture, *mon rocher*. Qu'il achève son œuvre. Il m'a montré ce que je devais croire; il me montrera ce que je dois faire. J'attendrai que les circonstances, puisqu'elles sont dans sa main, me tracent ma route. Je veux tâcher de ne pas même diriger mes souhaits dans un sens ou dans un autre.

Puis, dès le jour suivant, il trouvait l'effort trop pénible et l'attente trop longue.

Je me suis trompé; je le vois bien. Cette espèce de fatalisme est au-dessus de mes forces. Attendre... attendre... Ah! quand je l'ai dit, c'est que je me disais tout bas que ce ne serait pas long... Et quand je le pourrais, est-ce bien là ce que Dieu demande? Le fatalisme est-il la soumission? Est-ce plier sa volonté que de n'en avoir aucune? Il s'agit de vouloir

7.

ce que Dieu veut, et non pas de ne rien vouloir du
tout...

Ah! malheureux, voilà que je cherche à m'excuser d'avoir eu aujourd'hui, en dépit de ce que je
disais hier, l'ardent désir que la volonté de Dieu se
trouvât conforme à la mienne...

Il y eut aussi des jours plus calmes.

J'ai fait comme Mauriac, écrivait-il le 19 avril ;
j'ai prescrit dans mon testament que ces papiers
fussent enfermés dans mon cercueil. Ferai-je, si la
mort m'en laisse le temps, un triage? Détruirai-je
les pages semblables à celles-ci? — Mais le reste
serait incompréhensible. Et pourquoi voudrais-je
ne léguer à qui lira ceci que la moitié de moi-
même? saint Augustin s'est bien légué tout entier.
Il a dit les folies, les impuretés de sa jeunesse;
pourquoi tairais-je, moi, une passion qui a toujours
été pure, et que Dieu lui-même a légitimée en
la faisant contribuer à me ramener à lui? Si elle
est encore illégitime, ce n'est ni aux yeux de la
nature, ni aux yeux de la religion. Pourquoi me
laisserais-je intimider, dans ces épanchements intimes, par une loi que ma raison toute seule ré-
prouve autant que mon cœur?

Mais me voilà discutant comme s'il s'agissait tout
de bon de me présenter avec ces feuilles au tribunal
de la postérité. Que nous sommes prompts à saisir

tout ce qui tient, de près ou de loin, à l'idée de ne
pas mourir tout entiers? Quel besoin de survivre
à notre existence terrestre, ne fût-ce que par quelques feuilles cachées dans un cercueil! Mais ces
feuilles, au moins, ce sera moi, moi tout entier; et
quand viendra l'heure du jugement...

Mon Dieu! allais-je donc copier le début des *Con-
fessions?*... Mais non; je ne l'aurais pas copié, ou,
du moins, j'en aurais totalement changé le sens. De
toutes les pages de mon père, il n'en est aucune,
maintenant, qui me paraisse plus fausse, plus dangereuse... Hélas! j'allais ajouter « plus criminelle!...»
Ce qu'elle était réellement dans son intention, je
l'ignore; mais depuis que mes yeux se sont ouverts,
j'y vois le symbole de la grande erreur de ce siècle.
Sous des formes respectueuses, c'est le défi de la
créature au créateur, du néant à *Celui qui est*; c'est
l'orgueil qui se dresse en face de la justice; c'est la
vertu qui s'en va réclamer l'héritage de la foi, et la
vertu, quand elle a cette audace, ce n'est plus la
vertu. Sur ce point, la page elle-même porte assez sa
réfutation en soi. Au moment où il parle de se présenter hardiment devant le souverain juge, il reconnaît avoir été obligé de se peindre plus d'une fois
« méprisable et vil; » au moment où il porte aux
hommes le défi qu'un seul ose se vanter, devant
Dieu, d'avoir été meilleur que lui, il les prévient
qu'ils vont avoir à « rougir de ses misères, » à « gémir de ses indignités. » L'humilité, de cette manière,
n'est que l'orgueil à son plus haut période; s'appro-

cher de Dieu dans de pareils sentiments, c'est élever entre lui et soi un mur infranchissable.

Voilà ce que j'ai été longtemps, moi aussi, sans pouvoir comprendre. Je n'étais plus disciple de Rousseau ni d'aucun des hommes de ce temps ; mais je continuais à respirer l'atmosphère où ils ont vécu, et qui les a faits eux-mêmes plus encore qu'ils ne l'ont faite. Une fois chrétien, j'ai senti que ce qui m'avait toujours empêché de l'être, c'était cela. Les doutes de l'esprit ne sont que de faibles obstacles en comparaison de ce mur que porte en avant de soi un cœur gonflé d'orgueil. « Entre l'homme et Dieu, disait Nicole, il n'y a que l'orgueil ; » et Pascal l'a dit bien des fois en d'autres termes.

Mais ce n'est pas tout que de le dire ; ce n'est même pas tout que d'en être convaincu. Pascal l'était, et Pascal n'a pas réussi à être humble. On sent, sous son humilité, comme le frémissement d'une révolte intérieure, opiniâtre, incurable. Il entasse les arguments pour me démontrer ma misère, pour se démontrer la sienne ; comme si ce n'était pas de l'orgueil que d'avoir tant de frais à faire pour se la démontrer ! Je le vois s'écraser lui-même sous le poids de toutes les misères et de tous les néants du genre humain ; je ne vois pas l'âme qui plie, qui accepte, qui ne voudrait même pas, en quelque sorte, n'avoir pas besoin de pardon, car il lui est doux d'être pardonnée, doux de s'humilier, doux de tout devoir à son Dieu. *O beata culpa quæ talem meruisti redemptorem !* Est-ce ainsi qu'il était chrétien celui qui avait besoin et de tant de raisonnements, et d'un cilice à pointes, pour dompter son indomptable *moi?* Je l'ai toujours, cette amulette que Gilbert m'a léguée. Elle m'est précieuse comme souvenir de Gilbert et comme relique de Pascal ; mais quelle preuve encore de ce que je viens de dire? Qu'il était loin de sentir son cœur véritablement acquis à Dieu, celui qui le cachait derrière ce parchemin! Avec tout son génie, il en était à se garantir du démon comme le soldat espagnol se garantit des balles, — une prière magique et un sachet béni!

Aussi, du temps de mes découragements et de mes luttes, rien ne m'effrayait plus que son exemple. Il y a des gens qui sont fiers d'être travaillés comme Pascal ; mais je doute qu'ils aient réellement soif, ceux-là, de repos et de foi. Moi qui souffrais tout de bon et qui désirais tout de bon, je ne trouvais qu'un redoublement d'amertume à voir une âme aussi puissante se consumer dans les mêmes souffrances et les mêmes aspirations.

Je me suis souvent demandé pourquoi Pascal, si digne d'être chrétien et si ardemment désireux de l'être, avait eu tant de peine à le devenir, et ne l'était même devenu qu'avec le secours de ce cilice, de cette amulette, de ces misères également indignes du christianisme et de lui. Je suis maintenant convaincu que c'est encore parce qu'il n'avait pas trouvé le joint, parce qu'on peut peindre éloquemment la misère de l'homme, et ne pas la voir encore du côté où Dieu a placé la porte de la foi. Ajoutez à cela que

Pascal ne voulait pas seulement être chrétien, mais encore être catholique, c'est-à-dire unir les deux choses sur le terrain où elles s'accordent le moins. Le catholicisme est, quoi qu'on en dise, la religion des œuvres et du salut par les œuvres, la religion du cœur humain, la religion, par conséquent, de l'orgueil. Il dompte la raison, mais il laisse au cœur son enflure. Quand un catholique est chrétien, c'est qu'il a abjuré, de ce côté-là, le catholicisme. Mais Pascal avait de la peine à l'abjurer. Outre l'orgueil du talent, toujours puissant pour encourager celui du cœur, il y avait le jansénisme, cet intenable milieu entre l'obéissance et la révolte, entre Genève et Rome. Pascal, pour ne pas rompre ouvertement avec l'Église, et d'ailleurs sincèrement effrayé à la pensée de se séparer d'elle, s'efforçait, par l'observation des pratiques, de la rassurer sur son compte et surtout de se rassurer lui-même. Il avait soif du christianisme véritable, du christianisme de la foi, — et les frayeurs secrètes de son cœur, les nécessités de sa position, tout, enfin, l'enchaînait au christianisme des œuvres. Je ne suis pas un Pascal et je n'ai pas passé par le jansénisme; mais n'est-ce pas là, à cela près, mon histoire? Quand je demandais la foi à une hostie, ne frappais-je pas, comme lui, à une porte murée, ou plutôt à un mur où il n'y eut jamais de porte?

Julien trouvait du charme à repasser ainsi, la plume à la main, son histoire. Il la reprenait sous toutes les faces, heureux d'ajouter, à chaque fois, que l'ancienne lutte était finie; heureux aussi, mais c'était un triste bonheur et l'annonce d'autres orages, d'écarter au moins quelques moments les angoisses d'un autre genre qui avaient reparu sur son chemin.

Mais la digue finissait toujours par se rompre. Souvent, le soir, après cinq ou six pages écrites, il posait tout à coup sa plume et se mettait à sourire amèrement. La phrase restait inachevée; il l'achevait le lendemain, ou il ne l'achevait pas. Cette phrase interrompue lui en dirait plus, pensait-il, s'il la relisait un jour, que toute la page précédente. Elle le dispensait d'écrire ce qui la lui avait fait interrompre.

Un soir, cependant, il reprit sa plume.

Ai-je donc espéré, écrivit-il, qu'en évitant de prononcer certains mots, je finirais par chasser les pensées? Si je l'ai cru, — et qui peut dire, au milieu des superstitions du cœur, ce qu'il a réellement cru ou n'a point cru! — si je l'ai cru, dis-je, il est trop clair que je ne dois plus le croire. Qu'ai-je gagné à refouler mes pensées? Qu'ai-je gagné à attendre que quelque événement se vînt jeter dans la balance, et me sauvât de la responsabilité d'une décision à prendre? J'ai voulu ne pas me placer en face de la question. C'était une lâcheté; j'en suis puni. Mais il faut que cela finisse. Je me donne trois jours...

XI

Il aurait pu se donner moins.

Cambel, depuis le jour où Julien avait secoué son joug, s'était montré aussi doux qu'il avait été jusquelà hautain et âpre. L'esclave lui échappant, il s'était donné l'air de ne vouloir et de n'avoir même jamais voulu qu'un ami, qu'un frère. Il avait avoué, du reste, avec une candeur parfaite, toutes les supercheries qu'il ne pouvait plus nier. C'était bien lui qui s'était trouvé dans le souterrain, et même avec un de ses amis, la première fois que Julien essaya d'y descendre. Il était occupé à ouvrir le cercueil de Mauriac, lorsqu'il entendit marcher dans l'église ; quand la dalle se souleva, il avait eu l'idée de chasser Julien en l'effrayant. S'il se trouva du sang dans le calice, c'est qu'il en faisait mettre tous les soirs, depuis quelque temps, par un marguillier affidé, Julien lui ayant laissé entrevoir le projet de tenter quelque expérience sur l'hostie. Tout cela, Cambel l'avouait sans nulle honte, avec cette curieuse bonne foi de mensonge si familière à ceux qui ne regardent, en toute affaire, qu'au but. La grande fraude du sang, pure charité, disait-il, puisqu'il ne se proposait que d'affermir la foi de Julien au moyen d'un miracle demandé par Julien lui-même. L'enlèvement des papiers de Mauriac, pure charité encore, puisqu'il ne s'agissait que d'ôter à Julien une occasion de s'infecter d'hérésie.

Julien savait à quoi s'en tenir, non-seulement sur cette prétendue charité, mais sur le but lui-même, car il était convaincu depuis longtemps que la foi était la dernière chose dont l'ancien jésuite s'inquiétât. Aussi n'avait-il répondu à ses nouvelles avances que par un complet dédain. Il ignorait d'ailleurs absolument, comme on se le rappelle, les perfidies de Cambel dans l'affaire des lettres de Marie; il ne se doutait même pas que Marie eût précédemment habité dans le pays. Mais ce qu'il savait suffisait, et au delà, pour l'éloigner de cet homme, et Cambel finit par se rebuter, au moins en apparence.

Il y avait donc plus d'un an qu'il n'était pas revenu chez Julien, lorsque celui-ci, un soir, le vit venir. C'était le soir où il venait d'écrire ce que nous avons rapporté.

— Bonsoir, Julien.

— Bonsoir, monsieur.

— Étonné de me voir?

— Très-étonné.

— Moi aussi de me voir ici. Vous m'avez fui, Julien...

— J'aimerais mieux qu'on laissât cette question.

— Laissons-la. Deux grandes nouvelles...

— Dites-les.

— Je tenais à vous les apprendre...

— La première?...

— La première, c'est que vous prêchez à la cour, l'année prochaine, le jour de l'Assomption. Le grand aumônier vous a proposé au roi ; le roi consent.

— On vous a fait cette peine?

— Cette... peine?...

— Mais oui. Il y a trois ans, sans vous, que la chose serait faite.

— Julien!...

— La seconde nouvelle, s'il vous plaît.

— Vous ne la méritez pas.

— Gardez-la.

Mais il ne voulait pas la garder.

— Je serai meilleur que vous, dit-il. La seconde nouvelle, c'est que mademoiselle de Clavigny...

— Eh bien?

— Devinez.

— Qu'ai-je à deviner?... Mademoiselle de Clavigny est au château de Clamière.

Il parut assez déconfit, comme on l'est toujours quand on s'est cru porteur d'une nouvelle, et que cette nouvelle est déjà sue. Mais, chez lui, c'était autre chose. Il s'était réjoui, le misérable, de voir la joie de Julien, parce qu'il savait de quoi cette joie serait un jour suivie. Il s'en était promis comme un avant-goût de vengeance.

— Si je ne vous apprends rien, reprit-il, j'ai eu au moins l'intention...

— Eh bien! je vous remercie.

— C'est tout?

— Que voulez-vous que j'ajoute? Comme vous ne faites rien sans but, j'attendrai de voir quel est celui que vous avez eu cette fois.

Il s'en alla sans dire non. C'était encore un commencement de vengeance que de laisser entrevoir à Julien qu'un piége l'attendait.

Ce piége, qu'était-ce donc? — Car Julien ne pouvait penser que Cambel se proposât simplement de le laisser s'engager de plus en plus dans son amour, puis de le dénoncer, même avec assaisonnement de calomnies. Les fautes de ce genre étaient si bien descendues à l'état de peccadilles, qu'un prêtre qui en était convaincu n'avait pas grand châtiment à redouter.

Une seule chose était claire : en se rapprochant de Marie, il entrait dans les vues de Cambel et il donnait dans ce piége inconnu. La conclusion logique, c'était de renoncer absolument.

Mais une fois la question ainsi posée, il se sentit hors d'état de la trancher dans le sens que la prudence indiquait. Renoncer absolument à Marie, ce n'était pas seulement plus qu'il ne pouvait faire, mais plus que ne lui demandait sa conscience. D'ailleurs, ses relations avec le baron de Clamière ne lui permettraient pas longtemps de paraître ignorer la présence de Marie; et comment, supposé qu'il eût la force de ne pas avoir l'air de la connaître, comment avoir le courage de lui laisser croire à elle-même qu'elle n'était plus rien pour lui? Enfin, le danger même avait aussi son attrait, d'autant plus grand qu'il s'agissait d'un danger inconnu.

C'était donc chose décidée. Il écrirait à Marie, et sur-le-champ.

Mais quand il eut sous sa main et sous sa plume, au lieu de ce cahier familier avec lequel il causait tous les soirs, la feuille que d'autres yeux devaient voir, une autre main toucher, d'autres larmes mouiller peut-être, — sa main trembla et ses yeux se voilèrent. Que de fois, cependant, ces épanchements solitaires avaient pris la forme d'une lettre, et toujours d'une lettre à elle! Nous avons rapporté quelques fragments de cette correspondance imaginaire; elle coulait de sa plume et de son cœur plus facilement encore que les autres morceaux de son journal. Et maintenant, il ne savait que dire, ni quelle forme prendre. Il est si malaisé de commencer quand on voudrait ne pas finir! Les mots sont de si pauvres haillons quand il s'agit d'en vêtir ce qui est resté longtemps caché dans les profondeurs de l'âme!

Il commença enfin.

Mademoiselle,

Voilà bientôt un mois que je vous sais au château de Clamière. Je pouvais vous écrire; je pouvais chercher à vous voir. Je n'ai fait ni l'un ni l'autre. Avant de m'excuser, je voudrais savoir au moins si

vous vous souvenez assez de moi pour demander
que je m'excuse.

Mais qu'aurais-je à vous dire? Ma seule excuse est
dans ce retard même. Si vous m'étiez indifférente,
ou j'aurais écrit tout de suite, comme le voulait la
politesse, ou je n'écrirais pas du tout. Je l'ai passé,
ce mois, à chercher si je devais me féliciter ou m'effrayer. Je n'en sais rien encore, et vous-même vous
ne pouvez me le dire. Il n'y a que Dieu qui sache
pourquoi il nous a rapprochés.

Mais ce que vous pouvez me dire, ce que j'attends
comme on attend son arrêt...

Cette fois, il ne posa pas sa plume; il la jeta loin
de lui avec colère.

— Quel style!... murmurait-il. Pas une ligne encore qui soit ce que je voudrais, qui rende ce que je
sens!... Des antithèses... des finesses... un plat lan-
gage d'amant...

Ce mot d'*amant* lui avait toujours paru indigne
de lui et de Marie. Il le trouvait, dans le sens que
le vulgaire y attache, ou trop fort ou trop faible.

En attendant, ces quelques lignes lui avaient
coûté une heure. Pour tâcher de redevenir lui-même,
il reprit son cahier.

Il écrivit sa conversation avec Cambel, son projet
d'écrire à Marie, ses efforts inutiles. « Ai-je donc peur
d'elle?... ajoutait-il. Que ne puis-je lui envoyer simplement ce que j'écrivais, il y a quatre ans, après sa
mystérieuse apparition! J'aurais donné la moitié de

8

ma vie, me semblait-il alors, pour pouvoir lui dire à
elle-même ce que je jetais sans espoir aux mornes
échos du presbytère; et maintenant que je la sais
près de moi, que je suis sûr de ne pas écrire en
vain, voilà que je ne sais plus comment écrire. Serait-ce peut-être, outre la crainte d'exprimer trop
mal ce que je sens, celle de mettre un terme à une
situation où mon cœur était au moins libre d'embellir toujours l'objet de ses vœux? Aurais-je peur de
trouver Marie au-dessous de l'idéal que l'absence
m'en a fait? Non, non! ce n'est pas cela; je la re-
pousserais, cette crainte, comme une pensée injuste,
coupable. Et cependant, dans ce passage de l'idéal à
la réalité, il y a quelque chose qui m'effraye. Je
voudrais ne rien perdre des inspirations de l'idéal,
et les vivifier, au contraire, par les autres. Je voudrais.... Mais voilà encore un idéal que je bâtis. Il
faudrait plus qu'une âme d'homme pour sentir ce
que je voudrais sentir, et surtout plus qu'une parole
d'homme pour le dire. »

Il laissa la lettre commencée, et résolut d'attendre au lendemain.

XII

Le lendemain, comme il se promenait sur la route de Paris, une voiture passa. Un homme, dans cette voiture, parut frappé de le voir; et tandis qu'il cherchait lui-même où il avait vu cet homme, la voiture, qui était déjà vingt pas plus loin, s'arrêta. L'homme mit la tête à la portière. Julien s'approcha.

— Eh! parbleu, s'écria l'homme, c'est lui!... C'est mon ami de la Bastille!...

— Monsieur de Mirabeau!...

— Parfaitement. Mais je ne puis plus dire, moi : « Le chevalier Julien!... »

— C'est vrai.

— Curé!... Curé!...

Aujourd'hui dans un casque et demain dans un froc...

comme dit M. de Voltaire...

— Comme dit Boileau, monsieur.

— Va pour Boileau. Eh bien, monsieur le curé, je suis charmé de vous voir. Pourrait-on se reposer un moment à l'ombre de votre clocher?

— De mon toit, monsieur.

— Encore mieux. Eh! eh! vous ne vous attendiez pas à faire de si bon matin une bonne œuvre... Les chevaux reprendront haleine...

Il sauta à bas de la voiture. Ses mouvements étaient, comme ses paroles, brusques, étourdissants.

— Eh bien!... reprit-il, cette Bastille?... Mais vous en preniez, vous, si tranquillement votre parti... Et puis vous n'y restâtes que huit jours... Moi, je pouvais en avoir encore pour vingt ans...

— Vous n'en avez eu que pour deux, je crois...

— *Que* pour deux... Il est joli, votre *que!*... Deux et deux font quatre, monsieur; et quatre, en prison, c'est quarante... Ils me ramenèrent à Vincennes... Ils me tinrent plus à l'étroit que jamais... Ah!... Mais n'en parlons plus... Mon sang bouillonne... Mais au moins ma captivité n'a pas été sans fruit, ni mon *Essai sur le Despotisme* non plus... Maintenant qu'il n'y a plus de Vincennes...

— Plus de Vincennes?... dit Julien.

— Eh! non... D'où sortez-vous que vous ne le sachiez pas? Plus de Vincennes, mon cher. On vient de décider que le donjon sera converti en magasins. Le public est déjà admis à le visiter de haut en bas... On se montre ma chambre... Vous voyez bien qu'il n'y a plus de Vincennes, en attendant qu'il n'y ait plus de Bastille...

On arriva chez Julien.

— Et vous?... reprit Mirabeau. Contez-moi donc un peu... Car vous avez beau vous enterrer; on parle de vous. Mais les uns disent ceci, les autres cela... On vous fabrique une vie où le diable ne comprend rien... J'ai vu des imbéciles qui vous faisaient fils...

— De qui?

— De Voltaire...

— Oh!

— De Rousseau...

— Oui?...

— De...

— De qui encore?

— Vous avez un air...

— Quel air?...

— Julien!

— Eh bien!...

— Ce serait vrai!...

Julien ne répondit pas. Mirabeau suffoquait.

— Fils de Rousseau!... C'est donc vrai?... Mais venez que je vous contemple... Venez... Par ma foi! il a son regard... Il a son front... Il a sa bouche... Fils de Rousseau!... Eh bien, Julien, votre main... J'ai le droit de la serrer... Je suis son fils aussi, car, sans lui, je ne serais rien, rien qu'un obscur gentillâtre... Et je suis... Qu'est-ce que je suis?... Je n'en sais rien... Mais enfin, je sens que je serai quelque chose... Ce qu'il a mis sur le papier, je le mettrai, moi... Mais vous en avez l'air médiocrement heureux, de cet honneur que le sort vous a fait...

Il lâcha la main de Julien. Julien ne remuait pas.

— Vous ne dites rien?

Même silence. Mirabeau recula d'un pas, et, le toisant avec sa plus laide moue : — Allons, dit-il, il est écrit que je n'aurai jamais que des désappointements avec cet homme!

Il lui tourna le dos et s'alla camper devant la fenêtre, battant le tambour sur une vitre. Julien s'était assis sans mot dire.

Le tambour bien battu, il se retourna tout à coup en éclatant de rire : — Ah! voilà qui est bon!... Ah! par ma foi!... Je veux être pendu si je ne me croyais pas à la Bastille... ou à Vincennes... ou enfermé, enfin... Ce que c'est que l'habitude!... comme le jour où vous me fîtes également enrager, où je voulus sortir, et où... porte close!... Eh bien, comme ce jour-là, j'allais tranquillement attendre... Non... pas tranquillement... N'importe... J'allais attendre que le geôlier vînt ouvrir...

— Vous alliez écrire à Sophie?... J'aurais eu, cette fois, du papier à votre service...

Mais Mirabeau ne riait plus.

— Ah! vous raillez!... cria-t-il. Eh bien! oui... oui... J'ai cessé de l'aimer... Je l'ai trahie... Est-ce ma faute, à moi, si on a étouffé mon amour sous les verrous?...

— Monsieur de Mirabeau, dit Julien, je crois que vous mettrez prodigieusement de choses sur leur compte, à ces verrous...

— Bien dit, monsieur. En effet, la France pourrait les payer cher.

— Et Sophie les paye, en attendant. Au fait, c'est elle qui en a le plus profité, puisque c'est grâce à eux qu'elle vous a eu quatre ans fidèle.

— Nous sommes à confesse, l'abbé, à ce qu'il paraît.

— Vous n'avez rien confessé.

— Qu'en ai-je besoin? Vous devinez.

— Ce n'est pas difficile.

— Eh! mais... A mon tour, s'il vous plaît... Le chevalier Julien m'avait fait, en cette même Bastille, certains commencements d'aveux...

— Que le curé Julien n'achèvera pas, monsieur.

— Libre à lui; d'autant plus que cette même constance, qui eût été une vertu chez moi, ne serait qu'un crime chez un prêtre...

— Un crime!.,.

— Vous vous récriez?... Bien. Je sais ce que je voulais savoir.

— Que savez-vous?

— Ce que je sais, enfant!... Voulez-vous que j'appuye ma main sur votre cœur pour m'en convaincre encore mieux?... Julien! Julien! Ce n'est pas à moi que personne, homme ni femme, prêtre ou non, cachera jamais rien de ses choses-là...

— Vous les avez assez étudiées.

Mirabeau se redressa vivement.

— Étudiées, oui... Mais si vous êtes de ceux qui s'imaginent que cette étude-là et les sottises qu'elle

a pu me faire faire aient absorbé ou mes forces ou
mon temps, détrompez-vous! Mirabeau n'est pas là ;
vienne seulement l'occasion de le prouver! J'ai trente-
cinq ans, Julien, et j'ai plus lu, plus pensé, peut-être
plus écrit que Voltaire à quatre-vingts. J'en avais à
peine vingt-quatre et mon fils venait de naître, que je
rédigeais déjà pour lui le plus vaste plan d'éducation
qui ait jamais été conçu, et tout ce que je me pro-
posais de lui apprendre un jour, je m'étais mis à
l'apprendre moi-même. Ces intrigues d'amour qu'on
se figure avoir rempli ma vie, ces correspondances
diverses qui feraient des volumes, ces volumes que
j'ai déjà publiés, — tout cela n'a pas pris un quart,
pas un demi-quart de mes années. A Vincennes, je
travaillais douze, quinze, dix-huit heures par jour.
J'ai une montagne de papiers, un million de notes sur
un million de sujets, et tout ce que j'ai jeté sur ce
million de feuilles, je l'ai là, dans ma tête. Chaos, si
vous voulez, mais c'est du chaos qu'est sorti le
monde. J'attends le moment de créer ; je n'attends
pas le souffle créateur, car je sens que je l'ai. Il
m'est venu à travers les temps antiques. Je l'ai respiré
dans Homère, dans Sophocle, dans Thucydide, dans
Tacite surtout, le grand vengeur !... Tacite! Que de
fois, dans mon cachot de Vincennes, j'interrompis
une lettre à Sophie pour me jeter entre les bras de
l'historien de Néron! Au milieu de ma délirante page,
la tête en feu, les yeux pleins de larmes, quand je
sentais venir ce brisement qui ne manquait jamais
de succéder aux moments d'illusions, — c'était à lui,

à Tacite, que j'allais demander courage et force. Il me calmait par son énergique froideur ; il m'armait contre le présent de tous les anathèmes du passé ; il me remplissait d'une séve qui ne réparait pas seulement les forces de l'homme brisé, mais créait un homme nouveau. Je me suis nourri, comme Achille, de moelle de lion. Viennent les combats, et on en saura quelque chose! Viennent... Eh bien?... Vous ne dites plus rien ?

Il eût été malaisé de l'interrompre, car c'était déjà l'homme de 1789, et son père l'avait depuis long-temps baptisé *l'ouragan*.

Mais lorsque enfin il s'arrêta, — et peut-être n'était-ce que parce qu'on n'avait pas essayé de l'arrêter, — Julien, moitié souriant, moitié grave, lui répondit qu'il ne savait trop que répondre, d'autant plus que, tout en demandant une réponse, il avait très-peu l'air d'un homme en train d'écouter. Si j'osais cependant, ajouta-t-il, faire une remarque, je dirais que vous ressemblez fort à ces hommes qui ont besoin, une fois excités, de passer leur colère n'importe sur qui ou sur quoi. Je ne veux pas, tout curé que je suis, vous faire un sermon ; je ne veux pas vous remontrer ce que votre conduite a eu... Que dirai-je?... de fâcheux, d'exorbitant, aux yeux de la morale. Je ne vous fais qu'une question, et toute simple ; je ne l'adresse même pas à votre conscience, mais à votre raison, à elle seule, comme affaire de philosophie ou d'histoire. Estimez-vous qu'une vie comme la vôtre soit une préparation convenable et

légitime au rôle que vous prétendez jouer un jour?
Des mœurs... tranchons le mot... abominables...
Des écrits qu'on n'ose pas même nommer... Des
révoltes, non pas contre le despotisme seulement,
mais contre toutes les lois... Voilà vos titres!... La
société, dites-vous, a été pour vous une marâtre.
Avez-vous été un fils pour elle? L'avez-vous été pour
votre père? Il s'est montré impitoyable, mais pas
avant que vous vous fussiez montré incorrigible. Les
prisons d'État, tout le monde a le droit de les maudire, excepté ceux qui ont mérité d'y être. Le despotisme, tout le monde a le droit de le flétrir, excepté
ceux qui l'ont légitimé en le rendant nécessaire par
leurs vices. Et qu'est-ce donc qu'une vie comme la
vôtre, qu'est-ce que ce tissu d'emportements, d'esca-
pades, d'affaires entamées, rompues, reprises, rompues encore, de dettes, d'expédients, d'aventures
scandaleuses ou bizarres, — qu'est-ce que tout cela,
sinon un insupportable despotisme exercé par vous-
même sur votre famille, vos alentours, votre pays?
Essayez de vous figurer une société composée
d'hommes comme vous; mettez-en seulement, si vous
voulez, un sur cent, sur deux cents, sur trois cents,
sur mille. Que serait-elle, cette société? Pourrait-
elle même exister? Ce serait un état pire que la
barbarie, car, dans la barbarie, une loi au moins
subsiste, la force; mais la force, avec vous, est aussi
impuissante que le reste...

Mirabeau avait souvent essayé, on le pense bien,
d'interrompre; mais Julien, en restant calme, avait

maintenu ses avantages, et Mirabeau était forcé d'écouter. Aussi Julien finit-il par s'efforcer moins de rester froid; et si l'autre avait été véhément dans le tableau de son passé et de ses espérances, il lui montra que la simple raison peut l'être aussi.

Est-ce donc, disait-il, le destin du genre humain, que ceux qui s'imposent aux peuples comme leurs régénérateurs soient ceux qui auraient le plus besoin d'être régénérés eux-mêmes! Parce qu'on est corrompu, on se croit en droit de crier contre la corruption; parce qu'on est malade et gangrené, on se croit médecin!... Vous levez les épaules? A votre aise; mais je vous défie de montrer que vous ayez pris ailleurs que dans la corruption même votre prétendu droit à la guérir. Tout ce que vous me dites de vos sévères études sur l'antiquité, sur Tacite, je n'y crois pas... Ne serrez pas les poings... Allez-vous donc vous figurer que je dis : « Vous en avez menti? » Du tout, monsieur. Je crois parfaitement que vous lisez, que vous dévorez Tacite ; je crois que vous en aurez, dans l'occasion, la bouche pleine. Mais ce que je crois aussi, ou plutôt ce que je vois, c'est que, au lieu de partir de là comme d'une source pure, vos indignations ne font autre chose qu'y chercher un enivrement nouveau. C'est la licence moderne qui se drape de mots antiques; c'est — il me semble que vous l'avouez assez vous-même — c'est l'amant de madame de Monnier... ou de quelque autre... qui se revêt avec fureur de la toge sanglante d'une victime de Tibère ou de Caligula. Ne croyez pas, du reste,

que je parle de vous plus que d'un autre. Ce que vous
faites avec l'impétuosité qui vous est propre, d'autres le font autrement, mais tous, aujourd'hui, le
font. M. de Montesquieu l'a fait, Raynal l'a fait,
Rousseau, plus que tous les autres, l'a fait; et le
siècle, après eux, s'est tellement habitué à le faire,
qu'on passerait pour un barbare ou au moins pour
un sot si on osait ne pas suivre le torrent. Bien sot,
en effet, qui se refuse le plaisir d'être vertueux à si
bon marché, citoyen à si bon marché, concitoyen de
ce tas de grands hommes dont il n'y a, ce semble,
qu'à chanter l'héroïsme et à prononcer le nom pour
se trouver l'héritier de leurs vertus. Ces vertus que
l'on va chercher si loin, ce ne serait encore, les eût-
on tout de bon, qu'un calcul pour se dispenser d'en
avoir d'autres, plus vulgaires, plus simples, plus
difficiles aussi. Si on a dit de votre père qu'il était
l'ami du genre humain et l'ennemi de sa famille, on
dirait tout aussi bien de ce siècle et de ses précep-
teurs qu'ils adorent la vertu de loin pour s'exempter
de l'aimer de près, et surtout de la pratiquer. Je ne
dis pas, remarquez-le bien, qu'il n'y ait énormément
à blâmer, énormément à changer dans notre état
social et politique; je dis que le droit de blâmer devrait s'acheter par la vertu, le droit de changer être
réservé à des mains pures, le droit de démolir à qui
est en état de reconstruire. Hors de là, c'est l'usur-
pation, le chaos... Et ce que vous appelez le souffle
créateur, ce ne sera que le vent qui achèvera de tout
détruire...

— Eh bien! s'écria-t-il, si tout doit être détruit, que tout le soit! Il y a, voyez-vous, une force qui me pousse; il y a un je ne sais quoi, Dieu, démon, destin, qui me dit : « Marche!... » et je marche. Créateur ou destructeur, que m'importe? J'ai une tâche à faire, et je la fais...

— Et qui vous l'a donnée, cette tâche?... dit Julien. A quel signe vous reconnaître? Où sont vos titres?

— Là... dit-il.

C'était son front qu'il montrait.

— Là?... Nullement. C'est là... dans le cœur.

— Encore mieux.

— Oh! je m'entends. Dans le cœur, oui; mais dans le cœur généreux, non. Ce sont vos vices qui vous donnent votre mandat; vous serez un grand homme avec les rognures de la force qu'ils n'ont pas réussi à absorber. Trouvez-vous que ce soit une bien belle manière de l'être? Vous le serez, mais...

— Mais je le serai; cela suffit. Ajoutez ce que vous voudrez; répétez ce que vous avez dit, ou pis encore; traînez-moi dans la boue... Que m'importe?... Vous l'avez dit : *Un grand homme!*... J'en accepte l'augure... Ajoutez, encore un coup, ajoutez ce que vous voudrez; vous n'arriverez pas à me fâcher...

— Tant pis pour vous.

— Pourquoi?

— Un homme qui vous dirait : « Traînez-moi dans la boue, pourvu que vous me donniez beaucoup d'argent... » — que penseriez-vous de lui?

— Je vous vois venir. Vous allez me dire que la gloire est une monnaie aussi, et que je suis cet homme-là. Dites, si cela vous plaît, dites... Je ne me fâcherai pas plus de cela que d'autre chose... Je suis payé d'avance... Adieu... Adieu... En dépit de vous, sans rancune... Venez-vous avec moi?

— Où?

— A Ermenonville.

— Quoi faire?

— Un pèlerinage... où vous savez... et un dîner... un bon dîner, je pense... chez Girardin...

Mais Julien songeait infiniment peu au dîner, chose de grand poids, paraissait-il, aux yeux du futur grand homme. Retourner à Ermenonville! Il n'en avait jamais eu la pensée. Mais c'était au moins une occasion de reculer d'un jour ou deux cette lettre si difficile à écrire.

— J'irai, dit-il.

— Vrai?

— Vrai.

— En route!

XIII

Le voyage d'Ermenonville, un peu usé comme
pèlerinage, ne l'était pas comme promenade, surtout
pour ceux à qui il offrait en perspective l'hospitalité
Girardin.

Cette hospitalité continuait à être large, empres-
sée, et, à force d'empressement, un peu ridicule
quelquefois, comme on l'a vu. M. de Girardin n'avait
cessé d'embellir son parc ; il voulait que la main de
maître y fût toujours visible dans quelque nouveau
raffinement, et celle du grand-prêtre de Rousseau
dans quelque nouvel hommage à sa mémoire. Il
convoquait, de temps en temps, un certain nombre
d'amis, et ces *réunions d'Ermenonville* — car elles
avaient ce nom dans le public — faisaient du bruit.
Ce n'était pas qu'aucune action en sortît ; mais cette
espèce de concile autour du tombeau de Rousseau
avait, par son existence même, une importance. Le
temps avait marché, et les idées plus vite que le

temps. Rousseau avait baissé comme romancier, comme poëte, comme amant de la nature ; mais, comme philosophe et surtout comme politique, il arrivait à la toute-puissance. Dans les bosquets de M. de Girardin, on rencontrait moins d'âmes sensibles, mais beaucoup plus d'esprits préoccupés, agités, ruminant pour ils ne savaient quel théâtre un rôle qui leur paraissait s'éclaircir de jour en jour.

Bien des obscurités régnaient cependant encore. Les hommes du mouvement étaient très-loin de savoir ce qu'ils voulaient demander ; les hommes de la résistance, plus loin encore de savoir ce qu'ils voulaient refuser. Depuis que les faits ont mis surabondamment en lumière le sens des mots et la portée des choses, on a de la peine à concevoir la profonde inexpérience de ce temps. Le lieutenant de police autorisa, en 1782, un club qui s'intitulait *Club politique* ; et l'autorisation portait défense d'y parler de religion *et de gouvernement*. Ce serait une plaisanterie aujourd'hui ; ce n'était alors que l'idée, généralement reçue, que la *politique* était affaire ou de pure théorie, ou de simples nouvelles politiques, surtout de nouvelles étrangères. Un *politique*, c'était donc ou un simple nouvelliste, comme Métra le gros nez, ou un spéculatif, comme Montesquieu, comme Mably, comme Rousseau. Non-seulement un lieutenant de police croyait pouvoir défendre de s'occuper de gouvernement à propos de politique, mais les politiques eux-mêmes s'étaient longtemps figuré qu'on pouvait s'occuper de politique sans toucher au gouvernement, comme l'astronome étudie les lois de l'univers sans se mêler pour cela de le régir.

Cette première innocence était pourtant passée. Ceux qui auraient encore prétendu, en 1784, ne pas toucher et ne pas vouloir toucher au côté gouvernemental des questions, auraient menti, et menti sciemment. Mais ce qui était vrai, c'est qu'aucun but n'était déterminé, aucune ligne tracée. Les parlements luttaient contre la couronne et réclamaient une partie du pouvoir souverain ; mais quelle part ? Ils ne le disaient ni ne le savaient. La couronne leur résistait, mais sans dire et sans savoir davantage ce qui lui appartenait réellement, ce qu'elle pouvait ou ne pouvait pas céder, et ses plus habiles conseillers étaient tout aussi embarrassés, sur ces questions, que le faible monarque. La noblesse était prête à faire certains sacrifices au dogme de l'égalité ; mais elle ne voyait pas — c'était en effet très-difficile — quels droits elle abandonnerait sans les abandonner plus ou moins tous, sans entrer pleinement dans un système qui serait sa chute et sa mort. Ce système, ceux mêmes qui le prêchaient ouvertement n'étaient d'accord que sur le principe, l'égalité ; très-peu s'inquiétaient de savoir ce qu'ils voudraient, ce qu'ils feraient, quand viendrait le moment de la pratique. Le bas peuple, enfin, et les paysans, aux yeux de qui un gouvernement, quel qu'il fût, n'était jamais qu'un créancier, — leurs vœux se bornaient, comme toujours, à payer un peu moins.

Pilotes et matelots naviguaient donc de concert

vers l'inconnu ; de concert, disons-nous, puisque, malgré leurs querelles, tous s'accommodaient de ce but. Seulement, les uns le subissaient, les autres le célébraient.

XIV

Nul, parmi ces derniers, n'égalait M. de Girardin
en joie et en confiance. On eût dit qu'il n'avait pas
foi seulement aux idées nouvelles, mais encore à la
magique influence de ce tombeau dont il s'était fait
le gardien, comme du palladium de la France régé-
nérée.

— N'est-ce pas, disait-il à deux ou trois de ses
amis, arrivés de la veille, n'est-ce pas que nous mar-
chons?... Je disais autrefois que mon fils verrait de
grandes choses; j'espère bien les voir...

— Et moi aussi, dit M. de Barruel.

— Et moi aussi, dit Chamfort.

— Vous ne dites rien, Rabaut?... reprit M. de
Girardin.

— Plaît-il?

— Vous voilà tout absorbé.

— Pardon... Mais cette mort de M. de Gebelin...
Vous comprenez, messieurs...

— C'est juste. Un vieil ami...

— Et un bon...

— Et un illustre... Combien de volumes ont paru de son *Monde Primitif*?

— Neuf.

— Et il y en aurait eu?...

— Qu'en savait-il?

— Quel homme!

— Il s'était beaucoup occupé, dans ces derniers temps, de magnétisme.

— Témoin, dit Chamfort, la brochure où il se disait guéri, remerciant Mesmer et l'admirant. Il est mort juste un mois après...

— D'une autre maladie, dira Mesmer.

— Et vous, qu'est-ce que vous dites?

— Je m'abstiens.

Il aurait dû savoir s'abstenir aussi sur d'autres choses, ce fils de notre vieux Rabaut. Plusieurs des craintes que son père exprimait, en 1778, dans la lettre à Franklin, il les avait réalisées. L'intérêt politique avait absorbé son temps, son talent; la grande affaire de l'émancipation des protestants, qu'il poursuivait avec beaucoup de zèle, l'avait mis malheureusement en relation avec des hommes qui la poursuivaient aussi, mais dans un esprit tout autre. Il était devenu un des premiers politiques du jour; son père eût infiniment mieux aimé le voir pasteur de quelque hameau des Cévennes, que mêlé à tout ce bruyant tracas.

Mais il s'y mêlait utilement. Son petit roman du

Vieux Cévenol, récemment publié, avait plus fait pour la liberté religieuse que beaucoup de gros livres et de grandes déclamations.

— Et comment se porte Borély?... demanda quelqu'un.

Borély, c'était le nom du héros.

— Pas mal. La seconde édition se fait.

— A-t-il existé, ce Borély?

— Oui et non. Il suffit que tous les détails soient vrais. Je n'ai voulu que montrer en action les lois faites contre nous; encore ai-je dû renoncer à les faire entrer toutes dans mon cadre. Il eût été trop invraisemblable que mon héros fût frappé de tous les coups qui menaçaient un protestant.

— *Menaçaient ?...*

— Je sais bien que je pourrais dire *menacent*. Toutes ces lois subsistent. Si le parlement de Paris veut m'envoyer demain à la potence, il le peut.

— Est-il vrai que madame de Genlis est maintenant contre les protestants?

— Très-vrai. Elle a cru qu'il fallait cela pour sceller sa rupture avec Laharpe et l'Encyclopédie.

— Laharpe a son *Coriolan* pour se consoler...

— Pas trop. Il avait cru faire un coup de maître en le faisant jouer, le premier jour, au bénéfice des pauvres. Les épigrammes lui ont prouvé que le calcul aurait pu être meilleur...

> Pour les pauvres la Comédie
> Donne une pauvre tragédie.

C'est bien le cas, en vérité,
De l'applaudir par charité...

Vous souriez, Chamfort?...

— Moi?

— On dit que l'épigramme est de vous...

— Bah!

— Et que Laharpe a répliqué...

— Laharpe est un scélérat!...

— Oh! oh!...

— M'accoler à Rulhière!...

— Rulhière l'avait pincé comme vous.

— Belle raison!

— Qu'avait-il dit, Rulhière?... demanda M. de Girardin.

— Il avait dit :

> Ci-gît le dernier des enfants
> Des malheureux Coriolans
> Qu'un jour voit naître et qu'un jour tue.
> N'êtes-vous pas bien étonnés
> Qu'une maison se perpétue
> Par des enfants toujours mort-nés?

— Il est sûr que voilà peut-être le vingtième *Coriolan* qu'on essaye en français.

— Le vingtième connu; mais il s'en est bien fait, j'en suis sûr, quelques centaines.

— Cela se comprend, dit Rabaut. On voit une situation forte, un dénouement dramatique, et on se met à l'œuvre; on ne pense pas qu'un dénoûment ne fait pas une tragédie. Vous savez le mot de Cré-

billon à un échappé de collége qui lui apportait un
Coriolan; « Si ce sujet eût été propre au théâtre,
croyez-vous que nous vous l'aurions laissé? »

Laharpe avait pourtant fait ce qu'il y avait de
mieux à faire pour remplir les cinq actes. Tous ses
devanciers français avaient pris leur héros déjà
campé près de Rome; il le prend, lui, à Rome même,
au Forum, au milieu des tempêtes qui vont le jeter
parmi les Volsques. C'est ce qu'avait fait Shakespeare. Mais en même temps qu'il ose, le voilà s'effrayant d'avoir osé, et surtout se rappelant les cris
qu'il a jetés quand Ducis osait suivre Shakespeare.
Forcé donc d'être moins anglais que Ducis, dont il
n'a d'ailleurs ni le talent, ni la force tragique, il
accumule impitoyablement dans les vingt-quatre
heures de Racine tous les incidents de Shakespeare,
et l'intérêt n'est nulle part assez vif pour faire oublier l'invraisemblance. Il avait déjà essayé de ce système dans une pièce de son crû, les *Brames*; mais
elle était tombée, et le public n'en avait retenu que
le calembour du marquis de Bièvre : « Si les *Brames*
réussissent, les bras me tomberont. »

— Et *Figaro,* où en est-il?... demanda M. de
Girardin.

— Il continue à *tomber* tous les soirs. Beaumarchais dit qu'il y a quelque chose de plus fou que sa
pièce...

— Quoi?

— Le succès. Une épigramme l'a pourtant singulièrement vexé.

— Laquelle!

.— Celle où on dit que les personnages représentent chacun un vice, mais que

Voulant voir à la fin tous les vices ensemble,
Le parterre, en chorus, a demandé l'auteur...

— Savez-vous que nous l'aurons peut-être?

— Ici?...

— Ici.

— Aujourd'hui?

— Aujourd'hui. Cela a l'air de vous plaire médiocrement, Chamfort... Et si j'avais invité Rivarol?... Je crois que j'entends une voiture...

— Vous voulez me chasser?

— Rassurez-vous; je ne l'ai pas invité. Qui est-ce qui nous arrive donc?... Pour le coup, voici du neuf... M. de Mirabeau amenant l'abbé Julien...

C'étaient eux en effet.

Leur voiture fut bientôt suivie d'une autre, puis d'une autre. Dans la première, — c'était une voiture de louage, — figurait la littérature pauvre, représentée par Bernardin de Saint-Pierre et trois de ses amis; dans la seconde s'étalait, sur de moelleux coussins, la littérature riche, en la personne de M. le marquis de Saint-Lambert.

Tandis que les mains se serrent, que les compliments s'échangent, Julien et Rabaut s'éloignent ensemble en causant.

— Eh bien, dit l'un, voilà que vous êtes protestant, car on l'assure...

— Eh bien, dit l'autre, voilà que vous ne l'êtes plus guère...

Rabaut avait assez d'esprit pour comprendre ce que cela voulait dire.

Julien avait vu le père à l'œuvre. Il s'était fait un idéal auquel le fils avait cessé de répondre.

XV

Essayerons-nous de nous promener aussi par les bosquets de M. de Girardin, et de saisir au vol un peu de ce que chuchotent tous ces promeneurs déjà nombreux?

Mais s'il y en a qui chuchotent, en voilà un qui crie. Il est vrai qu'on ne l'a jamais entendu que crier. C'est celui dont nous avons vu le portrait chez l'archevêque, portrait, selon M. de Bièvre, dont on ne devrait pas dire : « Il est *parlant*, » mais bien : « Il est criant. »

Son arrivée a excité la plus grande surprise. Il y avait de quoi : on le croyait au fond de l'Allemagne, peut-être même en Russie, chez cette Catherine qui accueille si bien les penseurs chassés de France.

Voilà trois ans qu'il a fui; l'arrêt du parlement était du 21 mai 1781. L'arrêt subsiste; il y a prise de corps contre l'auteur de l'*Histoire philosophique.* Qui lui a permis de revenir? Personne; mais ceux qui l'ont prévenu, selon l'usage, un peu avant l'arrêt, afin qu'il eût le temps de se mettre en sûreté, le préviendront sans doute encore si on parlait de mettre cet arrêt à exécution. Mais le gouvernement est très-loin d'en avoir envie. Que ferait-on de Raynal à la Bastille? Tout au plus lui insinuera-t-on d'aller se promener encore deux ou trois ans dans ces pays où il a été si bien reçu.

Mais voyez comme il est heureux, en attendant, de raconter l'accueil qu'il a trouvé. On dirait presque qu'il n'est pas tout à fait insensible, le farouche républicain, aux sourires des princes et princesses, électeurs, margraves, landgraves, et autres tyrans ou tyranneaux. Écoutez aussi ce qu'il raconte des dissensions de Genève, et de ses efforts pour les calmer. Il avait cru qu'un homme de sa trempe, de sa réputation, arrangerait tout en quatre jours, et il a réussi... comme Jean-Jacques eût réussi chez les Corses et Mably chez les Polonais, comme réussiront en tout temps les gens à phrases quand ils seront aux prises avec les réalités. Mais il avoue au moins qu'il en a été pour sa peine, à cela près que les deux partis, dit-il, lui ont fait manger d'excellentes truites, de ces truites immortalisées par Voltaire. Il prétend, du reste, avoir inventé le mot : « Une tempête dans un verre d'eau; » — et le mot est de M. de Choiseul, à moins qu'il ne soit de Voltaire ou de quelque autre. Mais si nous voulions lui ôter, à ce bon Raynal, tout ce qui n'est pas de lui, que resterait-il de son gros livre?

Solon-Raynal a donc quitté Genève. A Lausanne, où messieurs de Berne ne permettent pas de querelles et sauraient assez y mettre ordre, Solon s'est fait prince et magnifique. Il a fondé trois prix « *pour trois vieillards qu'une vie laborieuse et vertueuse*, dit le programme, *n'aura pas empêchés de rester pauvres.*» C'est fort touchant; on voudrait seulement savoir pourquoi cette généreuse idée lui est venue à Lausanne plutôt que dans vingt autres villes, et des ingrats prétendent qu'il a tout simplement choisi l'endroit où la chose serait le plus en vue; puis, cette ville a un penchant tout particulier, dit-on, à s'engouer des Français qui y passent, et qui, cela va sans dire, à peine partis, se moquent d'elle. Elle a cependant, en ce moment, quelques hommes d'esprit qui ont su rire de Raynal. On a poussé l'irrévérence jusqu'à se demander où il a pris de quoi mener un tel train, et certaines gens affirment qu'après avoir si bien parlé contre la traite des nègres, il l'a faite lui-même un tant soit peu, sans doute pour montrer qu'elle se peut faire humainement.

Mais écoutez surtout comme il raconte son pèlerinage en Suisse, sa visite au berceau de la liberté helvétique. On dirait une page de son livre, et sans doute nous la lirons dans l'édition prochaine.

« J'ai voulu les voir, dit-il donc, ces lieux où vivent de si grands souvenirs; je l'ai baisée, cette terre consacrée à jamais par les pas de ces héros dignes de l'âge d'or. Ils se levèrent, et leur souffle, plus puissant que l'aquilon des montagnes, déracina les tours orgueilleuses des tyrans. La raison et la conscience humaine reprirent leur marche interrompue. La liberté, l'égalité.... »

— Monsieur l'abbé, interrompit quelqu'un, il me semble que vous confondez là deux choses passablement distinctes. Les Suisses de 1308 ne parlaient que d'*indépendance*, et vous les faites parler de *liberté*, dans le sens moderne de ce mot. On peut douter qu'ils l'eussent même compris...

Il avait raison, ce quelqu'un, et l'anachronisme de Raynal est devenu de plus en plus absurde, à mesure qu'on a exagéré les idées de liberté. Dans la bouche de nos démagogues d'aujourd'hui, un appel à Guillaume Tell est pure niaiserie ou pur mensonge.

Mais Raynal n'était pas facile à démonter. Il reprit courageusement sa tirade, et c'était pour arriver à narrer, ce que l'on savait de reste, comme quoi il avait bâti, lui, Raynal, un monument aux trois héros du Grütli.

— C'est dans une île du lac de Lucerne, disait-il, au pied de ces glaces éternelles, de ces sommets que l'œil ose à peine mesurer, que l'aigle même n'atteint pas. Là, sur une pyramide simple, mais solide, trois noms...

— Quatre, monsieur... interrompit de nouveau le quelqu'un.

— Il est vrai que j'ai ajouté le mien... dit le philosophe, un peu embarrassé cette fois.

— Mais c'était bien naturel, reprit l'autre. Puisque

vous mettiez votre buste, il fallait bien que votre nom fût dessous...

— Monsieur!...

— Vous vous fâchez?... Je me tais. Un buste, au fait, ce n'est pas trop pour un homme que tant de souverains ont accueilli, ont choyé... Vous avez vu, n'est-ce pas, le... le roi de Prusse?...

— N'oubliez pas que la chambre des Communes, en Angleterre, m'a fait l'honneur d'interrompre pour moi une séance, et que...

— Oui... à Berlin, pourtant...

— ... et que le conseil de Berne...

— Oui... Mais on dit que le roi de Prusse...

— ... et qu'à Schwitz, à Uri, à...

— Oui... Mais en Prusse...

Il fallut renoncer à le faire parler sur cet article.

On n'a jamais bien su quel accueil le roi lui avait fait. Il paraît qu'au moment où tant de petits souverains, soit entraînement, soit peur, étaient sottement aux pieds d'un pourfendeur de monarchies, le prince que les philosophes avaient tant célébré commençait à voir un peu plus clair. Peu s'en fallut que Raynal n'obtînt même pas une audience. Le roi, après l'avoir vu, voulut le revoir, mais pour le faire jaser et pour se moquer de lui.

Donc, comme Frédéric, notre quelqu'un se moquait du philosophe; et ce quelqu'un, c'était celui que M. de Girardin prétendait n'avoir pas invité. Volontiers, en effet, se serait-il passé de lui; mais il redoutait sa langue, et il aimait mieux lui livrer quelque ami commun à mettre en pièces.

Tandis que le philosophe se débat sous la griffe de Rivarol, voilà M. de Champcenetz qui ne fait pas mal sentir la sienne à M. Pechméja.

Champcenetz, c'était un homme d'esprit, à cela près qu'il ne savait guère l'être qu'en copiant son ami Rivarol, dont il était, disait-on, le *clair de lune*. Mais l'original était tel qu'on pouvait encore trouver la copie assez bonne, et parfois assez vigoureuse.

Pechméja, c'était un homme d'esprit pareillement, à cela près que c'était un sot, et les sots d'esprit sont les pires. Il venait de publier son *Télèphe*, espèce de *Télémaque* à la Rousseau, où il mettait poétiquement en action quelques-uns des principes de son maître, les plus dangereux, cela va sans dire, ou les plus faux. Il y avait là d'assez belles pages, mais encore plus d'absurdités, notamment de celles que nous avons vues refleurir au dix-neuvième siècle. La propriété, c'est le vol, disait-il aussi, ou à peu près; tant il est vrai qu'il n'y a rien de nouveau sous le soleil, surtout en fait de sottises! Rousseau, d'ailleurs, l'avait dit, au moins indirectement; mais Pechméja le disait en toutes lettres, car le progrès, dans l'absurde, ne se fait jamais attendre. Notez que le livre avait paru sous le patronage de trois dames que ces rêves égalitaires semblaient ne pouvoir flatter beaucoup, mesdames de Beauvau, de Lamarck et de Tessé; mais nous avons assez vu qu'en ce temps-là les gens à niveler étaient les meilleurs amis des niveleurs.

Pechméja avait fait comme on fait souvent quand on a peur. Il était allé de lui-même, tout souriant, au-devant du caustique clair de lune.

— Bonjour, monsieur de Champcenetz.

— Bonjour, Télèphe...

Il faut savoir que *Télèphe* est du grec, et veut dire parfait ou perfection.

Mais sans lui laisser le temps de faire le modeste :

— Et la santé ?... reprit Champcenetz.

— Pas mal.

— Et vos enfants ?

— Mes... enfants ?...

— Oui. Vous n'en avez pas ?

— Je n'ai jamais été marié.

— Eh bien, mon cher, mariez-vous... Ayez des enfants....

— Pourquoi faire ?...

— Pour comprendre qu'un livre où il est dit que les enfants ne doivent pas hériter de leurs parents est un livre...

— A brûler ?

— Non... à conserver, au contraire, comme rabat-orgueil, quand on sera tenté d'être fier des progrès de la raison humaine. Pour moi.... Où est votre chien, Pechméja ?... Il était là tout à l'heure...

Pechméja n'allait jamais sans son chien. Autre affiche d'une des thèses prêchées aussi dans *Télèphe*, savoir que, si vous voulez un ami, ce n'est guère parmi les hommes que vous le trouverez.

Il appela donc son *ami*.

— Bien !... dit Champcenetz. Maintenant, donnez-lui un coup de canne.

— Je m'en garderai bien.

— Voyons... Pour l'amour de la science...

— Du tout !... du tout !...

— Eh bien, mettez-la-lui simplement entre les dents, votre canne...

— Voilà.

— Reprenez-la-lui.

— Voilà.

— Remettez-la, que je la reprenne aussi...

— Il ne voudra jamais...

— Bah !... Eh ! c'est vrai... Il tire... Il grogne... Il l'avalerait plutôt...

— Je vous le disais bien.

— Si vous aviez commencé par l'en frapper, il me la donnerait bien vite.

— Pas davantage.

— Vous croyez ?

— J'en suis parfaitement sûr.

— Eh bien, moi aussi, Pechméja, j'en suis parfaitement sûr... D'où je conclus qu'avant d'enseigner aux hommes à nier la propriété, il faudrait au moins dresser les chiens à ne pas leur enseigner tout le contraire...

Et Champcenetz alla causer ailleurs.

Cependant, au milieu de ce mouvement des groupes, Rivarol et Chamfort s'étaient déjà trois ou quatre fois rencontrés, l'un d'une politesse triomphante, l'autre en grande colère contre M. de Girardin, mais très-loin, quoi qu'il en eût dit, de s'enfuir, car c'eût été avouer qu'il avait peur. Ajoutons que les amis communs faisaient de leur mieux pour les mettre aux prises.

— Vous la savez, l'épigramme?... disait un des promeneurs à Rivarol.

— Celle de Laharpe?... Parbleu!...

> Connaissez-vous Chamfort, ce maigre bel esprit,
> Et ce pesant Rulhière à face rebondie?
> Tous deux sont pleins de jalousie,
> Mais l'un en meurt et l'autre en vit...

N'est-ce pas cela?...

— Vous la savez comme si vous l'aviez faite.

— Plût à Dieu!... Qu'est-ce qu'il y a de nouveau dans votre parc, monsieur de Girardin?

— Le printemps...

— Et un joli mot...

— Lequel?

— Vous venez de le dire.

— Monsieur de Rivarol est bien indulgent aujourd'hui...

— Il l'est toujours... dit quelqu'un.

— Oh! oh!...

— ... envers les gens chez qui il dîne...

C'était Chamfort qui avait, en passant, lâché cela.

— Tu me la payeras... murmura l'autre.

Mais le marquis feignit de n'avoir pas bien entendu. Il parla du comte de Haga, qui était venu la

veille à Ermenonville. On se rappelle que c'était le
roi de Suède, le *lion* de Paris en ce moment. Mais
ce mot n'était pas inventé.

— Et il a été enchanté?... demanda-t-on.

— Il a daigné le dire...

— Votre gazon est bien sec, dit Rivarol.

— Est-ce ma faute? Nous avons une si étrange
année! Après un hiver effroyable...

— Une sécheresse épouvantable... C'est triste...
Heureusement que... Hé! l'abbé!...

L'abbé Baudeau s'approcha.

L'abbé Baudeau, c'était un des successeurs de
Quesnay, un des grands croyants de la secte. Il allait
mourir fou, le pauvre abbé, en 1788 ; en 1784, il ne
l'était ni plus ni moins que bien d'autres.

— Je disais que ce gazon est bien sec, monsieur
l'abbé.

— Hélas! et le blé?...

— Sans doute.

— Sans blé, point de pain.

— Avez-vous découvert cela?

— Ah! si, depuis que nous prêchons, on nous
avait écoutés!... Si l'aveugle routine...

— On aurait de la pluie à volonté?

— A volonté, je ne dis pas... Mais enfin...

Mais enfin, c'était à peu près cela. A force de se
monter la tête sur les améliorations raisonnables et
praticables, Baudeau et les siens avaient fini par
tailler en plein drap dans l'impossible. D'un côté,
ils attribuaient aux gouvernements une influence à

peu près absolue sur le bien-être des peuples; de
l'autre, avec une confiance qu'on a beaucoup de
peine à se figurer sérieuse, ils reculaient indéfiniment
les bornes du pouvoir humain sur la nature. Mais
Baudeau était des plus sincères. La présence d'un
incrédule ne faisait que le rendre plus croyant.

Il ne fut donc pas très-loin d'affirmer qu'avec certains procédés de culture et certaine entente entre
les peuples, on finirait par forcer la nature à se con-
former à l'almanach, à apporter chaque chose en
temps fixe, comme elle apporte déjà les jours, les
nuits, les années, les heures. On saurait d'avance, à
peu près, le chaud, le froid, les vents. Que de maux
épargnés à cette pauvre humanité! Plus de caprices
dans le ciel; plus d'eaux surabondantes ni de déso-
lantes sécheresses...

Rivarol écoutait béatement. — Une seule chose
m'inquiète, dit-il.

— Quoi?

— Que restera-t-il à faire à sainte Geneviève?...

Mais un autre croyant venait de se joindre à l'abbé
Baudeau, et il avait, celui-là, la ferveur d'une con-
version récente. C'était M. de Condorcet, déjà plein
de tous les rêves dont il allait gratifier le public dans
son *Tableau des progrès de l'esprit humain*. De
l'herbe et du blé, lui, de la sécheresse ou de la pluie,
il s'en inquiétait médiocrement; mais ce que d'autres
racontaient des choses de la nature et des merveilleux
changements que l'homme allait y faire, il le disait
de l'homme même et des merveilles qui s'opéreraient

en lui. Au risque de faire bondir Jean-Jacques dans
son cercueil, il prédisait que la médecine arriverait,
non-seulement à guérir, mais à détruire, aidée des
progrès de la raison et de l'ordre social, presque
toutes les maladies. Une époque viendrait où l'homme
ne mourrait plus que de vieillesse ; la vieillesse elle-
même exercerait de moins en moins le pouvoir qu'elle
a d'affaiblir les ressorts de la vie. L'homme ne serait
pas précisément immortel, mais la distance entre la
naissance et la mort pourrait presque indéfiniment
s'accroître. En allongeant indéfiniment son existence, l'homme serait aussi indéfiniment meilleur.
Condorcet se plongeait avec délices dans la contem-
plation de ces temps où une mauvaise action quel-
conque serait aussi impossible, même physiquement,
que l'est déjà pour la plupart des hommes une action
cruelle et monstrueuse, un meurtre de sang-froid,
un assassinat atroce. C'est une insulte au genre
humain, disait-il, que de prétendre apercevoir des
limites à la vertu, à l'amour de la vertu, à la faculté
d'être vertueux.

Rivarol avait fini par se taire. L'aiguillon du
sarcasme était devenu inutile ; ils étaient là trois ou
quatre à s'exciter, tantôt d'accord, tantôt d'avis dia-
métralement contraires mais également bizarres,
tous, enfin, soldats de la grande ligue contre l'expérience et le bon sens. Tandis que Baudeau se lamen-
tait sur la sécheresse et sur le blé, Mercier reprenait
la thèse d'un des derniers volumes de son *Tableau
de Paris*. — «Le blé, disait-il, qui nourrit l'homme,

11.

a été en même temps son bourreau. C'est de la culture du blé que viennent toutes les inégalités, toutes les iniquités sociales. Ils savaient bien ce qu'ils faisaient, ces législateurs de jadis, quand ils mettaient sur les autels le blé et la civilisation, en la personne de Cérès; ils avaient compris que c'était le meilleur moyen de dompter les hommes et d'assurer la tyrannie. Le blé! Périsse le blé, si on veut que le genre humain soit libre! C'est l'agriculture qui nous tue, car l'agriculteur est toujours et nécessairement, sous une forme ou sous une autre, un esclave. Mais la science est là. Elle marche à pas de géant; un jour viendra où elle saura tirer de tous les corps un principe nourrissant, où il nous sera aussi facile de trouver notre nourriture que de puiser l'eau à la rivière. Plus de haines, alors; plus de querelles. Adieu l'orgueil, l'ambition, l'avarice, tous ces produits de la civilisation. L'homme aura de quoi vivre; l'homme sera vertueux... »

XVI

Mais tandis que Mercier paraphrasait les folies de son livre, une cloche sonna dont le son parut bien doux à tous ces estomacs venus de Paris, y compris celui de Mercier.

On rentra donc; mais les yeux devaient être servis avant la bouche.

La salle était tapissée de verdure. Aux deux extrémités, deux autels. Sur l'un, le buste de Rousseau; sur l'autre, une statue de la nature. Devant Rousseau, trois ou quatre volumes de ses œuvres; devant la nature, quelques-uns des produits du printemps, une corbeille de fleurs, une poignée de cerises mal mûres, une haute botte d'asperges, quelques pommes de terre qui semblaient assez tristes de s'être vu arracher avant le temps, pour figurer, si maigres, en si pompeuse compagnie.

Quand on eut bien admiré, on s'assit.

Nos économistes, entrés en groupe, étaient restés

ensemble; ils occupaient une des extrémités de la table. Après eux venaient Rivarol et son ami Champcenetz, mais vis-à-vis l'un de l'autre et comme cernant la bande. Tout le reste s'était placé au hasard.

Mais le hasard est quelquefois malin, surtout si on l'aide un peu. Il avait mis Chamfort presque vis-à-vis de Rivarol, et Raynal, qui parlait toujours, à côté de Saint-Lambert, lequel avait toujours l'air étonné qu'on parlât sans sa permission. Julien avait cru s'apercevoir d'un commencement de complot pour le placer sous le buste de son père. Il évita de passer devant, et s'assit vers le milieu de la table, en face, ou à peu près, de M. de Girardin. Il avait à sa droite son compagnon de voyage, et, à sa gauche, Rabaut.

Comme ce dernier se disposait à manger son potage : — Et votre prière?... lui dit-il.

— Ma prière?

— Oui.

— Ici?...

— Votre père la fit, dit-on, un jour qu'il dînait chez d'Alembert.

Il soupira; mais il ne fit pas autre chose.

— Qu'est-ce que nous mangeons là?... grommelait Mercier. De l'amidon, je crois... ou de la poudre à perruque dans de l'eau...

— Chut! fit l'abbé Baudeau.

Mercier avala, que bien que mal, cinq ou six cuillerées. Un valet enleva l'assiette.

Il voulut se rincer le palais d'un peu de vin, et

s'en versa un demi-verre. Mais à peine l'eut-il porté
à sa bouche, qu'il fit une grimace affreuse.

— Chut!... répéta l'abbé.

C'était une espèce de bière, blanchâtre, gluante,
nauséabonde.

Il voulut, de colère, avaler un morceau de pain.
Son couteau s'empêtra dans une espèce de gâteau
qu'il n'osa porter à sa bouche.

— Ensorcelé, je crois!...

— Chut!...

Mais l'abbé, avec son troisième *chut*, lui montra
de l'œil un personnage assis à côté de l'amphitryon, et
qui paraissait suivre avec une grande attention l'effet
du brouet noir sur nos modernes Spartiates. Mercier
comprit, car l'homme ne lui était pas inconnu. Ce
pain pâteux, c'était du pain de pommes de terre,
autrement dit de parmentière; ce vin, vin de parmentière encore; ce brouet, fécule de parmentière...
Et l'homme, Parmentier.

Mais, en comprenant, Mercier trembla. Allait-on
donc avoir une seconde édition de ce fameux dîner
où le tubercule incomparable avait paru sous vingt-
cinq formes, et vingt-cinq fois excité l'admiration, la
reconnaissance, des adeptes de l'inventeur?

Encore une des folies de ce temps, ou plutôt encore un exemple de celle dont nous parlions, de ce
penchant à franchir le possible et à chercher tout
en tout. On découvre un moyen de s'élever dans les
airs, et voilà la navigation, la guerre, les rapports
internationaux, toute la civilisation, enfin, qui va

changer. On apprend à apprécier un nouvel aliment,
et on veut que ce soit une révolution complète dans
l'alimentation du genre humain. Partout le besoin
d'engouement, et Parmentier, avec tout son mérite,
payait son tribut comme tout le monde.

Mais tout le monde, à table, n'était pas également
disposé à s'immoler pour la gloire de Parmentier et
de la parmentière. Malgré Baudeau, malgré deux ou
trois autres dévoués, il avait aperçu mainte grimace,
entendu mainte exclamation, et parfois des mieux
accentuées. Les domestiques donnaient charitable-
ment à qui en voulait du pain de froment, du vin de
raisin, lequel vin était même des meilleurs crûs de
France; Parmentier fut bientôt le seul qui s'obstinât
au pain de Parmentier, à la bière de Parmentier.
Rivarol regardait Mercier; Mercier ne regardait pas
Rivarol. Le grand ennemi du blé ne laissait pas que
d'être un peu confus en mordant ce beau pain blanc
qui venait de remplacer le pain jaune. Mais pourquoi, après tout, cet embarras? Il n'avait qu'à répondre que la pomme de terre était aussi l'agriculture, qu'elle ferait, comme le blé, des esclaves, et
que, en attendant de manger du bois et des cailloux,
autant valait se résigner à manger encore du blé.
Aucun, du reste, n'avait l'air de se rappeler le moins
du monde que Rousseau eût fait de si belles phrases
contre l'usage impie de manger de la viande. Pois-
sons, volailles, rôts splendides, tout était bien reçu;
la conscience se montrait largement d'accord avec
le ventre.

Profitant donc du respectueux silence qui a toujours marqué les premiers moments d'un bon repas,
achevons le tour de la table.

Celui qui s'est laissé installer, sans trop de façons,
au-dessous de l'autel de la Nature, c'est l'auteur des
Études de la Nature, Bernardin de Saint-Pierre.
Belle physionomie, n'est-ce pas ? Pourtant, de près,
elle vous plairait beaucoup moins. Lavater, que Raynal s'est tant repenti d'être allé voir, aurait à faire
aussi sur Bernardin de Saint-Pierre plus d'une observation qui ne serait pas un compliment. Il verrait la
bassesse à côté de la noblesse, le regard faux dans
les beaux yeux. Il nous serait difficile, cependant,
de ne pas nous intéresser à un auteur qui a supporté
tant de privations et vaincu tant d'obstacles. Que de
peines, que de travaux rien que pour trouver un édi-
teur ! Mais enfin, l'ouvrage vient de paraître, et le
succès est grand.

Son voisin, Dupont de Nemours, ne nous chantera
pas, pour aujourd'hui, le *Tióó-pi-pi-coui*. Il est entré
dans la diplomatie; il a la confiance de M. de Ver-
gennes. Un diplomate n'est pas un rossignol.

Ce gros, ne serait-ce pas Rulhière? — L'épigramme
a dit vrai, au moins quant à sa « face rebondie. » On
ne connaît encore de lui, en sus de ses épigrammes,
que son petit poëme des *Disputes*; mais Voltaire a
cité les *Disputes* avec éloge, et la réputation de l'auteur a été faite. On attend et on attendra longtemps
encore ses *Anecdotes sur la révolution de Russie
en* 1762; on attendra aussi son *Histoire de l'anar-*

chie de Pologne, pour laquelle il reçoit, depuis treize ans, une pension de six mille livres. Six autres mille livres lui arrivent d'une de ces bizarres sinécures que la révolution balayera. Vous savez cette pompe qu'on nomme la *Samaritaine ?* Eh bien, ladite pompe a un *gouverneur* nommé par le roi, et ce gouverneur n'est autre que M. de Rulhière, ancien aide-de-camp du maréchal de Richelieu. Mais ne lui reprochons pas trop les loisirs dorés qu'on lui fait, car il les consacre, en partie au moins, à une bonne œuvre, la rédaction de ses *Éclaircissements sur la révocation de l'édit de Nantes*. Peut-être est-ce de cela qu'il cause, en ce moment même, avec son voisin de table, M. d'Éprémesnil.

Qui avons-nous encore que nous n'ayons pas nommé ? Hâtons-nous. Voilà Roucher et Lebrun ; voilà Dusaulx ; voilà Cubières. Beaumarchais n'a pas paru. Que lui serait-il arrivé ? On le demande à Grimm, qui sait tout ; mais Grimm n'en sait rien. Voilà David, toujours *peintre du roi ;* voilà Garat, que M. de Buffon a embrassé l'autre jour [1] en s'écriant : « Voilà un écrivain ! » — et qui ne sera pas un écrivain ; voilà Morellet, qui ne mord plus tant, depuis qu'il a un bon bénéfice à ronger ; voilà... Dieu me pardonne ! Je crois qu'il est en train de démontrer sur un poulet la supériorité de sa machine ! Ne nous en offrez pas, docteur Guillotin, de ce poulet ;

---

[1] A l'occasion de son *Éloge de Fontenelle*, couronné par l'Académie.

je croirais, quant à moi, manger de la chair de pendu.

Mais je ne vois plus, autour de la table, que quelques noms qui nous importent peu. D'ailleurs, la conversation a repris. Écoutons.

Ce n'est pas Raynal, cette fois, qui a rouvert le feu, mais un homme qui parle mieux que lui et guère moins que lui, d'Éprémesnil. Un mot d'un des convives l'a jeté sur son terrain favori, les profusions de la cour, et on ne saurait nier qu'il n'ait beau jeu ; Rivarol, que nous avons vu jadis excuser et même approuver les grosses dépenses monarchiques, Rivarol est obligé maintenant de convenir qu'on va trop loin. Tout ce qu'avait fait M. Necker, M. de Calonne l'a détruit ; toutes les barrières élevées contre l'avidité des courtisans, des financiers hauts et bas, il les a renversées. On est revenu au vieil usage d'accorder par faveur des intérêts dans les fermes, les marchés, les régies. L'argent paraît abonder, mais ce n'est que grâce aux faiseurs d'avances, et on a calculé que leur bonne volonté coûte environ trente millions par an. M. de Calonne a pour principe que celui qui veut emprunter doit paraître riche, et que, pour paraître riche, il n'y a qu'à dépenser ; il oublie que ce qui est bon chez tel seigneur, dont le public ignore la position réelle, ne saurait réussir dans un État. On a beau cacher beaucoup de choses ; le public sait toujours, en gros, si les dépenses vont au delà des recettes, si les ressources trouvées sont réelles ou factices. Mais M. de Calonne a réussi au moins en une chose : il a pour lui, outre les gens de finance, la cour, la famille royale, le roi même. Comment ce prince économe a-t-il pu accorder sa confiance à un pareil ministre? Comment peut-il la lui continuer? Il était las des sermons de M. Necker; il a pu se laisser séduire par un homme d'esprit qui avait l'air de trouver tout facile, de ne voir qu'un grand chemin tout uni là où l'autre voyait des rocs à fendre; mais une fois cet homme d'esprit à l'œuvre, comment un homme de bon sens a-t-il pu ne pas voir qu'il perdait tout?

C'est une énigme, en effet, que l'aveuglement de Louis XVI pendant cette période. Dans une seule année [1], nous le voyons donner à ses deux frères près de dix-sept millions. Plus de vingt sont payés sur *ordonnances au porteur*, c'est-à-dire sans nulle indication de personnes ni d'objets. En trois ans, le roi achète Saint-Cloud, Rambouillet, l'Ile-Adam, d'autres domaines encore ; il met soixante et dix millions à ces acquisitions ruineuses, qu'on saura n'avoir été faites, la plupart, que pour obliger les vendeurs. Jamais encore on ne l'avait vue si prospère, si effrontée, cette immense mendicité organisée autour du trône. Le plus haut rang n'était qu'un encouragement à demander plus, qu'un titre à obtenir plus. « Quand je vis que tout le monde tendait la main, je tendis mon chapeau, » disait le prince de Conti. Aussi, s'il est absurde de dire que le déficit dans les

[1] 1783.

finances ait amené la révolution française, il est trop vrai que de pareils spectacles, en 1784, mettaient une arme terrible aux mains de ceux qui devaient la faire.

D'Éprémesnil la maniait donc, cette arme, avec une redoutable habileté. Il avait à la fois l'indignation consciencieuse du citoyen qui s'afflige, et l'indignation théâtrale du révolutionnaire qui exploite. Il avait tonné, dans le parlement, contre l'abbé Sabatier de Cabres, soupçonné de livrer au contrôleur général le secret des délibérations, et il trouvait tout simple que des gens admis dans l'intimité du roi, de la reine, des princes, le tinssent lui-même au courant de ce qui se passait de plus secret à la cour. C'était lui qui avait le plus crié contre les lettres de cachet, lui qui avait arraché à Louis XVI l'abandon de Vincennes comme prison d'État, lui qui continuait à demander que personne, en aucun cas, ne pût être même arrêté sans formes judiciaires; et quand le gouvernement avait voulu, sur les réclamations des philosophes, sur l'avis de jurisconsultes éclairés, modifier ce que l'administration de la justice avait conservé de suranné, d'impraticable ou de barbare, d'Éprémesnil s'était fait le champion de tout ce qui existait. Ne l'avait-on pas vu, malgré Voltaire, plaider contre la réhabilitation de Lally? Il ne cherchait pas même à garder les apparences de l'impartialité. Le gouvernement avait toujours tort; ses adversaires toujours raison. Il y aurait une curieuse étude à faire sur cette vie. On verrait en d'Éprémesnil le type de ces hommes passionnés, moitié généreux, moitié perfides, dont la triste mission est de faire un peu de bien qui se serait fait sans eux, et de préparer beaucoup de mal qui, sans eux, aurait pu ne pas se faire.

XVII

Les convives d'Ermenonville assistaient, ce jour même, à une répétition du drame qui devait bientôt se jouer sur un plus grand théâtre. Ils entendirent Mirabeau, s'emparant des faits et des idées que l'autre venait de lui fournir, aborder hardiment ce que le hardi parlementaire n'osait pas même concevoir, la possibilité d'un changement radical de toutes choses. Ce n'était plus de l'indignation, mais de la colère et de la haine. Ceux qui ont dévoré le plus d'argent sont toujours les plus inexorables, en politique, sur les questions d'argent; on dirait que les dilapidations publiques leur sont une offense personnelle, et qu'on empiète sur leurs droits quand on jette sans eux de l'argent par les fenêtres. Ajoutez l'embarras que lui causait Julien, immobile et muet, mais qu'il avait vu si bien lire dans les replis de son cœur. Il lui fallait ou se taire, ou crier assez haut pour s'étourdir.

12.

Quand il fut au delà du vrai, Rivarol reprit un peu courage.

— La reine a cependant fait, dit-il, un sacrifice qui lui a coûté beaucoup...

— Le collier?... dit quelqu'un.

— Oui. Elle mourait d'envie de l'avoir, et...

— Et pourquoi en mourait-elle d'envie?... s'écria d'Éprémesnil. N'a-t-elle pas déjà plus de bijoux qu'elle n'en peut porter? Trois cent quarante-huit mille livres, il n'y a pas longtemps, pour...

— Il y a huit ans passés.

— ... pour des boucles d'oreille!... Cent cinquante-huit mille livres, l'an dernier, pour perles et diamants!...

— Cela se peut; mais enfin, elle avait envie du collier; et quand elle a su qu'on en voulait dix-huit cent mille livres...

— Cela veut dire qu'elle l'aurait acheté s'il n'avait coûté qu'un million...

— Je n'en sais rien. Toujours est-il que le roi se prit à dire : « Avec cela, j'aurais deux vaisseaux de ligne; » et que la reine ajouta : « Nous avons plus besoin de vaisseaux que de diamants. »

Un mot heureux a toujours son prix en France. Les convives se regardèrent. Ils étaient à moitié réconciliés avec la reine.

Pas tous, pourtant. — Peuh!... murmurait Chamfort; qu'est-ce que cela me prouve? Bon mot n'est pas raison... Et qui sait si on ne le lui a pas fait, son bon mot?... ou si elle ne l'avait pas fait d'avance!...

— Plaît-il?... dit Rivarol.

— Rien.

— Mais oui, reprit un voisin. Un bon mot est une monnaie comme une autre... Ça se fabrique... Ça se vole... On en a dans sa poche...

— C'est ce que disait M. Chamfort?

— Oui.

— S'il le dit, ce doit être vrai...

Et comme Chamfort passait pour fabriquer le matin son esprit de la journée, ce dernier petit mot le clouait net. Rivarol avait sa revanche.

Mais d'Éprémesnil revenait imperturbablement à la question. Il vidait son sac de détails, et le sac était gros. Il parlait de dix millions, ou environ, dépensés en 1783 dans le service secret des affaires étrangères; il parlait de cinq cent mille livres données comme *pot-de-vin* au prince de Condé, à l'occasion de la vente des droits du Clermontois; il parlait d'ordonnances de cent, deux cent, trois cent mille livres, au profit de telle ou telle personne, de telle ou telle famille. Le fameux *Livre Rouge*, où tout cela s'inscrivait, a prouvé que d'Éprémesnil était bien informé.

Le chœur des économistes s'était tu pour écouter et pour manger; il n'avait pas non plus oublié de boire, et les vins, nous l'avons dit, étaient bons. Aussi commençaient-ils à trouver du temps pour jaser. Ce n'était pas que ces messieurs eussent dépassé plus que d'autres ce qu'on peut se permettre en fait de vin autour d'un bon dîner; mais on sait qu'il y a des âmes spécialement sensibles aux vapeurs de Bacchus, et nos économistes étaient de ces âmes-là. Le paradoxe et la sensiblerie fleurissent admirablement sous cette rosée de la vigne.

Il fallait donc entendre Pechméja, recommençant *Télèphe*, paraphraser ses visions sur l'âge de bonheur et d'innocence promis selon lui au genre humain. Au tableau des profusions de la cour il opposait celui d'une république de sages, contents du strict nécessaire, dédaignant l'argent, ne le connaissant même plus; à celui d'un peuple accablé d'impôts, celui d'un peuple où personne n'aurait plus rien à payer.

Condorcet reprenait alors ses rêves sur la médecine, sur la vieillesse indéfiniment reculée, sur la mort à peu près vaincue; Baudeau, ses extravagantes promesses sur l'extension de l'empire de l'homme dans les choses de la nature; Mercier, ingrat à ce bon pain qui avait d'abord amolli son cœur, ses invectives contre ce blé perfide, cachant tant de noirceurs dans sa blanche et douce farine. L'âge d'or leur apparaissait, comme on voit, sous des formes passablement différentes; s'ils avaient été assez calmes pour s'écouter les uns les autres, ce concert si touchant eût bien pu finir en querelle. Que d'horreurs ne s'étaient pas dites leurs deux principaux journaux, les *Éphémérides du citoyen* et le *Journal économique!* Heureusement qu'ils parlaient tous à la fois. Puis, ils étaient d'accord au fond, comme le sont et le seront toujours les systèmes de ce genre, quelque

divers et contradictoires qu'il soient. L'idée fonda-
mentale, c'est toujours que l'homme est fait pour
la terre, que là est son but, sa fin, son tout. C'est la
matière, enfin, s'établissant carrément sur les ruines
de l'esprit.

— Laisserons-nous dire tout cela?... disait Julien
à Rabaut. Ce serait pourtant bien le cas...

— Ils sont ivres.

— Guère plus qu'à jeun. Ils en disaient tout autant dans le jardin.

— C'est vrai.

— Répondez-leur donc quelque chose.

— Ils n'écouteraient pas.

— Quelques autres écouteraient.

— Essayez.

Julien essaya.

— Messieurs, dit-il, c'est une bien belle chose que
de s'occuper du bonheur du genre humain; mais je
voudrais qu'avant de s'en occuper, on se posât une
question : « Avons-nous où le placer, ce bonheur? »
Je vous vois apporter des matériaux pour l'édifice, et
je pourrais déjà vous objecter qu'il en est qui n'iront
jamais ensemble; je me borne à vous demander si,
avant de bâtir, vous avez pensé à un terrain. Pour
moi, je n'en sais qu'un : le cœur de l'homme; et le
cœur de l'homme, songez-y, ce n'est pas seulement
le sol, mais la mine où, forcément, les matériaux
sont pris. Vous aurez beau vous croire bâtissant avec
des éléments nouveaux; vous ne bâtirez, en réalité,
qu'avec des pierres aussi vieilles que l'homme, et

dont le plus hardi système ne fait jamais que retailler quelque peu la surface. Toujours mêmes passions, mêmes vices, mêmes folies. Se figurer que, par le changement de quelques conditions matérielles, on tarira ces sources du malheur et du vice, c'est supposer que l'homme n'en ouvrira pas de nouvelles, qu'il ne sera plus l'homme. Je vais plus loin : je dis que vous en ouvrez vous-mêmes la plus intarissable par le tableau que vous tracez des résultats futurs de vos travaux. Vous croiriez ne rien dire si vous vous borniez à promettre certaines améliorations, suivies du soulagement correspondant ; vous promettez la guérison entière, ce qui est le meilleur moyen de rendre le peuple insensible aux améliorations les plus réelles, de le lancer dans des désirs sans fin, de changer en éléments de souffrance les éléments mêmes de bonheur que vous lui aurez procurés. Je ne dis rien, comme vous voyez, de ces éléments en eux-mêmes, de l'étrangeté de quelques-uns, du danger de quelques autres, heureusement fabuleux ; je pourrais demander ce que deviendrait le genre humain quand le travail ne serait plus nécessaire pour se procurer de la nourriture, et si la perspective de cette oisiveté universelle n'est pas cent fois plus effrayante que la vue actuelle du travail, malgré ce qu'elle a souvent de douloureux. Je laisse tous les détails ; je les admets, si vous voulez. Mais la base, comment voulez-vous que je l'admette ? L'admettez-vous sérieusement vous-mêmes ? Croyez-vous que l'homme soit fait pour être heureux dans

ce monde?... Vous souriez... Vous avez l'air de dire:
« Nous y voici... Le prêtre arrive... » Vous vous
trompez. Je crois que la question peut parfaitement
se vider, avec de la bonne foi et du bon sens, en la
laissant tout entière sur la terre, tout entière en
dehors des idées religieuses. De quoi s'agit-il, après
tout? De vérifier un fait, un seul. Pouvez-vous, avec
les biens de ce monde, garantir ce bonheur à qui que
ce soit? Non. Que parlez-vous donc de le garantir au
genre humain? Vous êtes déjà obligés, pour donner
quelque vraisemblance à la chose, de vous réfugier
dans ce qui en a le moins, la suppression des maladies, la découverte d'aliments abondants, intaris-
sables; et je pourrais défier qui que ce soit de soutenir votre thèse sans l'étayer de promesses tout
aussi invraisemblables, tout aussi absurdes, tranchons le mot, que celles là. Donc, le grand fait
subsiste : n'y eût-il, sur toute la terre, qu'un millier
d'hommes souffrant dans leur corps ou dans leur
âme, je suis autorisé à dire que l'homme n'est pas
fait pour être heureux dans ce monde, et que tout
système partant de l'assertion contraire, ou seulement la supposant, est condamné...

— Belle consolation à ceux qui souffrent !... s'écria
Pechméja.

— Mais, monsieur, reprit Julien, je n'ai pas dit
que je les consolerais avec cela. Voulez-vous me
forcer d'entrer dans le côté religieux de la question?..
Eh bien, non; je n'y entre pas. J'ai dit que je la pre-
nais tout entière sur la terre; j'y persiste. La conso-

lation, selon vous, c'est, quand on a faim, de manger;
quand on est malade, de guérir, ou au moins d'être
bien soigné. Cette consolation matérielle, je sais
qu'elle manque à beaucoup d'hommes, et je suis loin
de dire qu'il ne faille pas s'efforcer de la procurer à
tous ; mais enfin, beaucoup aussi l'ont reçue, la re-
çoivent... et de qui, s'il vous plaît? De ceux qui
pensent comme vous? Quelquefois ; mais, le plus
souvent, bien certainement, de ceux qui pensent
comme moi. Dans tous les pays, dans tous les temps,
ceux qui disaient le plus positivement que l'humanité doit souffrir ont aussi fait le plus pour l'humanité
souffrante. Lui enseigner que la souffrance est contraire à sa destination, c'est, dût-on consacrer sa vie
à lui faire du bien, la jeter dans des maux pires encore que ceux qu'on aura soulagés.

Ainsi parlait Julien, tantôt interrompu, tantôt assez bien écouté. Ces questions sont de celles que le
vulgaire des penseurs a de la peine à examiner froi-
dement, et qu'on se fait même gloire de n'aborder
qu'avec la logique du cœur, si souvent fausse. On
trouve beau de déraisonner en faveur de ceux qui
souffrent. C'est un dévouement comme un autre ;
mais nous préférons de beaucoup, nous l'avouons,
celui d'un homme qui affronte les accusations des
sots, et qui aime mieux être vrai, au risque de paraître dur, qu'absurde pour paraître humain.

Mais Julien n'avait laissé le côté religieux de la
question que pour être ensuite en mesure de l'aborder plus vigoureusement. Il fallait débarrasser le

terrain et des sophismes et des rêves, et de la sensiblerie, toutes choses également non-chrétiennes,
d'abord parce qu'elles sont fausses, puis parce qu'elles
ont là un air chrétien que l'incrédulité aime assez à
se donner.

Il entra donc enfin dans la discussion véritable.
Ceux qui avaient ricané, un peu avant, quand il
n'avait fait que l'effleurer, restèrent sérieux quand
il l'entama tout de bon. Il y a toujours de l'avantage
à aller droit à l'ennemi. On peut ne pas le battre,
mais on est au moins sûr de son estime.

Il entra, disons-nous, dans la véritable question,
car il n'y serait pas entré s'il s'en était tenu, comme
on le fait si souvent, à celle de la charité pratique,
du christianisme envisagé comme poussant l'homme
à soulager l'homme. Il est facile de montrer qu'aucune religion, qu'aucun système, ne l'y a aussi fortement poussé; mais l'amour des hommes a pu se
trouver partout, et il est malaisé de voir au juste,
dans ses manifestations, ce qui est ou n'est pas le
produit du christianisme.

Il est donc plus prudent, en même temps que
plus hardi, de s'élever immédiatement plus haut, et
de ne se considérer comme arrivé sur le terrain chrétien que lorsqu'on envisage le sort de l'humanité
dans ses rapports directs avec le christianisme. Alors,
l'idée d'une vie future n'a plus l'air d'avoir été
mise en avant pour faire prendre patience à ceux
qui souffrent. Indépendante de ce besoin charnel
d'une compensation aux souffrances de la terre, elle

devient partie essentielle d'un plan bien autrement vaste et noble que cette balance intéressée entre des douleurs de quelques jours et un bonheur sans fin. Dans ce plan, il y a place pour tout. Les améliorations matérielles s'y font sous l'influence d'un esprit de vie et de foi qui double les forces de l'homme; les grandes découvertes, dans le sentiment énergique d'approcher de Dieu par l'intelligence et des vérités éternelles par les phénomènes qui passent. Là, disons-nous, il y a place pour tout, sauf pour l'orgueil; ailleurs, c'est le contraire : il n'y a de place que pour lui; il anime tout, il remplit tout, il est tout. C'est lui, plus que la souffrance, qui fait maudire à l'incrédule les douleurs de la terre; c'est lui, plus que l'absence de preuves matérielles, qui fait repousser une autre vie et considérer celle-ci comme la seule carrière ouverte à l'homme. On nie Dieu parce qu'on ne veut rien lui devoir; on nie le bonheur parce qu'il faudrait en être reconnaissant. Mais reconnaissance, humilité, patience, toutes ces choses qui paraissent, de loin, si difficiles, deviennent faciles de près. Les obstacles s'évanouissent, les *pourquoi* se résolvent. La grande question du ciel emporte dans sa marche toutes les questions de la terre, et la lumière qui environne le but suffit pour éclairer toutes les ténèbres de la route.

Voilà dans quel sens il est vrai que le christianisme est l'antidote de tous les poisons révolutionnaires. Si vous bornez son rôle à émouvoir la charité des riches, à inspirer ou à soutenir des institutions philanthropiques, le rôle est beau encore, mais c'est celui de la philanthropie, non celui d'une religion ; jamais alors, quoi que vous fassiez, jamais vous n'aurez beau jeu contre ceux qui mettront des promesses magnifiques en regard de vos œuvres nécessairement incomplètes, et vous n'aurez fait qu'aiguiser cette soif de bien-être qu'ils promettent, eux, de satisfaire. Un semblable christianisme déplaira moins aux incrédules, mais ne servira qu'à armer les pauvres des plus déplorables arguments. Vous ne leur aurez appris qu'à se mettre à l'enchère ; ne vous étonnez pas s'ils se livrent au plus offrant.

C'est donc cette dangereuse enchère qu'il s'agit de répudier. Quand le matérialisme s'avance avec ses larges promesses, reculez ; vous serez plus fort en reculant qu'en acceptant une lutte inutile, et rien ne pourra mieux que cette prudente franchise mettre les gens en défiance contre les rêves qu'on leur offre.

Ainsi faisait Julien ; et s'il n'arriva pas, ce qu'il n'avait d'ailleurs pas espéré, à convertir aucun des convives d'Ermenonville, il les força de reconnaître tout bas que s'ils avaient eu à lutter contre le christianisme ainsi conçu, la victoire eût été singulièrement plus difficile.

XVIII

Le lendemain, au point du jour, tandis que tout dormait encore dans le château, Julien se promenait dans le parc. Il avait désiré se retrouver seul dans ces lieux où sa pensée, malgré lui, avait tant de fois erré.

Il trouva l'arbre sous lequel, six ans auparavant, il avait aperçu Rousseau. Rien de changé dans l'aspect de cet arbre; rien dans celui des autres, ni du gazon, ni des fleurs. Si les ruines nous disent éloquemment que nous passons, rien ne nous le dit mieux, après les ruines, que ces choses fragiles qui passent plus vite que nous, mais qui renaissent, tandis que le temps ne nous rend rien, à nous, de ce qu'il nous a une fois pris. On nous dit que nous passons comme l'herbe; et voilà l'herbe elle-même qui semble se plaire à nous narguer en reparaissant plus verte, comme pour nous bien dire que, quand nous ne serons plus, elle sera.

Mais le passé ne pouvait être pour lui l'objet d'aucun regret; et si quelque chose, en ce moment, lui pesait sur le cœur, c'était plutôt la pensée même de ne rien trouver à regretter. Il y a là une amertume que les plus saintes espérances n'effacent jamais entièrement; il faudrait n'être plus homme pour ne la plus ressentir.

Le souvenir de ce qu'il avait souffert le ramena à cette éternelle question de la souffrance, sujet des conversations de la veille. Il s'aperçut avec frayeur qu'il ne la voyait plus d'aussi haut, et que ces lieux risquaient de ressusciter le vieil homme. Le murmure et le doute, il les sentait décidément vaincus; mais la douleur, il ne sentait que trop qu'il aurait à la savourer encore. Autant il s'était trouvé fort contre de grossiers matérialistes mentant au genre humain, autant il se retrouvait faible parmi les tumultes de son cœur.

Nous l'avons vu se considérer autrefois comme fatalement appelé à l'héritage des douleurs de Rousseau. Une conviction de ce genre n'est pas de celles qui s'en vont; elles dorment parfois, mais elles peuvent toujours se réveiller.

Elle se réveillait donc. Il approchait du tombeau de son père, et ce tombeau lui semblait remplir tout le parc d'une atmosphère énervante et douloureuse. Mais s'éloigner, il ne le pouvait pas. Une irrésistible attraction l'entraînait vers cette île, vers cette pierre. Il redoutait d'y arriver, et il doublait le pas.

Enfin, il aperçut les peupliers, puis l'île, puis le

13.

tombeau. Un léger pont de planches était jeté sur l'étang, sans doute en vue de quelques travaux à faire. Mais, en ce moment, personne, ni aux environs, ni dans l'île.

Il trouva le tombeau déjà couvert d'inscriptions, de dates, de noms, d'emblèmes. Tous les pays et toutes les langues avaient payé leur tribut. D'innombrables cassures, dans les angles, attestaient le vandalisme dévot de ceux qui avaient voulu un fragment de la pierre sainte. Souvent aussi les arbres avaient payé pour la pierre; l'écorce était partout ou chargée de caractères, ou enlevée. Comme toujours, du reste, les inscriptions niaises étaient en majorité.

Julien ne s'arrêta pas à les lire. Ses yeux étaient sur le tombeau, et son esprit bien loin.

Un autre endroit attira bientôt ses pas, — le coin où il avait trouvé le cadavre de Saugy.

Peu s'en fallut qu'il ne le cherchât encore sur le sable, ce sang lavé par les pluies de quatre années. Quelle que soit la main qui l'a versé, il nous semble toujours que le sang aura dû faire des taches ineffaçables.

Mais quand il eut bien vu qu'aucune trace n'en restait, il se souvint que le sien avait failli se mêler à celui-là. Autre leçon! Autre néant! Son souvenir ne subsisterait pas même dans une tache sur le sable; et qui, d'ailleurs, l'y chercherait!

Et son esprit errant la suivait dans tous les détails, cette idée si puérile et si grave, si poétique et si grossière à la fois, du peu de place qu'il nous est donné de garder parmi les œuvres de la nature et du temps. Lui de moins, qu'y aurait-il eu de changé dans tout ce qu'il voyait? Le soleil se lèverait-il moins radieux? Les oiseaux le salueraient-ils de chants moins gais? Il n'y aurait pas une feuille de plus ou de moins sur ces arbres; pas un brin d'herbe de plus ou de moins dans ce gazon, pas une goutte d'eau de plus ou de moins sur ces brins d'herbe.

Mais tout cela, au fond, notre orgueil en est moins froissé que notre cœur. Ce sentiment est comme un reproche à la Nature; c'est de l'ingratitude à elle, nous semble-t-il, que de nous regretter si peu, nous qui l'avons tant aimée. Nous voudrions qu'à notre départ elle parût au moins s'apercevoir que nous ne sommes plus là pour l'admirer, pour l'aimer; nous serions plus heureux du deuil d'une fleur, d'une feuille, que de tous les emblèmes de regret dont on pourra orner notre tombeau. Ces cyprès, ces plantes funèbres dont on l'entourera peut-être, nous savons trop que leur apparente douleur n'est pas pour nous.

Mais Julien s'arrêta tout à coup. Au moment où il accusait la nature d'ingratitude, n'était-il pas ingrat lui-même? A défaut des arbres et des fleurs, n'aurait-il donc été plaint et pleuré de personne? Pouvait-il oublier ce qui lui avait été révélé dans ce lieu même; ce qui lui avait arraché l'arme avec laquelle il allait trancher ses jours?

Oui, Marie l'aurait pleuré, Marie le pleurerait peut-être encore. Mais ce *peut-être* l'effrayait. Quatre ans! quatre ans!...

Aussi, sous l'influence de ces souvenirs ravivés, il s'étonna bientôt d'avoir pu prolonger lui-même un terme déjà si long. Un seul jour, maintenant, lui semblerait un long retard. Dès le lendemain donc, Marie aurait une lettre. Il jetterait au feu celle qu'il avait commencée; il laisserait aller sa plume, et son cœur dirait tout.

Et pourquoi ne pas l'écrire aussitôt, cette lettre, dans l'île même, sous ces arbres? Où serait-il mieux inspiré qu'à l'endroit où il avait recueilli, par une espèce de miracle, l'aveu des sentiments de Marie?

Mais un autre miracle l'attendait.

Ne nous amusons pas à prolonger l'incertitude, et laissons les formes romanesques. On aurait d'ailleurs trop tôt deviné.

Comme il ouvrait son portefeuille, il entendit marcher sur le pont. Il regarda. C'était elle.

Il la vit aller vers le tombeau et le contempler quelques minutes; puis elle alla s'asseoir, à quelque distance, sur un banc. Là, elle était presque en face de Julien. Elle n'aurait eu, pour le voir, qu'à lever la tête.

Mais elle fut longtemps sans la lever. Lui, immobile, appuyé contre un arbre, à peine parvenait-il à ressaisir quelques idées et à se demander si c'était vrai. Elle, Marie, à quelques pas! Ces traits gravés au plus profond de son âme, il les avait sous son regard! Ce nom tant de fois murmuré dans ses angoisses solitaires, il n'avait qu'à le murmurer

encore, et elle l'entendrait! Mais il aurait plutôt
voulu faire taire jusqu'aux battements de son cœur.
Que dirait-elle, que ferait-elle à sa vue? Il redoutait
également de la voir ou trop émue ou trop peu; il
aurait indéfiniment reculé, dût-il la laisser partir, le
moment de s'approcher d'elle.

Enfin, elle parut sortir de sa rêverie, et il la vit
comme cherchant à s'orienter dans l'île, dont elle
avait un dessin à la main. Il comprit, non sans un
saisissement d'un autre genre, que la mort de Saugy
pourrait bien être un des motifs de ce pèlerinage,
et alors il n'hésita plus. Il fit un pas. Elle l'aperçut...

Un autre, en ce moment, les apercevait de loin.
Caché dans un bosquet, il avait suivi depuis longtemps tous les mouvements de Marie.

Il vit donc Julien avancer d'un pas, puis d'un
autre, puis se précipiter aux pieds de Marie et couvrir ses mains de baisers. Pas un mot, de longtemps,
ne parut s'échanger entre eux. Ils pleuraient. Le
premier regard avait tout dit; les larmes répondaient
assez.

Elle força enfin Julien de se lever, et il s'assit à
côté d'elle. Alors ils parlèrent; mais bientôt ils parurent inquiets de se voir au milieu de l'île, sur ce
banc qu'on apercevait de partout. Ils passèrent donc
le pont et s'allèrent asseoir à l'autre bord, dans ce
même petit temple où nous avons vu jadis madame
de Beauharnais et ses amis. L'homme, toujours caché, n'était guère plus qu'à vingt pas.

Il s'efforçait d'entendre; mais à peine saisissait-il de temps en temps quelques mots, noyés dans ce long murmure où les regards, les pleurs, les sourires, les pleurs encore, disaient bien plus que les paroles. Souvent l'indignation se peignait sur les deux visages, sans doute au récit mutuel des perfidies de l'ennemi commun; souvent aussi la conversation s'arrêtait. Les mots devenant impuissants, les deux âmes parlaient dans le silence.

L'homme essayait d'approcher. Il écartait doucement les branches, gagnant un demi-pas, puis un autre, puis un troisième... Mais Marie se retourna tout à coup. Elle avait entendu un mouvement; elle vit l'homme. Julien s'élança vers lui.

— Misérable!... s'écria-t-il.

L'autre, avec le plus grand sang-froid : — Plaît-il?

— Nous savons tout...

— Pas tout... dit l'autre.

— Nous saurons tout...

— Plus tôt que vous ne voudriez.

— Des menaces!...

— Vieilles déjà, Julien.

— Et que je braverai, Cambel, comme je les ai déjà bravées...

— Oh! ne le bravez pas, Julien!... s'écria Marie. Il me fait peur... C'est un démon!...

Il s'avança vivement.

— Non, mademoiselle, c'est un homme... Mais un homme que vous avez méprisé... un homme que vous

avez torturé... un homme qui vous montrera...
Adieu... Aimez-vous... Adieu... Vous savez si on
m'échappe... Vous me reverrez au dénoûment...
Adieu... Adieu...

XIX

Quelques jours se sont écoulés. Nous sommes dans les jardins de Saint-Cloud.

Quelle foule! Toute la nuit, la route a été couverte de voitures; beaucoup de gens, venus hier, ont couché, dit-on, dans le parc.

C'est qu'il s'agit d'une chose comme on n'en a guère vu, comme on n'en verra guère. Le duc de Chartres veut remplir son étrange promesse. Ce ballon qu'on est en train de gonfler, c'est pour lui.

S'il n'a voulu que devenir le héros de toutes les conversations, il peut être content.

Mais avant d'écouter ce qui se dit, examinez quelques moments cette foule. La reconnaissez-vous? Si vous sortiez de la Bastille, après deux ans seulement de réclusion, vous vous demanderiez si vous avez donc été transporté, sans le savoir, chez un autre peuple, ou si le vieux Franklin est devenu le législateur de celui-ci. Plût à Dieu! Mais, en attendant d'adopter ses vertus, on a adopté son costume. Voici pourtant, direz-vous, quelques seigneurs...—Hélas! ces grands seigneurs qui se promènent encore avec l'ample habit Louis XV, ce sont de bons bourgeois, ou des financiers tout au plus. Les grands seigneurs... Tenez... Voyez-vous là-bas ces chapeaux ronds, ces habits de bure?...—Allons donc!...—Oui, de bure, ou couleur de bure... ces culottes de drap, ce linge uni, sans jabot ni manchettes, ces bas de fil, ces... Je crois même, ma foi! que leurs souliers n'ont pas de boucles... Eh bien! celui qui mène la bande, c'est le duc de Lauzun, jadis l'élégant des élégants. Mais ne faut-il pas qu'on connaisse, au moins à son habit, qu'il a respiré l'air d'Amérique? N'allez pas croire, du reste, que l'économie entre pour rien dans cette réforme du costume. Je ne répondrais pas que ce drap couleur de bure ne soit aussi cher que du velours, ou que ces bas de fil ne vaillent de la dentelle, et vous pouvez être bien sûr que ces messieurs ont des dettes comme avant.

Maintenant, voyez les dames... à moins que vous ne les ayez regardées les premières, ce qui est bien possible; nous vous le pardonnerions, car elles ont décidément gagné à cette révolution. Ne cherchez plus ces cheveux en pyramide, ces parterres de fleurs ou de légumes. On a enfin compris qu'une coiffure *naturelle* n'est pas nécessairement aux artichauts, et que les cheveux pourraient bien être ce qu'il y a de mieux pour ajuster la tête d'une femme. Les coiffeurs en sont furieux. La grave communauté

a rédigé des *remontrances*, à l'instar de messieurs
du parlement ; mais la mode est une princesse autrement absolue qu'un Louis XVI, ou même qu'un
Louis XIV. Malheureusement, c'est la reine qui lui
donne le ton, et voilà tous ces perruquiers bavards
devenus les ennemis de la reine, comme le sont déjà
les marchands de soie depuis qu'elle porte la gaze
et le linon. Pauvre femme ! Tout se traduit en accusations contre elle. On vous dira qu'elle a voulu tuer
les manufactures de Lyon pour enrichir, la perfide
Autrichienne ! celles de la Flandre et du Brabant.

Il a cependant fallu accorder aux perruquiers ce
gros *chignon* qui alourdit le cou délié des dames,
comme la *bourse* des hommes salit le collet de leur
habit ; seulement la bourse a un ruban noir, et le
chignon un rose. Les chapeaux féminins sont décidément trop grands, trop fleuris, trop flasques ; on
a voulu rompre tout à fait avec la raideur échafaudée
des anciennes coiffures, et on est tombé dans le chif-
fonné, dans le démantibulé. Relevez-moi un peu,
mesdames, ces attifailles qui cachent les deux tiers
du front et la moitié de la figure ! M. de Grimm a
beau dire que cette ampleur « semble ne dérober
une partie du visage que pour prêter à celle qu'elle
laisse voir plus de rondeur et plus d'attraits. » Les
latins lui riposteront que Dieu

> *Os homini sublime dedit, cœlumque tueri*
> *Jussit...*

ce qui veut dire que si vous avez un visage, ce n'est

pas pour le cacher, et que vous feriez mieux de laisser cela aux femmes turques. Au reste, vous devez
aimer qu'on vous parle latin, et grec aussi, car c'est
sur l'antique, dit-on, que vous prétendez vous mo-
deler. « On croirait, a écrit encore ce vieux Grimm,
être transporté dans Athènes, à ces jours de fête où
la beauté, belle simplement de ses appas, couverte
plutôt que parée par les plis ondulants de ses vêtements légers, n'empruntait de l'éclat que des fleurs
dont elle couronnait sa tête. Jamais nos jolies femmes
n'ont plus ressemblé à de jeunes Grecques... » Cela
se peut, mesdames ; mais, je vous en conjure, laissez
la Grèce aux Grecs, comme l'Allemagne aux Allemands, et n'allez pas vous figurer que, plus vous serez Grecques, plus vous serez bonnes Françaises. C'est
bien assez que messieurs vos maris se préparent à
s'appeler, d'ici à quelque temps, Épaminondas ou
Pélopidas, Léonidas ou Charondas ! Puis, êtes-vous
bien sûres de ce qu'il dit là, M. Grimm ? Assez de
gens ont cru faire des tragédies grecques, qui n'ont
fait que des caricatures ; ce qui est arrivé en poésie
pourrait bien arriver en fait de modes. Est-ce pour
vous punir d'avoir porté de si grands paniers, mesdames, que vous voilà maintenant dans des sacs?...
car vos robes ne tarderont pas à en être, si vous
continuez à les rétrécir de la sorte. Vous les appelez
des *fourreaux*; ce qui est déjà un très-vilain nom,
ne vous déplaise, et pas du tout antique; faudra-t-il
en venir à les appeler des gaînes? Allez donc voir au
Louvre si c'est ainsi que Vénus et Diane se drapaient !

Mais toutes ces observations, c'est moins ici, à Saint-Cloud, que nous devrions vous les faire, que dans cet autre temple où vous trônez à peu près tous les jours, dans ce palais où le même prince vous appelle. Vous avez crié, comme tout le monde, quand il a coupé les vieux arbres pour bâtir ses boutiques; mais vous n'y veniez guère, sous ces arbres, et maintenant que le jardin n'est plus qu'une espèce de cour, c'est là qu'on est sûr de vous voir. Hors du Palais-Royal, point de salut pour une femme à la mode. Seulement, si elle est honnête ou si elle tient à le paraître, qu'elle n'y reste pas après le soleil couché.

- Il a déjà sa place dans toutes les conversations, dans toutes les anecdotes, ce bazar qui va devenir le centre et comme le cœur de Paris. Écoutez comme l'honnête bourgeois, jusque sous les ombrages de Saint-Cloud, en redit les merveilles au provincial ébahi! On dirait que Paris n'a plus ni les Tuileries, ni le Louvre, ni Sainte-Geneviève, dont le dôme commence à dominer la grande ville; le provincial voit Paris, mais le Parisien ne voit plus que le Palais-Royal. Il est fier de savoir le nombre juste des arcades, cent quatre-vingts, pas moins; fier d'ajouter que chaque arcade a son réverbère à elle, grande magnificence et sans exemple jusqu'ici; fier de parler en connaisseur de ces admirables lampes qui éclairent les boutiques, et dont l'inventeur, le sieur Quinquet, a élevé l'art de l'éclairage à un degré de perfection qu'on ne dépassera sûrement pas. Notez bien que tout cela est ouvert et resplendit, chaque soir, jusqu'à une heure inouïe, fabuleuse, jusqu'à... mais vous ne le croirez pas... jusqu'à dix heures et demie, et encore il y a des gens qui parlent d'aller jusqu'à onze heures! Ah! c'est que le peuple français commence à n'être plus un enfant, qu'on met coucher quand on veut. On respire, sous ces arcades, un air d'indépendance qu'on ne respirait pas sous les marronniers de Richelieu. Aussi, ne croyez pas qu'on s'en tienne à lorgner les dames. Si l'ombre de Richelieu n'a pas fui avec les ombrages, il doit frémir, le terrible ministre, des choses qu'il entend ici et surtout de celles qu'il voit venir.

Mais où n'aurait-il pas à frémir en ce moment? La politique et la révolte sont à Versailles comme à Paris, à Saint-Cloud comme au Palais-Royal.

— Que s'est-il passé à Ermenonville?... demande un des promeneurs.

— Rien, répond un autre.

— Rien?...

— Non. Girardin avait invité un tas de gens que nous connaissions à peine. Mirabeau avait amené ce... ce Julien... vous savez?...

— Oui.

— Pas moyen, dès lors, de causer un peu librement.

— On dit pourtant que vous ne vous êtes pas gêné.

— Je ne me gêne jamais.

— A la bonne heure.

14.

— Et je me serais gêné encore moins si j'avais su le nouveau tour qu'on me joue.

— A vous?

— A mes amis; c'est tout un. Figurez-vous que le gouvernement a l'infamie...

— Plus bas!... Plus bas!...

— Vous êtes de la cour, monsieur le comte...

— Mais...

— Et de l'Académie...

— Mais...

— Mais puisque vous avez aussi, comme moi, l'honneur de recevoir les leçons de M. Mesmer, vous devriez vous indigner, comme moi, quand le gouvernement se permet de le bafouer.

— Le gouvernement a nommé une commission d'examen, et il me semble que les noms de la plupart des membres, Bailly, Franklin, Lavoisier...

— Tous prévenus!... Mais ce n'est pas de cela que...

— Mon cher d'Éprémesnil, entre nous, je ne serai pas du tout fâché de savoir un peu où j'en suis. Je ne regrette pas mes cent louis, bien que ce soit un peu cher... C'est Chastellux qui m'a fourré là dedans, avec M. de La Fayette, avec M. de Noailles, avec M. de Montesquiou, avec vous, avec votre avocat-général, M. Servan... et si je suis dupé, je le suis au moins en bonne compagnie... Mais enfin, après ces quelques leçons...

— Eh bien?...

— Il me semble que nous y voyons un peu moins clair qu'avant de commencer.

— Comment! Vous n'êtes pas convaincu qu'il existe un certain agent... des phénomènes particuliers...

— Auxquels nous ne comprenons rien, ni notre maître non plus.

— Ils existent, pourtant.

— Ai-je dit non?... Le charlatanisme n'est pas de dire qu'il en existe, mais de prétendre en avoir trouvé les lois. Votre Mesmer...

— Encore un coup, s'écria d'Éprémesnil, il ne s'agit pas de cela.

— Mais oui...

— Mais non... Il s'agit de cette indécente farce qu'on va jouer à la Comédie-Italienne...

— Ah! ah!... Les *Docteurs Modernes?*

— Oui... Et que le gouvernement permet...

— Il a bien permis *Figaro.*

— Oh!...

— Et vous y étiez.

— Non.

— Ah! c'est juste... Vous ne pûtes pas entrer... Mais enfin, il a permis *Figaro* contre lui-même... et il peut bien permettre les *Docteurs Modernes* contre... contre...

— Achevez.

— Non.

— Socrate aussi...

— Oh! oh!...

— ... fut persécuté...

— Oh! oh!...

— ... fut livré aux risées...

— Radet et Barré seront bien fiers.

— De quoi, les misérables?...

— Eh! de ce que vous faites d'eux les Aristophanes de ce siècle.

— Si leur pièce se joue, gare à eux!... Je fais une brochure... Et gare aux ministres, surtout!...

Ils en étaient tous là, ces grands ennemis du despotisme. Voltaire avait jeté feu et flammes quand le gouvernement permit de jouer les *Philosophes*. D'Alembert et les siens avaient tenté à vingt reprises de faire imposer silence à Fréron. Laharpe, tout récemment, avait demandé qu'il fût interdit aux journalistes de parler des pièces nouvelles. D'Éprémesnil voulait qu'on ne pût rire de Mesmer. Tous ils trouvaient du bon dans ce despotisme abhorré, pour peu qu'il voulût bien s'exercer selon leurs idées. D'Éprémesnil fit sa brochure. Tout ce qu'il venait de dire au comte de Choiseul-Gouffier, il le mit dans ces singulières pages, y compris la comparaison de Mesmer avec Socrate.

Mais il en aurait dit, en ce moment, bien davantage, si le comte n'eût vu venir quelqu'un au-devant de qui il s'avança. C'était la figure *en zigzag* que nous avons vue à l'Académie, en 1778.

— Eh bien! cher abbé, dit le comte, notre projet tient-il?...

— Certainement, monsieur l'ambassadeur.

— Vous ne savez pas, cher conseiller?... J'em-
mène M. l'abbé Delille.

— A Constantinople?

— Mais oui.

— Heureux mortel!

— Venez avec nous.

— Moi?

— Pourquoi pas? Le parlement vous accorderait
bien un congé...

— Et le roi encore plus volontiers...

— Eh bien?...

— C'est précisément pourquoi je reste.

— En attendant, reprit l'abbé, nous avons le plaisir de voir demain votre robe rouge au soleil.

— Je l'espère.

— Vous voulez dire : « Je le crains. » Car enfin, si
la pluie arrivait avant demain et qu'il n'y eût pas
lieu à faire la procession...

— Sans doute...

— ... ce serait encore bien plus heureux...

— Sans doute.

Mais ce *sans doute* avait un peu de peine à sortir.
Il commençait, M. d'Éprémesnil, à être connu de la
foule, et l'occasion était trop belle de se montrer
dans toute sa gloire, de faire dire : « C'est lui! » Nul
donc n'irait de meilleur cœur à cette fameuse procession de sainte Geneviève; nul ne souhaitait moins
de voir finir la sécheresse avant cette grande comédie.

XX

Quelques nuages se montraient pourtant dans le ciel, et on les remarquait beaucoup, soit en pensant au lendemain, soit à propos de ce qu'on était venu voir. Le bruit courait, en effet, que le duc de Chartres commençait à se repentir, et qu'il serait ravi de ne pouvoir accomplir sa promesse. Était-ce vrai? Nous n'en pouvons rien dire, sinon que tout le monde était assez disposé à le croire.

Les préparatifs étaient longs et lents, grâce aux complications que Robert avait imaginées, toujours dans le chimérique espoir de diriger le ballon. Pour lui donner quelque peu la forme d'un navire, on avait fait un sphéroïde allongé, assis sur son grand axe. Il y avait un gouvernail, des rames, des voiles. A l'intérieur, enfin, était un ballon plus petit, plein d'air atmosphérique, et destiné à aider aux manœuvres, ce qu'on ne comprenait guère. Mais comme le nombre des gens qui pouvaient voir ou espérer de voir n'était pas la moitié de ceux qui peuplaient les jardins, le reste continuait à se promener paisible- ment.

Si nous faisions comme eux, nous entendrions beaucoup parler d'une affaire dans laquelle M. d'É- prémesnil a joué un grand rôle. On vient de publier les *Très-humbles, très-respectueuses et itéralives re- montrances du parlement au roi sur l'état actuel des Quinze-Vingts*. C'est ce *coup mortel* dont le *Journal de la Cour* a dit que le cardinal était frappé.

Mais quelque justes que soient les représenta- tions du parlement, elles soulèvent un de ces embar- ras inextricables si funestes à toute autorité. De quel droit le parlement a-t-il exercé inspection sur l'administration de l'hospice royal des Quinze-Vingts? Lui concéder qu'il a pu le faire, ce serait reconnaître qu'il pourra, partout, en tout, se placer à côté de l'autorité royale, si ce n'est au-dessus. Aussi le roi a-t-il été obligé de repousser les remontrances, et le voilà conduit à protéger contre le parlement un homme qu'il ne peut souffrir. Les uns rient, d'au- tres s'indignent; très-peu comprennent la question, et ceux qui la comprennent le moins en jasent natu- rellement le plus.

Que ne dit-on pas aussi sur cette *question d'Orient*, déjà si vieille, et qui, après trois quarts de siècle, sera encore à l'ordre du jour! Les politiques de Saint- Cloud la croient tout près d'une solution; le choix de l'ambassadeur semble indiquer que le cabinet de Versailles y pousse ou s'y résigne. On se passe un journal où il est dit : « Dans la préface de son *Voyage pittoresque de la Grèce*, M. de Choiseul-Gouffier a fait de grands éloges de l'impératrice des Russies, exprimant le désir que le projet depuis longtemps annoncé de la subversion de l'empire ottoman s'effectue. Il est assez singulier qu'on ait donné une pareille mission à ce seigneur philosophe, qui s'est expliqué d'une façon si désagréable pour le souverain et la nation auprès desquels il va résider; on en conclut que la France renonce à soutenir cette puissance, et que c'est un confesseur qu'on envoie pour exhorter à la mort un malade désespéré. » Que faut-il en croire ou n'en pas croire? Voilà bien quelques promeneurs, amis de M. de Choiseul, qui voudraient le faire parler; ils y perdront, cela va sans dire, leur peine. Est-on sûr, d'ailleurs, qu'il sache lui-même ce qu'il va faire auprès de ce moribond? Mais il a fait, en attendant, ce que firent souvent ses bons amis les philosophes : il a réimprimé son livre en ôtant les pages anti-turques, et il faut espérer que le sultan aura assez d'esprit pour ne pas se les rappeler.

Avez-vous assez de politique? — Écoutez maintenant ceux qui causent littérature, ou sciences, ou beaux-arts, ou... nous ne pouvons pas ajouter philosophie, car la philosophie n'est plus guère objet de conversation.

Voici d'abord quelques savants. Reconnaissez-vous M. de Lalande? On le reconnaîtrait, entre mille, à son air maussade, plus maussade encore que de cou-

tume, car il avait traité de chimère l'invention des
aérostats, et c'est pour le narguer, lui semble-t-il,
qu'on en fait. Les plaisants disent qu'il se propose
de s'en servir lui-même...

> Le char de Pilâtre et d'Arlande
> Doit, dit-on, enlever Lalande.
> C'est fort bien fait à lui de visiter les cieux ;
> Peut-être, à son retour, en parlera-t-il mieux...

Car vous savez qu'il trouve tout mal là-haut. Mais
il revient, pour le moment, d'Italie ; on lui demande s'il publiera bientôt la relation de son voyage.
Cet autre, c'est M. Bailly, à qui le succès de son
Histoire de l'Astronomie moderne donne un rang
parmi les écrivains. Qu'est-ce donc que cette lettre
qu'il montre ? Elle est de ce jeune Chassebœuf, autrement dit Boisgirais, autrement dit Volney, qui est
parti l'an passé pour l'Égypte. Il vient de passer un
an dans un couvent de Cophtes, étudiant l'arabe ; il
va se mettre à parcourir le pays, et sans doute qu'à
son retour il nous donnera aussi un livre. Quand
paraîtra celui de l'abbé Barthélemy, annoncé depuis
si longtemps ? Il parle d'y consacrer encore quelques
années, ce qu'on trouve horriblement long. Tout ce
peuple a soif d'histoire grecque ; il finira, vous verrez,
par en être ivre ! Mais à propos de voyages, savez-
vous la nouvelle ? Le roi veut que la France ait son
capitaine Cook ; il ordonne un voyage autour du
monde. Les préparatifs vont se faire et le chef est
déjà nommé ; c'est, dit-on, M. de la Pérouse. Un

autre voyage encore, et curieux, c'est... Celui-là, je vous le donne en mille... c'est M. de Boufflers qui va partir comme gouverneur du Sénégal. Un joli endroit, n'est-ce pas? pour faire les petits vers... Mais il était criblé de dettes; on a imaginé de l'envoyer dans un pays où il ne pût guère dépenser, et où il gagnât quelque chose. Vous verrez qu'au retour on le mettra de l'Académie...

L'Académie! Voici des gens qui en parlent; et n'a-t-on pas sans cesse à en parler? Trois réceptions coup sur coup, M. de Choiseul-Gouffier, M. Bailly, M. de Montesquiou! Et cette dernière marquera dans les annales du Louvre, car c'était la première fois qu'un souverain assistait à une assemblée publique du docte corps. Remerciez le comte de Haga, monsieur de Montesquiou! On a oublié, grâce à lui, que vous étiez de ceux dont le directeur de l'Académie est obligé de dire, en les recevant, qu'ils *auraient été* des écrivains s'ils avaient bien voulu écrire. Vous savez ce que les malins ont dit...

Montesquiou de l'Académie!
Mais qu'a-t-il donc écrit? Sa généalogie...

et son discours de réception, ajouterons-nous maintenant, car il faut espérer que ce discours est de lui. On l'a, en tout cas, fort applaudi. La matière, en soi, n'était pas riche : il s'agissait de ce bon M. de Coëtlosquet, évêque de Limoges, auteur... de quelques mandements que nous devons supposer qu'il avait lus, s'il ne les avait pas écrits. Mais il avait été le

précepteur de Louis XVI, et c'en était assez pour que
le discours pût être amplement dans le goût du
temps. Le précepteur d'un roi! Quel thème à phrases!
Quelle occasion de refaire Télémaque en tirades philosophiques! M. de Montesquieu n'a eu garde d'y
manquer. « Quel terrible moment pour un observa-
teur philosophe, a-t-il dit, que celui où un jeune
prince destiné à régner sur une grande nation doit
être livré aux mains qui vont rectifier ou corrompre
l'ouvrage de la nature! » Eh! sans doute, c'est un
moment important, *terrible*, si vous voulez; mais
pourquoi le dire dans ce style? Auriez-vous par hasard, comme M. de Vaudreuil, l'envie d'être gouverneur du Dauphin? Quoi qu'il en soit, le moment
approche où le roi devra faire un choix, et le public,
toujours heureux quand on fait la leçon aux rois, a
chaudement applaudi tout ce morceau. Il est vrai
qu'on a applaudi aussi le morceau consacré aux
élèves du vieil évêque, c'est-à-dire au roi et à ses
deux frères; mais êtes-vous bien sûr qu'il n'y eût
pas quelque peu d'ironie dans ces derniers applaudissements? Le comte d'Artois va bien rire quand il
se verra habillé presque en Caton, et peut-être trou-
vera-t-il que, pour un courtisan, vous avez été là
bien maladroit.

Le directeur, M. Suard, a donc fait de son mieux
pour démontrer qu'en nommant M. de Montesquiou
l'Académie n'a pas nommé seulement le grand seigneur, capitaine des gardes de Monsieur, mais aussi
et surtout un littérateur aimable, lequel a en porte-

feuille des épîtres, des contes, des chansons, voire
des comédies. Et à propos de comédies, savez-vous
ce qu'il a osé, M. Suard? Il a osé attaquer Beaumarchais, ce qui est autre chose, croyez-le, par le temps
qui court, que de morigéner les rois. Il a dit que le
goût de la véritable comédie se perd tous les jours
davantage; que le théâtre finira par peindre exclusi-
vement des mœurs basses, qui n'auront plus même
le mérite d'être vraies; que la satire sans retenue
s'exerçant sur des vices sans pudeur n'offre en réalité
d'autre intérêt que celui de la licence même. Merci,
M. Suard! Vous avez dit ce que les honnêtes gens
pensent; et comme les honnêtes gens sont toujours
en majorité quand on ne leur demande pas d'attacher
le grelot, ce jugement a été fort applaudi. Bien entendu qu'on ne courra pas moins aux représentations
de *Figaro*, sans doute pour voir toujours mieux combien vos remarques étaient justes. Un de vos audi-
teurs, du reste, et c'est le roi de Suède, a très-spi-
rituellement défini la situation. Il a dit que la pièce
lui avait toujours paru détestable, mais qu'il avait
tâché de vous applaudir modérément, ne voulant pas
se priver du plaisir de la revoir.

Est-ce fini? — Non. On raconte encore comme
quoi M. de Laharpe a commis plus d'une maladresse,
et il y excelle, en vérité! Une séance académique ne
serait pas complète si elle n'était marquée par quelqu'une de ses bévues; il a le sens du contre-sens.
N'est-il pas allé prendre, dans son poëme sur les
femmes, précisément l'endroit où il exhorte Cathe-

rine à s'emparer de Constantinople? Jugez un peu du
malaise où il a mis et M. de Choiseul, l'ambassadeur,
et M. de Calonne, le ministre, tous deux présents! Ce
ne serait rien encore, car le sultan pourra n'en rien
savoir; mais le roi de Suède, qui est là, et qui entend le français à merveille, que dites-vous du compliment que M. de Laharpe lui a fait en disant de
l'impératrice :

  Tout le Nord est soumis, ou tremblant sous sa loi!...

La Suède est au sud, apparemment.

Et quand ce détail impertinent devrait passer
inaperçu, qui nous délivrera de cette autre grande
impertinence, l'encens perpétuel sur les autels de
cette femme! Vous n'en avez donc pas encore fini,
mes bons messieurs, avec la vieille sainte de Voltaire? Est-ce chose jurée que vous ne nous parlerez
jamais de femmes sans nous parler de la grosse Catherine, aux mœurs si pures, comme on sait, et si
philosophiques? Il serait grand temps, je vous assure, de laisser là cette menteuse épopée, dont la
postérité, heureusement, ne croira pas un mot, et
qui ne sera qu'un chapitre au grand traité de l'influence des pensions sur la philosophie.

— Mais est-il vrai, demande un des promeneurs
de Saint-Cloud, que M. de Laharpe ait loué madame
de Genlis? Après le mal qu'elle a dit de lui...

— Ces vers, répond un autre, étaient connus de
beaucoup de gens. Ils dataient d'avant la rupture.
Comment les retrancher?

15.

— Et le début?... dit un troisième. Avez-vous remarqué comme on riait?

— Oui ; mais je n'ai pas compris...

— Innocent!... Vous rappelez-vous la fiction?

— Vénus, je crois, veut fixer près d'elle Adonis, qui va trop souvent à la chasse.

— Après.

— Elle va sur le Parnasse, implorer le secours des Muses.

— Vous n'avez pas vu que Vénus était madame de Genlis?... Et l'amant...

— Le duc de Chartres, parbleu!

— Vous y voilà.

— Est-ce bien décidé qu'il la fait *gouverneur* de ses enfants?

— Très-décidé.

— Et que le roi permet?

— Il permet tout. Peut-être qu'il n'est pas fâché, d'ailleurs, de voir son cher cousin faire des choses ridicules...

— Comme aujourd'hui...

— Comme aujourd'hui. Mais cela commence à être long... bien long...

— Tout est prêt, pourtant... Hé! comme le ballon se démène...

Mais une immense acclamation appela tout à coup tous les regards du côté de l'énorme globe, qu'on avait eu de la peine à dégager de ses échafaudages. Il partit comme un trait. En moins de rien, il eut atteint les nuages.

Et toute la foule d'ondoyer, et tous les yeux de chercher, et toutes les langues de parler.

— Disparu...

— Disparu...

— Où va-t-il aller?

— A Paris...

— A Versailles...

— Où il voudra...

— Oh! oh!...

— Mais oui... puisqu'il a un gouvernail...

— Et des voiles...

— Un gouvernail et des voiles, monsieur...

— Nous verrons.

— Vous doutez, je crois?...

— Qu'il y ait un gouvernail et des voiles?... Non.

— Et de quoi, alors?

— Que cela serve à quelque chose...

— Monsieur!...

— Plaît-il?

— Vous doutez de l'esprit humain!...

— Non.

— Si.

— Hé!... Hé!... Hé!... Hé!...

C'était le ballon qui revenait, mais tellement juste à l'endroit où on l'avait vu disparaître, qu'il semblait vouloir s'épargner la peine de faire un autre trou dans le nuage. Il revenait...

Honteux comme un renard qu'une poule aurait pris...

et c'était en vérité grand' pitié de revoir dans un tel
état cette triomphante machine.

Mais quand on sut — et on le sut bien vite — qu'il
n'y avait eu aucun accident, que le ballon était merveilleusement en train, sinon de se laisser conduire,
du moins d'aller haut et loin, que c'était le prince,
en un mot, qui avait eu — on n'osait presque achever
— qui avait eu peur, alors ce fut une immense risée.
Tout ce qu'on avait dit, peut-être à tort, de son peu
de courage sur les flots, son peu de courage dans les
airs le rendit vraisemblable. Des épigrammes sans
pitié achevèrent d'envenimer sa blessure. On lui faisait dire, dans une d'elles :

> Qu'on me remette à terre !
> J'aime mieux n'être rien sur aucun élément...

mais ce fut plutôt à partir de cette nouvelle catastrophe que tous les moyens commencèrent à lui
paraître bons pour arriver à être quelque chose.

XXI

Cependant Marie et Julien sont convenus de s'é-
crire, et il est temps que nous donnions quelques
fragments de leur correspondance.

Dès le lendemain du jour où ils s'étaient vus à Ermenonville : — Si je pouvais espérer, écrivait Julien,
que votre bonheur depuis hier soit seulement de moitié aussi complet que le mien, je serais encore heureux et fier de vous être assez cher pour vous en
donner autant.

Quand j'ai revu de loin cette maison qui m'a été
si longtemps un tombeau, ce clocher qui avait semblé n'être là que pour m'écraser du poids des heures, à peine reconnaissais-je et cette maison, et ce
clocher, et ces chemins, et ces arbres. Mais non ;
c'était mon cœur que je ne reconnaissais pas, mon
cœur joyeux après tant d'années de tristesse, plein
après tant de vides. Ce que je sentais s'en échapper,
c'était comme un défi à tout ce qui avait eu, jusqu'à

ce jour, le pouvoir de m'accabler. Je rentrais en dominateur dans ces lieux qui ne m'avaient vu qu'esclave, et tout, me semblait-il, devait le lire dans mes yeux.

Elle l'a lu, quoique sans le comprendre, cette malheureuse femme que Cambel a instruite à me trahir. Mais que le pardon est facile alors qu'on est heureux ! Je l'ai questionnée sur vos lettres, et, quand j'ai vu qu'elle se troublait, je n'ai pas même voulu que ma vengeance allât jusqu'à la confondre en face. J'ai parlé d'autre chose.

C'est pourtant un triste retour que d'être obligé de se dire : Une trahison m'a ôté quatre années de bonheur, et pouvait m'en ôter encore d'autres ! Qu'est-ce que ce bonheur qu'un si misérable instrument a pu trancher ? Qu'est-ce que ce soleil dont une main d'homme est assez large pour intercepter tous les rayons !

Mais pardonnez, Marie, à ce retour. Le bonheur ne serait pas le bonheur s'il ne s'y mêlait quelque amertume ; ce ne serait que la joie, la joie folle, un étourdissement d'un jour.

Oui, je le sens : ce n'est pas seulement parce qu'elles sont derrière moi, ces années de vide et de souffrance, que j'aime à me les rappeler ; j'ai besoin de leur souvenir pour donner à mon bonheur d'aujourd'hui cet arrière-goût sans lequel il ne me paraîtrait digne ni de vous ni de moi. Je ne compare pas le présent et le passé, mais je les mélange, en quelque sorte ; la tristesse est une vieille amie que je ne pourrais me résoudre à ne plus voir à mon foyer.

Et que fais-je en cela, chère Marie, que d'obéir à un des instincts de la nature? Les larmes sont un des langages du bonheur, et le premier peut-être; il en coûtera souvent moins à l'affligé de les refouler, qu'à l'heureux. Pourquoi en ai-je tant répandu, hier, sur vos mains? Pourquoi les vôtres coulaient-elles? Ah! ce n'était pas seulement parce que nous savions bien qu'elles diraient plus que les paroles. Nous voulions, dans le bonheur même, rester fidèles au culte de la douleur.

Je vous ai donc revue! Si je disais encore que cela me semble un rêve, j'exprimerais bien mal et bien trivialement ce que j'éprouve. Et même, serait-ce vrai? Il me semble plutôt être rentré dans les conditions naturelles de mon être. C'est maintenant que je me sens réveillé; c'est jusque-là qu'il me semble avoir dormi. Le rêve, ce sont les années où vous n'existiez plus pour moi que comme une image fugitive, où vous échappiez à mes vœux comme tout échappe dans un rêve.

Je vous ai donc revue! Que vous étiez belle, Marie! Êtes-vous plus belle qu'autrefois, ou avais-je altéré, dans ce long rêve, l'image restée dans ma mémoire? Je ne sais; mais l'image s'est trouvée bien au-dessous de la réalité. Que vous étiez belle, Marie!

Et pourquoi craindrais-je de vous le dire? Quand la beauté n'est que le reflet de l'âme, n'est-ce pas l'âme qu'on salue, qu'on aime dans la beauté? Vous avez le droit d'être belle ; laissez-moi celui de vous trouver belle.

Adieu, Marie ; pour aujourd'hui, adieu. Je ne suis guère plus content de ce que je viens d'écrire que je ne l'étais, l'autre jour, de cette lettre commencée que vous ne recevrez pas. Mais je vous l'envoie, celle-ci, sans hésiter. Ce qui y manque, — et que n'y manque-t-il pas ! — votre amitié le suppléera sans peine ; ce qu'il y a de trop... Ah ! ne soyez pas trop sévère. Vous ne retrancheriez pas une ligne qui ne soit sortie de mon âme aussi bien que le reste, et qui n'ait droit, comme le reste, à trouver grâce devant vous.

La réponse arriva le même soir.

Moi aussi, Julien, disait Marie, c'est le passé qui me paraît un rêve. Mais n'en est-il pas toujours un ? Et ce que nous prenons pour l'effet d'un heureux contraste entre les douleurs écoulées et le bonheur présent, n'est-ce pas plutôt la simple loi du néant de toutes choses ? Le présent sera bientôt le passé ; il entrera à son tour dans le grand rêve. Ce qui est condamné à n'être demain qu'une ombre, pouvons-nous l'appeler aujourd'hui réalité ?

Je crois au bonheur, cependant ; oui, Julien, j'y crois. Ce que vous avez lu dans mes larmes, c'est bien ce qu'elles disaient. J'étais heureuse.

Mais avez-vous tout lu ? Avez-vous tout osé lire ? Les vôtres, comme les miennes, est-il bien sûr qu'elles ne disaient que ce que vous dites?... Non; l'illusion n'a pu aller jusque-là. Quand cet homme odieux nous a jeté ses menaces, il n'a fait qu'exprimer ce que vous sentiez comme moi, ce qui serait tout aussi vrai quand nous ne serions pas poursuivis par sa vengeance. Dieu a permis que nous nous revissions; mais qu'y a-t-il de changé pour cela? L'avenir aura bientôt montré que nous aurions dû plutôt nous fuir...

Vous m'avez permis de suppléer ce qui manquerait à votre lettre. Je le fais. Hélas! si j'avais écrit avant vous, c'est moi peut-être qui aurais reculé devant la dure vérité, moi qui n'aurais dit, comme vous, que des paroles de joie et de bonheur, tout au plus tempérées par quelques reflets du passé. Mais vous répondre avec cette assurance qui n'est pas dans mon cœur, changer peut-être en une illusion véritable ce qui n'a été chez vous que l'effort d'un moment pour ne pas voir ce qui vous effrayait, — je ne le puis, je ne le veux pas, Julien!

Me trouverez-vous cruelle d'arracher si vite le bandeau? Croyez qu'avant de l'être envers vous je le suis envers moi-même. Oui, j'aurais voulu me livrer, ne fût-ce que quelques heures, au bonheur de ne voir que le côté bleu du ciel. Mais à quoi bon? Le côté sombre en serait-il moins sombre? Laissez-moi me tourner vers la tempête. Ce n'est ni de la frayeur ni de l'audace. J'attends. Je sais que Dieu est le maître.

Mais Julien, quand cette lettre arriva, n'en était déjà plus aux illusions de la sienne.

Aussi, le lendemain : — Quand j'ai reçu votre lettre, écrivait-il, j'en savais déjà le contenu.

Elle m'a affligé ; elle ne pouvait me surprendre. Ne vous disais-je pas, l'autre jour, à Ermenonville, que je n'ai jamais pu penser à vous sans me figurer que vous lisiez, au même instant, dans mon cœur ? Et si j'ai eu ce sentiment quand je ne pouvais ni vous voir, ni vous parler, ni vous écrire, comment m'étonnerais-je que vous ayez lu, dans ma lettre, plus que je ne croyais y avoir mis ?

Ah ! plût à Dieu qu'il me fût possible de vous dire : Vous vous trompez !... Dût le réveil être affreux, je voudrais qu'il me fût permis d'avoir au moins quelques jours d'illusion.

Mais je n'ai pas même eu quelques moments. Oui, Marie, vous avez bien deviné. Ces larmes que je m'efforçais de croire douces, elles coulaient déjà sur un avenir sans espoir. Quand je pressais vos mains contre mes lèvres, l'abîme qui nous sépare m'apparaissait aussi profond que jamais.

Je n'ai jamais cru plus que vous à la réalité des joies de ce monde ; mais quand j'y aurais cru, pourrais-je y croire maintenant ? La plus grande, me semblait-il, qui pût m'être donnée, celle de vous retrouver, que m'en reste-t-il après trois jours ? Quelques lambeaux que je ne cherche plus même à retenir.

Je me demande cependant s'il n'y a pas quelque ingratitude à cela. Après l'oasis, le désert, ses aridités et ses tempêtes ; mais c'était pourtant l'oasis !

Serait-il donc absolument impossible de s'abandonner quelques jours, même avec le désert en perspective, à ce repos du voyageur? Je veux que nous
l'essayions, Marie; je veux ne pas poursuivre sans
m'être au moins désaltéré, ne fût-ce que par reconnaissance envers celui qui a fait jaillir la source.
Prenons ce que Dieu nous offre. *A chaque jour suffit
sa peine.* Essayons d'ajouter : A chaque jour suffit
sa joie.

Écoutez. Je dois aller voir madame de Luxembourg; je resterai quinze jours à Paris. Laissez-moi
vous écrire, chaque soir, mes impressions de la journée. J'ai tant vécu avec moi-même, tant soupiré
après un léger relâche à cette cruelle obligation de
ne penser, de ne sentir, de ne vivre que pour moi!
Ce besoin que j'essayais de tromper en vous écrivant, en vous parlant, permettez-moi de le satisfaire
enfin... ou de le tromper un peu mieux!...

Le tromper, en effet, c'était tout ce qu'il pouvait
espérer. Il se connaissait trop pour penser sérieusement qu'une correspondance de ce genre dût contenter et soulager son cœur. Mais quelques jours au
moins s'écouleraient, pensait-il, dans le calme. La
variété des impressions en diminuerait la profon-
deur; il userait moins vite ce peu de bonheur qui lui
restait après les premiers retours.

XXII

•

Marie encouragea cette singulière tentative. Elle
essaya de paraître croire à un résultat heureux; elle
ne réussit qu'à lui montrer qu'elle n'y croyait pas.
Il persista; mais ses premières lettres portaient déjà
l'empreinte d'un découragement profond.

Nous allons donc continuer nos extraits. On verra
que nous avons pris, avec ce qui rentrait dans l'histoire de Julien, ce qui offrait quelque intérêt comme
histoire du temps.

10 juillet 1784.

.... J'ai aussi déjà vu chez madame de Luxembourg quelques célébrités nouvelles, car son âge ne
l'empêche pas de recevoir, et elle mourra en compagnie. Elle m'a demandé ce que je pensais de ces
gens-là, et j'ai dû avouer que je les trouvais bien
médiocres. Moi aussi, a-t-elle dit, mais je n'oserais
le dire. — Osez-vous au moins le penser, madame?

— Elle s'est mise à rire. — Je vois bien, a-t-elle repris, que vous n'avez pas oublié, dans votre trou,
comme nous tremblons ici devant la mode. J'ose
pourtant un peu plus que d'autres, grâce à mes trois
quarts de siècle et à l'autorité qu'on veut bien me
reconnaître; mais cette autorité n'est qu'apparente,
et je m'aperçois bien qu'une femme qui tient salon
reçoit la loi plus qu'elle ne la fait. Il en est de même
de mon âge. J'ai le droit de parler, et nul ne me le
conteste; mais on se réserve celui de dire que je
radote, surtout si je dis à nos messieurs qu'ils ne
valent pas leurs devanciers....

Peu s'en est fallu, là-dessus, que je ne lui deman-
dasse s'il était vrai que les devanciers valussent beaucoup mieux. Aucun siècle, je crois, n'a eu moins
d'hommes réellement supérieurs; s'il en a eu quelques-uns, ce ne sont pas ceux qui ont brillé dans le
tourbillon des salons. J'ai vu de près cette vie
babillarde que l'histoire ignorante ne manquera pas
de signaler comme la gloire du dix-huitième siècle,
et je puis attester combien sa réputation est usurpée.

Voilà trois jours seulement que je suis à Paris;
mais j'ai commencé dès le premier à m'apercevoir
des changements qui se sont faits dans l'esprit et
dans les mœurs. Jadis — et ce jadis n'est pas loin,
puisque je parle de quatre ou cinq ans à peine — une
pensée dominait toutes les agitations, tous les rêves :
on voulait, avant tout, être tranquille, jouir en paix,
causer en paix, rire en paix. On prisait fort les biens
annoncés par les philosophes, mais on voulait qu'ils

16.

vinssent en dormant. Aujourd'hui, on se ferait honnir comme paresseux et lâche si on ne se montrait prêt à monter à l'assaut. Quiconque ne s'élance pas vers l'avenir, quiconque même ose parler d'y aller lentement et avec mesure, est regardé comme un mauvais soldat, comme un traître.

Et quel est-il, cet avenir? Personne n'en sait rien. Je n'ai aperçu dans les esprits réputés les plus solides qu'un brouillard composé des assertions de Montesquieu, des phrases de Rousseau, des souvenirs défigurés de la liberté antique, des exemples récents de la liberté américaine.

On se croirait en pleine république. Le gouvernement a fini par laisser tout dire et tout faire, et on ne saurait, en vérité, au point où en sont les choses, ni le blâmer ni le louer de cette tolérance. Le torrent suit son cours; il faut que tout suive ou soit brisé. L'abbé Raynal, qui était l'autre jour à Ermenonville, a reçu avis de s'en retourner en Suisse, s'il ne voulait que la France lui fût fermée pour toujours. Ce mot *toujours* l'a fait rire. Il sait qu'il n'y a plus personne qui ait le pouvoir de dire ni *toujours* ni *jamais*.

Vous l'avouerai-je, Marie? La vue de toutes ces décadences est presque un plaisir pour moi. Celui qui souffre aime les ruines; et s'il y a un spectacle plus émouvant encore que celui des choses tombées, c'est celui des choses debout, mais condamnées à tomber.

Étrange égoïsme que le mien! C'est autre chose

encore que de brûler un temple pour immortaliser
son nom. Il lui faut des chutes d'empire, à cet
égoïsme-là, pour lui aider à se résigner au malheur...

11 juillet.

.... Une pensée qui ne me quitte pas, et qui
tantôt me soutient, tantôt m'effraie, c'est celle de
ces cahiers que vous avez, depuis mon départ, entre
les mains. Où en êtes-vous de ma vie? Par quelles
impressions vous font passer ces longs récits? Ce
n'est pas une histoire que vous avez là; c'est moi-
même. Il n'y a aucune page que je voulusse vous
cacher; mais il y en a tant que je voudrais lire avec
vous!

12 juillet.

Je puis à peine tenir ma plume. Écoutez à quoi
je viens d'assister.

Je traversais le Palais-Royal. En passant devant
un restaurateur, j'entends un coup de pistolet.
J'entre. Un jeune prêtre venait de se tuer, et le billet
suivant était devant lui sur la table :

« Le contraste inconcevable qui se trouve entre la
noblesse de mes sentiments et la bassesse de ma
naissance, un amour aussi violent qu'insurmon-
table pour une femme dont l'honneur m'est plus
cher que la vie, la nécessité de choisir entre le crime
et la mort, tout me détermine à mettre un terme à

mes jours. J'étais né pour la vertu et j'allais être criminel ; j'ai préféré mourir. »

Ai-je besoin de vous dire où cet événement m'a reporté? Vous avez lu ce que je faillis faire, il y a quatre ans, à Ermenonville. Dieu me sauva; mais comment pourrais-je oublier qu'il me sauva par vous?

. . . .

Les suicides sont fréquents. Si quelque chose doit surprendre, c'est qu'ils ne le soient pas davantage, car ce temps réunit ce qui peut le mieux les multiplier. Ce n'est, je crois, que le courage qui manque.

Du reste, on parle beaucoup de la mort, au moins comme question curieuse. Le dogme du néant est à peu près abandonné, moins comme faux, que comme fermant la porte à toute recherche ultérieure sur ce que c'est que la mort et sur l'état des morts.

On recueille avec avidité tout ce qui semble donner quelques indices sur ces redoutables problèmes; on s'efforce de croire aux choses les plus incroyables, pour peu qu'elles paraissent placées sur les confins d'un autre monde. Je sais des gens qui ont fait promettre à des mourants de se manifester, s'ils le pouvaient, par quelque retour mystérieux ; j'en sais qui ont expiré eux-mêmes avec l'émotion haletante du physicien qui touche à la solution d'une expérience. Les plus modérés se contentent de chercher à savoir ce qu'on éprouve en expirant. J'ai vu des femmes étudier avec un intérêt prodigieux le morceau de Buffon sur ce sujet; mais M. de Buffon est le plus

positif des hommes, et elles étaient réduites à chercher si les faits qu'il énonce confirment ou contredi-
sent ceux qu'elles imaginent.

Vous savez qu'il se propose surtout, dans ce morceau, de rassurer contre la crainte d'une grande douleur physique, laquelle accompagnerait, au dire de
quelques personnes, l'instant même de la mort. Il a
beau jeu, car tout paraît démontrer que le dernier
soupir n'est presque jamais douloureux, même lorsqu'il a été précédé de grandes souffrances, et que,
dans les cas où il l'est, il ne l'est cependant pas plus
que les avant-derniers. Mais je crois que la question
n'est pas là, et que ceux qui disent avoir peur des
douleurs du dernier soupir n'ont réellement peur,
comme les autres, que de la mort elle-même. On ne
veut pas s'avouer qu'on craint la mort, et on se per-
suade qu'on ne craint que le moment même du passage.

Mais comment trouverais-je étrange qu'on veuille
sonder ces choses? Je les ai moi-même assez son-
dées, et je m'aperçois bien, en ce moment, de l'attrait qu'elles ont encore pour moi. Je croyais ne vous
en dire qu'un mot, et voilà déjà toute une page.

Du temps qu'on ne s'inquiétait que de bien vivre
pour bien mourir après, l'idée ne venait pas tant de
chercher comment on meurt. Le *comment*, comme le
pourquoi, était laissé à Dieu...

13 juillet.

Tout Paris continue à s'entretenir de ce suicide.

Les gens vous disent : « C'est un nouveau Saint-
Preux. » Ils oublient que quand Saint-Preux eut la
pensée de mourir, il avait depuis longtemps désho-
noré son amante, et sans scrupule. Ce nom est une
injure pour l'homme qui a voulu mourir en respec-
tant la sienne.

Mais le nom de ce malheureux... Singulière fatalité! c'était *Rousseau* [1]. L'abbé Rousseau! Le nom
qui serait le mien si... ou plutôt qui est le mien, car
je pourrais le réclamer, me dit-on, les preuves de
ma naissance étant certaines. Madame de Luxembourg serait assez disposée à m'y pousser; elle voudrait jouir ouvertement de la gloire d'avoir sauvé un
rejeton de Rousseau. Ne craignez pas que j'y con-
sente.

. . . .

Je reçois à l'instant votre réponse à ma première
lettre de Paris. Que vous me faites de bien, chère
Marie! Que vous voyez de haut et les agitations du
monde, et celles de mon cœur!

Oui, il est criminel, cet égoïsme qui me fait trouver du plaisir à voir branler toutes choses. Croyez-
vous que je ne le sente pas? Mais il est des moments
d'angoisse où le crime même est un attrait, où l'on

---

[1] « Un abbé Rousseau, jeune homme de vingt-deux ou
vingt-trois ans, qui débutait dans la littérature et lisait quelquefois ses productions au musée de la rue Dauphine, s'est
tué mardi dernier au Palais-Royal... etc. »

Mémoires secrets.

éprouve un détestable bonheur à se raidir contre sa conscience et à se réjouir du mal.

Rassurez-vous. Ce sentiment ne me fera pas faiblir quand il s'agira de combattre. J'ai osé, à Ermenonville, élever la voix en faveur de la raison et de la vérité ; je l'oserai ailleurs, à quelques périls que Dieu m'appelle.

Vous ne me dites rien de ce que vous avez lu. Que dois-je augurer de ce silence ?

J'ai suivi amplement votre conseil de tout voir, hommes et choses. Mais que les hommes sont petits ! Je ne parle plus de ceux de ce temps. Je dis *les hommes*, tous, ou ceux de ce temps, si vous voulez, mais considérés dans celles de leurs misères qui sont de tous les temps.

Qui croirait qu'au milieu de cette incrédulité universelle, il y ait encore matière à parler de superstition ? On a reçu dernièrement à Paris le corps d'une nouvelle sainte. C'est un cadeau, dit-on, que le pape envoie à madame Louise, fille du feu roi, religieuse à Saint-Denis. La sainte s'appelle *Victoire*. Qu'était-elle de son vivant ? Qu'a-t-elle fait ? Personne n'en sait rien. Mais le pape, qui n'en sait pas davantage, a envoyé ses os, et la voilà, de par le pape, au nombre des divinités chrétiennes. On ne sait pas encore où elle sera adorée ; mais on la voit, en attendant, au couvent des Filles-Dieu de la rue Saint-Denis.

J'y suis allé. Foule immense. Gardes à la porte ; gardes au dedans. Le corps, vêtu d'habits splendides, est sur un lit de parade. On ne voit que les pieds, qui sont hideux, et le visage, affreusement grimaçant.

J'ai cherché à me rendre compte des sentiments de la foule. Chez beaucoup, cela va sans dire, pure curiosité. Nos belles dames ne sont, en général, ni incrédules, ni croyantes. Elles ont des directeurs pour se dispenser de réfléchir sur les choses religieuses, et les directeurs de bon ton évitent de se prononcer sur ces questions de saints et de reliques, ne voulant heurter ni ceux qui y tiennent, ni ceux qui n'y tiennent pas. Le menu peuple, habitué à ce genre de culte, est prêt à recevoir autant de saints qu'on voudra, mais à condition qu'ils feront leurs preuves. Un nouveau venu est un peu comme serait un médecin nouvellement installé dans une ville; on lui reconnaît, à ce médecin, le titre et le rang de médecin, décernés par l'autorité compétente, mais on ne va à lui que lorsqu'il s'est signalé par quelques cures. Sainte Victoire risque donc d'être peu en crédit, car les miracles ne sont plus si faciles à faire. Puis, sainte Geneviève est là. Le Parisien est assez tenté de dire qu'avec elle il n'a besoin de nul autre, pas même de Dieu, hélas! car vous ne sauriez croire à quel point le culte de sainte Geneviève a supprimé, chez beaucoup de gens, tout autre culte. Elle éclipse, à Paris, non-seulement Dieu, comme je disais, et Jésus-Christ, mais la Vierge elle-même. On vénère ses restes comme on ne vénéra jamais ceux d'aucun saint, d'aucun martyr; la châsse qui les renferme a des vertus que n'ont pas les plus gros morceaux de la vraie croix.

Vous avez sans doute entendu parler de la procession qu'on prépare. Si vous disiez qu'on fait de la sainte une déesse, puisqu'on lui demande de la pluie, nos docteurs ne manqueraient pas de vous répondre qu'il s'agit seulement d'obtenir d'elle qu'elle demande la pluie à Dieu; mais ils savent parfaitement que ce n'est pas ainsi que le peuple entend la chose, et ils se gardent bien de rectifier ses idées. Ils favorisent, au contraire, par tous les moyens possibles, cette foi au pouvoir immédiat et matériel de la sainte. Quand un prince est à l'agonie, on découvre la châsse par degrés; c'est dire au peuple qu'il s'en échappe une vertu proportionnée à l'accroissement du danger. On permet de lui demander, à cette châsse, toutes sortes de faveurs, et de sanctifier à son contact toutes sortes d'objets; on a soin seulement de la placer assez haut pour que personne ne puisse la toucher, et pour qu'il y ait lieu à faire payer le miracle. Un homme est là qui met au bout d'une perche les objets à frotter contre la paroi sacrée, et qui les rend, moyennant finance, aux dévots.

Tous les gens encore assez pieux pour être reconnaissants des faveurs que Dieu leur accorde, l'Église leur apprend à fixer leur reconnaissance, non sur Dieu, mais sur le saint qui est supposé avoir intercédé. Rien de plus curieux que l'assurance avec laquelle on attribue telle délivrance à tel saint, telle autre à tel autre, quand même on ne les a pas spécialement invoqués. Il y a quelques années que je vis, à l'exposition du Louvre, un fort beau tableau

peint par Doyen, représentant un homme tombé de
cheval, et, au-dessus de cet homme, la Vierge, sainte
Geneviève et saint Denis. J'appris que c'était un
ex-voto d'un ancien cuisinier de la maison de Condé,
qui, tombé de cheval sans se blesser, avait imaginé
d'attribuer son salut à ces trois saints.

Et dire que j'appartiens encore, au moins exté-
rieurement, à une Église où le christianisme en est
là! Dire que ma présence, que mon titre, que mon
habit, sont une sanction donnée aux absurdités d'un
tel culte! Une femme m'a interpellé, ce matin, dans
ce couvent des Filles-Dieu, me demandant si elle ne
ferait pas bien de quitter Geneviève pour Victoire,
vu que Geneviève, disait-elle, ne lui accordait rien.
Elle venait de perdre deux enfants, et cependant
elle les avait mis sous la protection de la sainte;
leurs vêtements avaient touché la châsse! J'ai essayé de lui dire que le mieux serait de prier Dieu et
de laisser là les deux saintes; mais elle n'a pas eu
l'air de me comprendre. On les a tellement habitués
à ce système, que le christianisme sans les saints
leur semble presque une religion sans Dieu.

. . . .

14 juillet.

Enfin vous me parlez, chère Marie, de ce que vous
avez lu. Je dis *enfin*, et ce n'est pourtant que votre
seconde lettre; mais le temps est si long ici malgré
toutes ces distractions, ou plutôt à cause de ces distractions mêmes!

Mes *mémoires* vous *intéressent*. Deux mots bien
froids, Marie! Il est vrai que je ne vois pas ce que
vous auriez pu mettre à la place du premier; mais
le second, laissez-moi espérer qu'il ne dit pas votre
pensée entière. Vous *intéresser*! Comme un roman!
Ah! plût à Dieu que c'en fût un!...

Mais j'ai tort, et ce *plût à Dieu* est de l'ingratitude encore. Non! je ne voudrais pas n'avoir écrit
là qu'un roman. Si j'ai beaucoup souffert, j'ai au
moins beaucoup vécu. Dieu m'a conduit par de rudes
sentiers, et rien n'annonce que je sois au bout de
ma course; mais un moment viendra — ne sera-ce
qu'à mon dernier soupir? Je n'en sais rien, mais
n'importe... — un moment viendra certainement où
je ne voudrais pas que le sentier eût été semé de
moins d'épines.

Si au moins je savais cueillir les fleurs, ou même,
sans les cueillir, m'arrêter avec quelque joie dans les
endroits moins rudes! Du temps que je remplissais
sans espoir les pages qui sont maintenant entre vos
mains, il me semblait que le jour où je vous les re-
mettrais serait le plus beau et le plus heureux des
jours. Vous les lisez... Suis-je heureux?...

Mais vous voulez que je continue à vous parler de
tout ce que je vois. Est-ce pour que je me taise sur
le seul sujet qui m'intéresse?... Mais j'oublie que c'est
moi-même qui ai demandé à parler de tout.

Aujourd'hui, à Paris, on ne parlait que d'une chose,
savoir de l'ascension que M. le duc de Chartres doit
tenter demain à Saint-Cloud. Vous ne sauriez croire

à quel point les aérostats continuent à tourner toutes les têtes, et quel chaos cela produit. Une même conversation passera et repassera, en un quart d'heure, de la politique au magnétisme, des ballons aux finances, de la petite chronique aux grands problèmes. Et ce ne sera pas seulement par le va-et-vient ordinaire d'un entretien sans gêne. Non. Ce chaos est dans les esprits eux-mêmes. On s'y plaît, on le crée, en quelque sorte, à dessein, comme le nageur s'amuse à troubler l'eau. C'est une nouvelle manière de se plonger dans l'inconnu...

. . . .

Je me suis trouvé aujourd'hui, chez le cardinal de Rohan, avec M. de Narniers, mon évêque. On parla d'un masque de cire que les Filles-Dieu ont fait mettre sur l'horrible visage de leur sainte, et M. de Narniers racontait, à cette occasion, qu'il a eu le premier l'idée de ces travestissements. Le mannequin de sainte Juventia, à Meaux, est de sa fabrique. Il voudrait qu'on en fît autant pour sainte Geneviève; et comme quelqu'un objectait qu'elle est morte à quatre-vingt-huit ans, qu'on ne pourrait lui faire qu'un visage de vieille : — Point du tout, a-t-il dit. Le peuple se la figure jeune et belle; on la ferait jeune et belle. N'est-ce pas ce que nous faisons pour la Vierge? — Et il avait l'air de trouver parfaitement légitime et naturelle cette manière de donner de la piété aux gens. Le cardinal ne disait ni oui ni non.

M. de Talleyrand continue à travailler à la béatification de Marie Alacoque. Il est question aussi de

celle d'un nommé Labre, mort à Rome l'an passé,
mais Français de naissance, et fameux par les mor-
tifications qu'il s'imposait. On a déjà son histoire,
traduite de l'italien par l'ancien jésuite Roubaud,
frère de l'auteur des *Synonymes*. Ce qu'il y a de plus
curieux, c'est que ce Labre faisait des prophéties
terribles contre Rome, que le feu du ciel, disait-il,
doit prochainement réduire en cendres, surtout à
cause des débordements du clergé. Les cardinaux et
le pape auraient donc assez peu envie de le mettre
sur les autels; mais le peuple va criant que c'est le
seul moyen de détourner l'effet de ses menaces, et
comme le cardinal de Bernis, ambassadeur de France,
demande cette canonisation, on cédera. Que dites-
vous de ce rôle du cardinal de Bernis, l'ancien ami
de Voltaire et de madame de Pompadour? Mais tout
est bon pour réchauffer la dévotion des peuples.

Tandis que la vieille foi achève de se déconsidérer
par ses folies, ses ennemis ne se montrent guère plus
sages. L'empereur Joseph, frère de Marie-Antoinette,
s'est mis à faire une foule de réformes dans l'Église;
mais comme aucune pensée sérieuse n'a présidé à
cette révolution, il n'en est résulté que des désordres,
qu'une position fausse, intenable. Qu'est-ce que le
catholicisme sans les institutions catholiques, sans
le pape, car l'empereur lui ôte à peu près toute autorité dans ses États? Aussi le pape a-t il couru à
Vienne pour le supplier de s'arrêter; mais je doute
fort qu'il s'arrête.

Quand donc commencera-t-on à comprendre que

17.

le catholicisme ne saurait être réformé, qu'il faut le garder tel qu'il est, ou le détruire, et qu'on ne le détruira qu'en mettant le christianisme à sa place? Mais ce qu'a fait Joseph II, c'est ce que font ou veulent faire tous ceux de nos réformateurs qui croient devoir conserver une religion. Ils ne réussiront qu'à ébranler toutes choses, et ce résultat semblera prouver que le catholicisme seul est en possession des bases de l'ordre.

Le catholicisme est, du reste, excellent courtisan, et rien n'égale sa souplesse envers les souverains qu'il a à se rendre favorables. Ainsi, la reine ayant accepté dernièrement le titre de chanoinesse du chapitre noble de Bourboug, en Flandre, le chapitre a adopté une croix qui porte d'un côté l'effigie de la Vierge, et de l'autre celle de la reine. Mais ce n'est rien encore. On a coupé en deux la salutation angélique ; *Ave Maria* est sous la figure de la Vierge, et *gratiâ plena* sous la figure de la reine. C'est le duc de Nivernais, dit-on, qui a eu cette belle idée, et pas un prélat, pas un prêtre n'a eu l'air de s'apercevoir de ce qu'elle avait d'inconvenant, de sacrilége même.

Il est curieux aussi de voir comme nos prélats savent oublier à propos, envers les souverains hérétiques, ces anathèmes terribles dont ils foudroient l'hérésie, ces rigueurs qu'ils demandent contre les protestants français. Il y a quelques années, quand le roi de Danemark vint à Paris, on lui fit visiter, entre autres établissements, la Sorbonne. Une séance solennelle eut lieu en son honneur, et l'archevêque fut aux petits soins avec lui. Je ne sais pas si le roi de Suède a vu aussi la Sorbonne ; mais il n'est bruit que de la fête que M. de Montazet, archevêque de Lyon, lui a donnée dans cette ville. Les princes protestants ne sont pas compris, à ce qu'il paraît, sous ce nom d'*écume du genre humain*, que le même M. de Montazet, dans un de ses mandements, donnait aux protestants en général.

Mais nos prélats ne se sont pas seuls mis en contradiction avec eux-mêmes à l'occasion du comte de Haga. A voir l'encens que nos philosophes lui prodiguent, on dirait qu'il a réformé ses États sur leurs maximes, et c'est lui, au contraire, qui a détruit en Suède tout ce qui s'opposait à l'omnipotence royale. Mais leurs deux anciennes idoles, le roi de Prusse et l'impératrice de Russie, c'étaient déjà les deux grands despotes de ce siècle. Un prince a tous les droits, comme toutes les vertus, dès qu'il a l'air ou se donne l'air d'être de leurs amis.

Celui-ci n'a cependant pas recherché leurs hommages ; c'est un homme sérieux, et qui leur donne çà et là des leçons. Comme on lui parlait d'une tragédie que ces messieurs portent aux nues parce que les prêtres y sont fort maltraités [1], il a dit que la fourberie des prêtres n'avait jamais été mieux peinte, mais qu'il y avait dans la pièce une grande invraisemblance. On lui demanda laquelle. C'est, dit-il, qu'un

---

[1] Les *Druides*, par Leblanc.

des prêtres se trouve être un honnête homme. — Ils tâchent de faire croire que le prince a parlé sérieusement.

Mais le clergé ne l'a que trop méritée, cette haine dans laquelle ils ont tort seulement de nous embrasser tous sans exception. J'ai honte, vous disais-je, de nos superstitions grossières; mais plût à Dieu que l'habit que je porte ne me fît pas solidaire d'autre chose ! Notre histoire est de beaucoup le plus long et le plus effrayant tableau de cruautés qu'offrent les annales du monde; c'est par millions qu'il faudrait compter les innocents que nous avons fait périr. Et ce qu'il y a de plus affreux, c'est que, enchaînés à d'immuables principes, forcés de vouloir aujourd'hui ce que nous voulions il y a cent, deux cents, cinq cents ans, nous ne nous relâchons que quand le pouvoir nous est ôté, nous protestons contre tout adoucissement apporté au sort de nos ennemis, nous regarderions comme une honte qu'on nous crût changés pour l'avenir. En France, nous ne nous approchons jamais du trône sans demander le retour des cruautés de Louis XIV. En Espagne, l'inquisition est organisée encore comme aux jours de Philippe II, et si le pouvoir civil n'avait perpétuellement le bras tendu pour la forcer de se modérer, on reverrait le quinzième siècle. Il n'y a pas trois ans qu'on a brûlé une femme à Lisbonne; et, comme la malheureuse était belle, on lui mutila le visage avant de la conduire au bûcher.

Oui, Marie, elles me poursuivent, comme des

spectres vengeurs, toutes ces images de supplices,
de bourreaux, de victimes. Je ne suis pourtant pas
de ceux qui jugent le fond sur les vices de la forme.
Des excès commis par les hommes ne me feraient pas
trouver mauvaise une cause qui serait juste. Mais
vous savez ce que je pense de la cause elle-même;
vous pouvez juger de ce que je souffre quand je m'y
vois enchaîné.

Il faudra bien qu'elle se brise une fois, cette chaîne.
Ce serait déjà fait, Marie, si je ne redoutais ce qu'on
dira des motifs... Mais ce respect humain n'est qu'une
autre chaîne à briser, et je la briserai comme l'autre.

. . . .

15 juillet.

Vous hésitez, dites-vous, à continuer cette lecture.
Continuez, Marie! Par pitié, continuez!... Je disais
hier que je me sentais bien loin du bonheur que je
m'étais promis quand vous liriez tout cela; mais
reprendre ces pages sans que vous les ayez lues, les
brûler — car je les brûlerais! — ce serait un trop
amer sacrifice. Par pitié, ne m'y condamnez pas!

Mais vous avez continué, j'en suis sûr; votre
cœur vous a dit que vous me deviez cela. S'il est vrai
qu'on s'attache même à un héros de roman, et qu'on se
ferait scrupule, en quelque sorte, de ne pas lire au
moins jusqu'à l'endroit où sa situation s'améliore,
pourriez-vous faire autrement avec moi? Malheureusement, vous savez d'avance que l'amélioration n'est
pas encore venue... Et le dénoûment, où est-il?

Vous l'avez donc revu, cet homme qui semble tenir notre sort entre ses mains, et qui ne parlait d'un dénoûment que pour nous en menacer? J'aimerais mieux de nouvelles menaces que cette froide politesse avec laquelle, dites-vous, il vous a saluée. Il est donc bien sûr de sa vengeance! Il nous attend aux premières lueurs des jours meilleurs pour nous replonger dans la nuit.

Que vous dire, chère Marie? Vous savez comme moi et mieux que moi que Dieu peut dissiper les projets funestes des méchants; mais vous savez aussi qu'il permet souvent leur triomphe.

Que faire donc? — Vous l'avez dit mieux que je ne pouvais le dire : nous élancer au delà des limites que Dieu a assignées à ces triomphes détestables. «Tu viendras jusque-là, et tu n'iras pas plus loin.» *Jusque-là!* C'est peut-être jusqu'à notre dernier soupir; mais là, sûrement, nous échappons. Eh bien, sachons mourir d'avance aux choses que le méchant peut empoisonner de son souffle ou nous arracher des mains. Pour moi, il y a des moments où je me sens hors d'atteinte, où je puis défier et les méchants et la douleur, et toutes les choses de ce monde, ses biens comme ses maux, ses misères comme ses gloires.

Hier, je montai sur les tours de Notre-Dame. Le soleil se couchait. La nuit enveloppa lentement ces maisons innombrables qui semblaient se serrer, comme un troupeau, autour de moi. Les habitants me devenaient invisibles. Les bruits du travail s'apaisaient; ceux du plaisir arrivaient plus distincts à mon oreille.

Mais une autre musique me semblait aussi s'élever de cet amas d'hommes et de pierres; et je l'ai trop entendue dans mon âme, celle-là, pour ne pas en reconnaître les plus imperceptibles sons.

Je les entendais donc, à travers les bruits de la joie, ces soupirs que tant de douleurs diverses arrachent perpétuellement au genre humain. A ma gauche, presque sous mes pieds, l'Hôtel-Dieu, cette métropole des souffrances; à ma droite, au delà du fleuve, la Grève; devant moi, les lugubres tours du Palais; derrière, la Bastille!

Et où trouver une maison, pensais-je, qui ne soit peut-être en ce moment, pour quelque misérable, ou l'Hôtel-Dieu, ou la Bastille, ou le Palais qui ordonne les supplices, ou la Grève qui les voit! A droite, à gauche, près ou loin, partout où mon regard percerait, partout j'aurais chance de voir ou des mourants, ou des morts, ou les larmes de l'innocence, ou les insomnies du crime, ou les tourments de l'ambition, ou les vides navrants. Qu'ai-je affaire de retrouver la fenêtre par où le soleil arrivait sur le lit de Gilbert? Où en trouverais-je une qui ne puisse avoir éclairé la même scène?

Peu à peu, cependant, il me sembla que je sortais de cette atmosphère douloureuse, comme si une main m'en eût tiré ou que mon regard l'eût refoulée au-dessous de mes pieds. Je m'aperçus que la hauteur de la tour avait contribué à me donner cette victoire, et j'en fus un moment humilié. Être plus sage et plus chrétien pour s'être élevé de quelques toises! Mais pourquoi l'aurais-je refusé, ce secours offert à ma faiblesse, et dont j'avais déjà profité sans y songer? Tant que nous serons sur cette terre, nous aurons à compter avec les sens; heureux quand ce ne sera ainsi que pour le bien et pour le beau! Nos aïeux savaient ce qu'ils faisaient quand ils bâtissaient ces vastes églises, quand ils jetaient vers le ciel ces hautes tours.

Ma pensée avait donc grandi. Je dominais de l'intelligence et du cœur ce grand fouillis d'agitations humaines, comme ma vieille tour dominait cet amas de toits. Je commençais à remettre tout à sa place. Ni les maux ne m'apparaissaient si tristes, ni les biens si joyeux, ni la répartition si peu égale. Aussi aisément que mes regards allaient du Louvre à l'obscur galetas, du Palais-Royal à l'Hôtel-Dieu, ma pensée allait du riche au pauvre et de l'heureux au misérable. Vivre ou mourir ici ou là, me disais-je, qu'importe? Gilbert se souvient-il maintenant d'être mort sous ce toit lugubre? Et ceux qui dorment là-bas, à Saint-Denis, dormiraient-ils moins bien s'ils étaient morts abandonnés comme lui?

Mais bientôt la tour elle-même me parut trop enracinée encore dans ce sol d'erreurs et de misères. J'avais trop défié le fantôme de la douleur. Il recommençait à m'apparaître. Le grand pleur des cités revenait bruire à mon oreille; l'atmosphère d'en bas montait, montait...

Alors, comme le naufragé qui s'est cru sauf et que la mer va ressaisir, je me pris à chercher machinalement autour de moi, comme si j'eusse cru qu'un asile plus élevé me déroberait peut-être à l'impitoyable marée. Puis, je ne pus que sourire amèrement. De refuge, il n'y en avait pas; d'illusion, il n'y en avait déjà plus. Un génie m'aurait offert de placer les deux tours l'une sur l'autre, que j'aurais dit : « A quoi bon? Ce sera toujours la terre. »

Mais tandis que mon cœur redescendait tristement dans cet abîme, un dernier coup d'œil s'égara dans les régions étoilées de l'espace.

Le ciel était pur, mais noir; les étoiles brillaient d'un éclat extraordinaire, comme le diamant sur le velours. Jamais le ciel ne m'était apparu si majestueux et si doux, si calme à la fois et si vivant.

Et mon cœur, penché vers la terre, me sembla se redresser tout à coup, comme s'il eût cédé à l'attraction victorieuse de ces globes plus fiers et plus puissants. Il était trouvé, mon refuge! Adieu les tours, les dômes, tout ce que la main de l'homme a pu bâtir; adieu les montagnes mêmes, et tout ce qui est encore de ce globe! Un regard avait suffi. J'avais pris possession de ces milliers de mondes, et la terre m'apparaissait ce qu'elle est, — un grain de sable errant dans l'univers.

Je m'enfonçais, avec une humilité triomphante, dans ces calculs qui nous écraseraient si nous ne pouvions nous dire au moins que nous les avons faits, et que l'atome intelligent qui pèse un soleil insensible est quelque chose de plus que ce soleil. Je me rappelais ces distances qu'il faut renoncer à exprimer en lieues, en milliers ou en millions de lieues, et pour lesquelles, ce semble, il n'y a pas d'autre unité que la distance déjà immense qui est entre le soleil et nous. Je songeais à cette lumière que le soleil nous envoie en huit minutes, et qui a mis des siècles pour nous arriver d'une étoile. Je me disais que cette écharpe légère qui semble flotter sous la voûte n'est qu'un tissu ou qu'une vapeur de mondes, comme le nuage, ici-bas, est un tissu de globules d'eau. Je savais qu'au milieu de ces millions d'étoiles qu'on peut à peine distinguer, il en est une dont notre soleil est l'esclave comme notre globe est le sien, et autour de laquelle il accomplit, en vingt millions de nos années, son effroyable année à lui! Et cet astre lui-même, ce soleil de notre soleil, il a sans doute aussi, en quelque endroit de l'infini, son soleil et son maître!

L'infini! Le centre partout et la circonférence nulle part, comme disait Pascal! Je le comprends et je ne le comprends pas; je voudrais le comprendre, et je craindrais de regretter l'immense ignorance où je me berce. Deux idées également nécessaires, bien que contradictoires, se dressent, à chaque pas, des deux côtés de mon chemin. Je ne comprends l'espace que fini, et je ne comprends pas comment il aurait des limites. Au delà de l'espace, que peut-il y avoir sinon l'espace, l'espace encore, et l'espace toujours! Ainsi, c'est ma raison qui me force à croire à une chose qu'elle-même ne conçoit pas. Mon imagination frappe et refrappe à ces portes fermées, qui ne s'ouvrent pas, mais reculent, et me livrent toujours autant de place que je puis vouloir en occuper.

Mais que serait l'infini dans l'espace, dussions-nous arriver à le comprendre, sans l'infini dans la durée? Le problème est le même. Point de temps, pour moi, qui n'ait une fin; point de fin, si je réfléchis, à assigner au temps. Mais là, ce n'est pas seulement la raison qui s'épouvante ou l'imagination qui prend l'essor. C'est un besoin immense, insatiable, infini, qui demande à l'infini sa pâture, et qui arrive presque à le comprendre à force de le désirer. Exister, exister encore, exister à toujours! Que me ferait l'infini dans l'espace si je n'y voyais la figure de l'infini dans le temps? Pourquoi les interrogerais-je, ces astres que j'aperçois à peine, si l'immensité de leurs orbites ne me parlait d'une autre immensité? Dieu me permet de regarder l'heure à son horloge; mais cette horloge elle-même est impuissante à mesurer l'éternité.

. . . .

... Et voilà, ô Marie, ce que je me disais hier sur les tours de Notre-Dame, ou plutôt sur ces hauts sommets que Dieu avait rendus accessibles à ma foi.

Mais ils le sont depuis longtemps à la vôtre. Vous ne vous êtes pas perdue dans les vaines recherches; vous avez contemplé, vous avez espéré, vous avez cru.

Courage! C'est Dieu qui règne. Le méchant croit régner; il fait une œuvre qui le trompe. Qu'est-ce que le plus long de ses triomphes, sinon un point dans la durée, un atome dans la balance, avec l'éternité pour contre-poids? Il y a longtemps qu'on a dit que Dieu est patient parce qu'il est éternel. L'éternité, il nous l'ouvre lui-même. Prenons-en possession par la patience.

16 juillet.

Je l'avais bien pensé, chère Marie, que vous continueriez. Vous ne sauriez croire avec quel bonheur je calcule, d'après ce que vous me dites dans votre lettre du 13, que vous devez maintenant avoir fini. Je suis heureux de penser que vous avez tout lu, heureux aussi d'être au bout de l'agitation où j'étais en pensant que vous lisiez. Il me semblait entendre le frémissement des feuilles sous vos doigts. Je tremblais de vous voir arriver à telle page; je hâtais le moment où vous en liriez telle ou telle autre. J'aurais voulu qu'elles fussent toutes à la fois sous vos yeux.

Mais enfin, vous avez tout lu. Vous me connaissez tout entier; mon cœur n'a pas un repli où vous n'ayez pénétré avec moi. Je me sens fort de cette pensée. Il me semble que, quoi qu'il arrive, je ne puis plus être si seul, et qu'une communication permanente, indissoluble, est désormais établie entre nos âmes.

. . . .

Vous complétez admirablement bien ce que je disais, dans la même lettre, de leurs dévotions puériles. C'est surtout aux femmes, disent-ils, que ce culte-là est nécessaire ; et je crois comme vous qu'elles sont plutôt plus capables de goûter une religion sévère, d'y trouver des émotions suffisantes. Elles veulent des saints parce qu'on les a habituées à en avoir besoin ; on les y a habituées parce que l'Église y trouvait son compte.

Ce calcul a toujours été celui du catholicisme. Au lieu d'élever et d'agrandir les sentiments de la piété naturelle, il n'a cherché qu'à leur offrir terre-à-terre un aliment qui les retint sous sa loi. Aussi l'embarrasse-t-on beaucoup quand on lui demande quelle place le culte des saints a occupée dans la vie de ses grands hommes, non-seulement des grands penseurs, mais de ceux qui ont été grands par leur piété même. Les saints — les véritables, j'entends, car je ne parle pas de ces béats imbéciles que l'Église a canonisés par centaines, — les saints, dis-je, ont toujours excessivement peu usé, de leur vivant, du culte des saints. Je sais bien qu'on a la réponse prête : « La viande aux forts et le lait aux enfants. Le culte des saints est pour le peuple. » Voilà toujours le dernier mot de l'Église. Reste à savoir si c'est celui de la conscience et de la foi.

Aujourd'hui donc a eu lieu cette procession fameuse. On y a couru, comme hier au ballon de Saint-Cloud. Jamais, je crois, plus de pompe n'avait été déployée à Paris ; un Hindou eût été obligé de convenir

18.

que les splendeurs du culte de Brama sont des misères au prix de celles-ci. Mais il aurait été bien
stupéfait, ce même Hindou, quand on lui aurait dit ensuite que Geneviève n'est pas la divinité principale
de la France; il l'aurait été plus encore d'apprendre
que nos prêtres se défendent de l'adorer, et traitent
de calomniateurs ceux qui les en accusent.

Quant à moi, je serais certainement moins peiné à
Bénarès que je ne l'ai été ici, car je verrais au moins
des gens sincères dans leur culte, et n'ajoutant pas le
mensonge à la superstition. Au milieu de cet immense
concours, parmi ces flots d'encens, ces arcs de triomphe, ces tentures, il y avait quelque chose de plus
triste que de voir un peuple prosterné sur le passage
d'un squelette : c'était de se rappeler ce que sont et
ce que pensent les principaux acteurs de cette grande
comédie. Voici les robes rouges du parlement de
Paris; combien y en a-t-il, de ces messieurs, qui
croient à sainte Geneviève? Voilà les robes de velours des évêques, des cardinaux; combien y en a-t-
il qui y croient davantage, et qui prient, en ce moment, tout de bon? Voilà les surplis blancs de
plusieurs centaines de prêtres; combien y en a-t-il
qui ne soient pas là pour faire nombre? Voilà le
corps de Ville et les divers corps de métiers; combien
y en a-t-il, de ces magistrats grands ou petits, qui ne
soient pas là pour leurs charges? Voilà les gardes
françaises, avec leurs brillants officiers; combien y
en a-t-il, de ces hanteurs de cabarets et de ces marquis philosophes, qui ne rient tout bas et de sainte

Geneviève, et de son culte, et de bien d'autres choses
tout autrement respectables et saintes ? Voilà les ta-
pis du Garde-Meuble, prêtés par le roi ; mais qui ne
sait que le roi, quoique pieux, ou plutôt à cause de
cela même, est infiniment peu dévot aux saints et pas
plus à Geneviève qu'à d'autres ? Le temps n'est plus
où un roi invoquait sérieusement une madone ; et ce
roi était Louis XI.

Mais un même manteau d'hypocrisie officielle a
recouvert ces hérésies et ces incrédulités de tout
degré. Il sera dit encore une fois que l'Église de
France, que la France, ont invoqué cette pauvre
vieille femme dont il a plu aux prêtres de faire la
déesse de Paris ; il sera dit que Dieu a exaucé cette
menteuse apparence de prière ! La procession était à
peine rentrée, que la pluie tombait en abondance.

Dieu, outragé par cette pompeuse idolâtrie, aurait pu se venger en refusant longtemps encore le
bienfait demandé. Il s'est vengé en l'accordant.
Est-ce dans sa bonté ? C'est peut-être dans sa colère.
Il condamne les hypocrites à rester hypocrites, et
les superstitieux à rester superstitieux ; il punit
l'Église idolâtre en la confirmant dans l'idolâtrie,
comme il punit souvent l'homme avide ou ambitieux
en le comblant des faux biens qu'il a cherchés.

Au reste, si j'avais moins de répugnance à rire de
ce qui doit indigner, les sermons qu'on a entendus
ces jours-ci m'en auraient fourni bien des occasions.
Tous ont roulé ou sur sainte Geneviève, ou, à propos
de sainte Geneviève, sur les saints ; et non-seule-

ment, cela va sans dire, d'innombrables miracles ont été racontés, mais tout, sans exception, était attribué aux saints, à la protection ou à la colère des saints, absolument comme si Dieu eût déclaré renoncer à rien vouloir, à rien faire, sans qu'un saint le lui demandât ou le lui conseillât. Le paganisme était certainement plus respectueux envers ses dieux; il n'aurait pas imaginé de représenter Jupiter ne faisant rien sans y être poussé par les sollicitations d'un subalterne. Un souverain livré à ses ministres comme Dieu l'est, selon nos prêtres, aux saints, serait le plus méprisé des souverains.

On s'amusa beaucoup, il y a quelques années, d'un sermon prêché par le curé de Saint-Étienne-du-Mont, lequel attribuait à l'intercession de deux saints, Côme et Damien, tous les progrès modernes de la médecine et de la chirurgie. Qu'avait donc fait le prédicateur que de dire un peu naïvement ce que l'Église enseigne indirectement de cent manières? Habituer les gens à tout demander par les saints, c'est les conduire infailliblement à penser que tout ce qu'ils obtiennent, tout ce qu'ils regardent comme heureux, leur vient par là.

Je vous ai dit, je crois, le singulier engagement que j'ai pris. Je dois prêcher à la cour l'an prochain, et le jour de l'Assomption! Si je persiste, ce qui n'est rien moins que sûr, mon sermon ne sera guère ce qu'on attend ce jour-là. Que sera-t-il? Je n'en sais encore rien. Mais j'ai treize mois pour réfléchir, et pour voir ce que Dieu m'ordonnera.

C'est à cette occasion que j'ai vu le grand aumônier. Il m'a bien reçu; mais de religion ou de
choses religieuses, pas un mot. Il ne m'a parlé que
de la reine et de ses bontés envers moi; j'aurais deviné, quand je ne l'aurais pas su, l'ardent désir qu'il
a de rentrer en grâce auprès d'elle. On a de la peine
à concevoir comment un si haut personnage, et qui
se croit, en outre, un si habile politique, dissimule
si mal; mais il paraît que cette réconciliation est sa
manie, son rêve. On prétend que la reine lui en a
donné l'espérance, mais que cette espérance tarde à
se réaliser, et que c'est ce qui l'agite encore plus. Il
m'a engagé à retourner le voir. Je ne sais si j'irai.

. . . .

17 juillet.

Point de lettre aujourd'hui? Pourquoi? Seriez-vous
malade? Le seriez-vous assez pour n'avoir pu m'é-
crire une ligne?... Ma journée a été d'une longueur
désespérante. Si je n'espérais pour demain...

Hélas! me voilà déjà habitué à ce pain quotidien
que vous voulez bien m'envoyer. Un seul jour de
retard, et je ne sais plus où j'en suis; deux, ce serait
une angoisse qui m'effraie; trois... Mais non, n'est-ce
pas? Vous ne m'abandonnerez ni trois ni deux. Une
lettre est certainement en route, et je l'aurai demain matin.

Je n'ai à vous mander, pour aujourd'hui, qu'une
chose, et cette chose est une mort. Diderot a expiré
ce soir.

Nos philosophes s'amusent beaucoup à dire que les dévots vont attribuer cette mort à la procession d'hier. Je ne sais pas ce que les dévots diront; mais les morts de ce genre m'ont toujours fait, quant à moi, beaucoup penser. Où vont-ils, que deviennent-ils, ceux qui ont passé leur vie à lutter contre Dieu? Même du temps que je doutais de Dieu, je me le demandais avec effroi. Mais ceux qui luttent contre Dieu, ce ne sont pas seulement ceux qui, comme Diderot, s'acharnent à le nier. Prenez les plus *religieux* des incrédules; analysez celles de leurs pages où la pensée de Dieu paraît respirer plus pure, plus vive qu'en aucune autre. Sous ces phrases sonores, sous cette pompeuse humilité, révolte encore et révolte toujours. Ils prêchent un Dieu; mais lequel? Ils se donnent l'air de l'adorer, ils l'adorent peut-être, car je suis loin de dire que tous mentent; mais c'est un Dieu qu'ils se sont fait. Ils ne le reconnaissent, ne le prêchent, qu'à condition qu'il sera ce qu'ils veulent, qu'il fera ce qu'ils veulent. C'est la raison, c'est l'homme qu'ils ont mis sur l'autel, et Dieu n'est là qu'un mot pour cacher l'homme.

Mais Diderot était de ceux qui ne veulent point d'autels, même pour un Dieu de leur façon. Il ne voulait pas plus de roi dans le ciel que sur la terre, pas plus de maître invisible que visible. N'éprouvez-vous pas, comme moi, quelque satisfaction à le voir brisé, cet orgueil? Ce n'est certes pas celle du dévot, ravi de se figurer l'incrédule dans les flammes, et qui aurait voulu l'y jeter de ses propres mains;

mais, quelque tolérant et charitable qu'on puisse
être, on aime à sentir Dieu vainqueur et le rebelle
confondu.

Au reste, quand je me représente Diderot au delà
du voile et face à face avec les réalités de la mort,
j'ai moins de peine à me le représenter repentant et
changé qu'un d'Alembert, qu'un Voltaire, qu'un...
hélas! qu'un Rousseau. Ceux-ci, je ne puis m'empêcher de les voir luttant encore, peinés d'être vaincus, n'acceptant, enfin, leur pardon même, si Dieu
le leur accorde, qu'avec un certain froissement;
Diderot, au contraire, je le vois s'élancer avec transport dans les bras de ce Dieu qu'il n'a haï que parce
qu'il ne le connaissait pas, qu'il n'a nié que sous
l'empire d'une espèce de charme malfaisant dont le
voilà tout à coup délivré. Bref, je comprends Diderot aimant Dieu, et je ne comprends pas Voltaire;
je vois l'athée heureux de trouver le Dieu qu'il a nié,
et j'ai de la peine à voir Rousseau heureux de trouver le Dieu qu'il a prêché. Si Dieu, dans sa bonté,
les a convertis l'un et l'autre en se montrant à eux,
je crois qu'il a fallu un tout autre effort de sa grâce
pour Rousseau que pour Diderot.

Mais qui sommes-nous pour savoir ce que Dieu a
fait ou n'a pas fait? Et qui de nous, d'ailleurs, se
vantera d'arriver devant Dieu sans que Dieu ait à
opérer en lui, pour qu'il le connaisse et l'aime, un
de ces changements miraculeux? Il y a loin du plus
pieux des hommes au plus imparfait des anges. Ne
disons pas d'un homme qu'il est mûr pour le ciel, car

c'est au ciel seulement que la maturité commence. Ici, la semence et quelques germes ; là-haut, sous les rayons d'un soleil qui ne s'éteint point, la croissance et les fruits !

Et voyez quelle admirable harmonie apparaît entre toutes choses, pour peu que nos yeux profitent des quelques rayons que ce soleil nous envoie ici-bas ! Ce que me disaient l'autre jour les grandeurs de la création, c'est aujourd'hui une mort qui me le dit ; ce que je lisais au front des astres, je le lis maintenant sur un tombeau, et sur le tombeau d'un athée ! Dieu se doit à l'athée pour l'éclairer et le confondre, comme au croyant pour étancher sa soif ; au déiste orgueilleux pour qu'il s'humilie et qu'il tremble, comme à l'humble chrétien pour qu'il se relève rassuré. *Les cieux racontent sa gloire*, dit la Bible. Les cieux pourront se taire quand ce sera lui qui parlera.

. . . .

Vous ai-je dit que je suis allé à Saint-Denis ? Il faudrait Bossuet pour peindre ce qu'on éprouve en mettant le pied sur la dalle qui ferme le caveau royal, et Bossuet lui-même aurait besoin de couleurs plus sombres que jadis. On sent dans l'air d'autres tempêtes que le vent ordinaire de la mort. Une vieille femme, dit-on, a prédit que le roi n'entrerait pas dans ce caveau. Ce qui est sûr, c'est que le caveau est plein, et qu'il faudrait songer à l'agrandir. Mais nul n'y songe ; tout l'édifice est dans le plus triste état de délabrement et d'abandon. Louis XIV n'ai-

mait pas à apercevoir la flèche. Ses successeurs vont
en être débarrassés, car elle menace ruine.

J'ai visité aussi les Invalides. Croiriez-vous que le
roi ne les a jamais visités? On dit que c'est à cause
d'une querelle d'étiquette entre ses gardes du corps
et les vieux soldats de l'Hôtel. Ceux-ci veulent qu'une
fois le roi chez eux, ce soit à eux de lui servir de
gardes; les autres disent qu'ils sont ses gardes partout. Le roi pourrait seul trancher la question, mais
il n'ose et n'osera pas.

J'ai vu, ces jours-ci, beaucoup de monde, soit chez
madame de Luxembourg, soit ailleurs. J'ai trouvé,
en particulier, chez un grand vicaire de Chartres, la
plus étrange réunion de prêtres qui se puisse ima-
giner, les uns totalement incrédules, les autres incrédules et mystiques, tous d'une hardiesse, en politique, effrayante. Le maître de la maison, nommé
Sieyès, disait tout haut qu'il n'avait fait et ne ferait
de sa vie aucune fonction ecclésiastique. Plusieurs
auraient visiblement désiré en dire autant, mais s'ex-
cusaient sur ce qu'il faut vivre; plusieurs aussi, à la
vérité, s'indignaient de ce cynisme, mais sans que je
pusse, au fond, les croire plus catholiques ni plus
prêtres. J'ai remarqué parmi ceux-ci un chartreux,
nommé Gerle, mêlant avec une verve bizarre la religion, la politique, et les visions d'une tête en délire.
L'abbé Fauchet, grand vicaire de Bourges, l'abbé
Lamourette, l'abbé Soulavie, l'abbé Grégoire, quelques autres encore, raisonnaient et déraisonnaient
avec beaucoup d'esprit, le premier surtout, l'abbé

Fauchet. Je l'avais connu chez Mesmer, et c'est un des hommes de ce temps que je méprise le moins ; il y a du cœur sous ses phrases, de la sincérité dans ses folies. On a nommé plusieurs fois l'abbé Cambel, et j'ai vu qu'ils en faisaient tous grand cas, comme d'un homme extrêmement avancé dans leurs idées. Ils ajoutaient qu'il allait quitter sa paroisse, et se mettre à voyager. Tâchez de savoir ce qui en est...

On parlait fort de l'abbé de Mably, dont la Sorbonne vient de condamner le dernier ouvrage, ses *Principes de Morale*. Ce livre est plein de bonnes choses, et c'est un bien mauvais livre. On regrette de voir des idées raisonnables gâtées par un ton si faux, et des principes de *morale* ouvrant une si large porte à l'immoralité. Mais on regrette aussi de voir condamner le livre au nom d'une autorité surannée, dont les anathèmes ne feront que lui donner plus de cours. Et savez-vous qui est à la tête de la Sorbonne ? Encore cet homme notoirement incrédule, le cardinal de Rohan.

Je l'ai revu. Il est d'une légèreté vraiment étrange. Croiriez-vous qu'il m'a presque demandé, à moi, pauvre curé, ma protection auprès de la reine ? Il veut que si je revois Sa Majesté, je glisse quelques mots sur son mérite, sur son dévouement, etc. Il m'a fait une confidence tellement extraordinaire, que je ne savais en vérité s'il se moquait de moi ou si on s'était moqué de lui. La reine, dit-il, comme premier témoignage de confiance, vient de lui emprunter secrètement une somme de soixante mille livres.

J'ai eu la bouche ouverte pour lui dire combien la chose me paraissait invraisemblable ; mais j'ai craint d'avoir l'air de l'accuser lui-même de mensonge, d'autant plus qu'il ajoutait que la reine allait lui accorder prochainement une marque de confiance encore plus forte. Il n'a pas dit laquelle, et je crois qu'il ne le sait pas ; mais toute cette affaire me paraît bien bizarre.

Me voilà trop fidèle à ma promesse de vous marquer toutes mes impressions. Ma plume a couru au hasard ; ce qui vous ennuiera, laissez-le. Je n'aurais pu que vous répéter vingt fois combien il m'a été cruel de ne point recevoir de lettre. Demain j'en aurai une ; demain j'aurai à quoi répondre.

18 juillet.

Est-ce bien vrai, Marie ? Point encore ?... Deux jours !... Je me ronge en suppositions. J'ai relu dix fois votre dernière lettre, cherchant si j'y trouverais quelque chose qui m'expliquât ce silence. Mais rien, rien. Au contraire, vous me disiez en terminant : « A demain. »

Que faut-il que je pense ? Si je ne reçois rien demain, je pars. J'irai au château de Clamière ; je... Mais sais-je ce que je ferai ? Je partirai, cependant ; c'est décidé.

Deux jours !... Est-ce que la vengeance de Cambel aurait déjà commencé ? Il parlait de ne se montrer qu'au dénoûment. Y serions-nous ? Le dénoûment ! Je n'ai pas encore osé m'abandonner à croire qu'il pût y en avoir un. Le dénoûment! J'ai fermé les yeux, même en rêve, quand il m'est apparu, tant je craignais qu'après l'avoir contemplé, même un instant, le retour aux réalités ne me fût trop amer. Et pourtant... oui... Je l'ai contemplé une fois... et longtemps... et réel... mais réel, hélas! pour d'autres...

C'était à Nîmes. Un soir que j'errais, triste et seul, dans les environs de la ville, j'aperçus deux personnes qui se promenaient lentement. Le calme du bonheur se révélait dans leurs pas, dans leurs gestes, dans le murmure perdu de leurs paroles; ils respiraient comme une atmosphère à eux, toute de parfums et de joies.

Je reconnus un de vos jeunes ministres, que je savais près de partir pour le poste où il venait d'être appelé. Mais avant...

Avant, Marie, il allait prendre une aide pour ses travaux, une compagne pour ses joies, une consolatrice pour ses peines; il allait donner à son âme la sœur que toute âme appelle, à son cœur ce que ne remplacent ni la gloire, ni la fortune, ni même les jouissances plus nobles du bien, du beau, du dévouement.

Je les suivis longtemps de loin; longtemps je m'enivrai de ces parfums de bonheur et d'amour. Vive, bruyante, leur joie m'aurait bien vite chassé; mais elle était plus près, je le voyais, des larmes que du rire.

Et je la refaisais à ma manière, cette conversation

dont je ne pouvais entendre un mot, mais qu'un écho mystérieux semblait me redire dans mon cœur. M'approcher davantage, tenter d'en saisir quelques lambeaux; non, quand je l'aurais pu, je ne l'aurais certainement pas fait. Cela m'eût semblé un sacrilége. C'était assez pour moi, pauvre Lazare, de rester à la porte et d'apercevoir le festin.

Mais ce n'étaient pas de mauvais riches que ces deux heureux de la terre. Un mendiant passa, et je les vis lui faire l'aumône avec l'empressement d'une charité délicate, qui semblait regretter de ne pouvoir lui donner qu'un peu d'argent. Leur bonheur demandait à se répandre; ils se hâtaient de rendre à Dieu, dans la personne du pauvre, le peu qui pouvait s'en détacher.

Mais moi, pensais-je, ils ne pourraient me faire, comme à ce pauvre, leur aumône. Quand ils devineraient, dans mes regards, ma misère, je ne pourrais encore attendre d'eux qu'une vaine pitié.

Mon cœur se serrait de plus en plus. Je voulus fuir. Un attrait cruel, invincible, m'enchaînait sur leurs pas.

La nuit était venue. Je ne les voyais plus que comme des ombres vagues, mais mon cœur les devinait mieux que l'œil le plus perçant.

Sur une hauteur où le ciel, caché jusque-là par quelques arbres, se montra tout entier à leurs regards, je les vis s'arrêter. Ils le contemplèrent long-temps. Elle ne disait rien, mais s'appuyait sur le bras du jeune homme, comme affaissée sous le poids

19.

de l'immensité des cieux. Lui, au contraire, l'immensité semblait l'avoir grandi. Il promenait son regard d'un pôle à l'autre et d'un astre à un astre; il disait...

Il disait, Marie, — car le silence de la nuit et l'animation de sa voix me forçaient d'entendre quelques mots, — il disait à peu près ce que je vous écrivais il y a trois jours, ce que la même immensité m'a dit par la voix des mêmes astres, ce que je voudrais vous redire, non pas dans une froide page, mais là, comme lui, sous le ciel, seul avec Dieu et avec vous. O rêve! O avant-goût des contemplations éternelles! Épeler ensemble le grand livre! Se partager un même rayon de lumière, se rafraîchir d'une même goutte de rosée, s'envoler sur les mêmes ailes! O rêve, encore une fois, ô rêve!

En ce temps-là, pourtant, il m'était encore permis de chercher la félicité dont je venais d'avoir le spectacle. Un nom, le vôtre, se présenta le premier et le seul à mon imagination et à mon cœur. Je compris que je vous aimais... et vous savez quelle fatalité me fit vous fuir aussitôt. Peu après, je mis entre vous et moi ce vœu qui allait rendre coupable toute espérance et tout souvenir.

Mais ce vœu, votre religion le condamne, et vous savez que votre religion est depuis quatre ans la mienne. Après avoir cent fois interrogé ma conscience, me voilà prêt à déclarer, devant Dieu, que ce vœu est nul pour elle, nul parce que je l'ai prononcé dans un moment d'égarement, nul parce que

je n'ai plus, parce que je n'ai jamais eu les convictions qui le rendraient valable. Ainsi, devant Dieu,
je suis libre; devant les hommes, je n'ai qu'à sortir
de France pour l'être...

Eh bien ! Marie, vous qui l'êtes, décidez si je dois
le devenir. Nous nous retrouverons dans un pays où
notre amour puisse être légitime, honorable et honoré, en Angleterre, en Hollande, en Amérique.
Vous ne perdrez même pas votre patrie, car ces
pays sont tout peuplés de Français jadis exilés pour
leur foi, qui est la vôtre...

. . . .

Je viens de relire ma lettre. Je ne sais comment
j'ai osé l'écrire, ni si j'oserai l'envoyer.

Le sort en est jeté; elle partira... Adieu, Marie...

19 juillet.

Ai-je bien lu ?... Est-ce vrai ?... Marie est forcée
de me fuir !... *Forcée* !... Mais quel mystère abomi-
nable vous a-t-il donc révélé ?... Vous ne pouvez,
dites-vous, vous ne voulez pas me le dire... Je m'y
perds... Je suis écrasé...

Je ne sais pourquoi j'écris, puisque ma lettre ne
vous arrivera pas, dites-vous. Je n'en suis que trop
sûr, et j'écris pourtant... Il est au-dessus de mes
forces de renoncer si vite à tout espoir...

Oh ! que je les envie maintenant, mes inquiétudes
d'hier, alors que je n'avais qu'à me dire, pour être
heureux et calme : « Une lettre viendra demain ! »
Elle est venue. Que ne puis-je la renvoyer, l'oublier,

et me remettre à l'attendre, fût-ce avec un redoublement d'angoisse !

Cambel s'est donc décidé à le frapper avant le
temps, ce coup dont il nous menaçait ! Il est parti
vous ne savez pour où, et il a lancé, en partant, sa
flèche empoisonnée. Au nom de Dieu, Marie, ne me
laissez pas dans cette ignorance. Quoi que puisse
être ce qu'il vous a révélé, dites-le-moi. Serais-je
moins fort que vous ? Ce que vous êtes condamnée à
savoir, je n'aurais pas le courage de l'apprendre ?...

Mais plus je relis votre billet, plus les termes, ce
semble, en sont formels. C'est Dieu qui a parlé par
la bouche de cet homme ! Il faut que nous restions
à tout jamais étrangers l'un à l'autre; il faut...

Non, je n'achève pas. Il me semble que je signe-
rais mon arrêt...

XXIII

Quittons maintenant Paris et 1784. Nous sommes au commencement de 1785, à Nîmes, chez le pasteur Paul Rabaut.

Chez lui! Ce mot si simple, il y a quelques années que c'eût été, en parlant de lui, un non-sens ou une ironie, car jamais peut-être, en aucun siècle, un serviteur du Christ n'a plus longtemps réalisé ce qui fut dit de son maître, qu' « Il n'avait pas un lieu pour y reposer sa tête. » *Chez lui,* c'étaient les bois, les cavernes, les ravins; c'était, à condition de changer toutes les nuits, la chaumière d'un paysan, et ce paysan pouvait, le lendemain, être envoyé aux galères. *Chez lui,* c'était le foyer des affligés, le chevet du mourant; *chez lui,* c'était le Désert, avec ses alarmes et ses joies, son soleil brûlant et ses neiges, ses assemblées de huit ou dix fidèles et de huit ou dix mille, ses chants, ses larmes, ses rencontres sanglantes, ses grandes communions et ses grands

jeûnes, et la mort qui planait sur tout cela, et le
ciel, plus haut que la mort, où on se donnait rendez-vous !

Mais enfin, il avait maintenant une maison, et une
maison à lui. Un petit héritage lui avait permis de
la bâtir, car ce n'était sûrement pas sur son traite-
ment de neuf cents livres qu'il avait fait des écono-
mies. Ce fut un bien beau jour pour les fidèles de
Nîmes que celui où l'on commença de creuser, sous
les yeux et avec l'autorisation des magistrats, les
fondements de cette modeste habitation ; aussi vou-
lurent-ils concourir et aux travaux et aux frais, heureux à la fois de donner ce témoignage d'amour à
leur pasteur, et d'élever comme un monument de
paix qui marquerait la fin de leurs épreuves. Tandis
que le clergé continuait de porter au pied du trône
ses doléances sanguinaires, les catholiques de Nîmes
étaient d'accord avec les protestants pour nommer
du nom de Rabaut la rue où sa maison s'élevait.
Elle l'a gardé, ce nom, et la maison a gardé plus
encore. Le sol d'une de ses caves couvre les restes
du pasteur.

Là donc, en 1785, veillissait en paix l'homme du
Désert. Là nous allons le voir.

Il n'a que soixante-sept ans ; mais il avait les cheveux blancs à quarante, et tant de fatigues de tout
genre ont rempli sa carrière que vous lui en donne-
riez quatre-vingts. On s'est d'ailleurs tellement habitué, depuis près d'un demi-siècle, à le voir partout
et dans tout, qu'on ne peut s'empêcher de le vieil-

lir, et que les vieux sont tout surpris quand on leur dit son âge, quand on leur montre qu'il n'est pas leur aîné. Pour eux, comme pour les jeunes, c'est le patriarche du pays.

Son nom, depuis si longtemps européen, attire chez lui tous les étrangers qui visitent le midi de la France. Il les reçoit avec plaisir, sauf ceux qui le louent trop; et comment ne pas louer, cependant, un homme qui a tant fait, tant affronté? Il est pourtant devenu, avec l'âge, un peu plus conteur. Jadis, il repoussait les avances des curieux; aussi longtemps que dura la bataille, il refusait de raconter ses exploits, tant il craignait que l'orgueil ne se mît de la partie. Maintenant, quoique toujours prêt à donner à Dieu toute la gloire, il ne refusera pas de revenir, avec les gens dignes de l'entendre, sur quelques circonstances de son long ministère. Il rectifiera en souriant les erreurs de la tradition, qui a brodé beaucoup de ses aventures; mais il ajoutera, chemin faisant, des faits tout aussi merveilleux, quoique vrais, que ce que la tradition a inventé. Souvent vous lui entendrez dire « J'eus peur, » ou « Je tremblais, » car il sait qu'il n'y a que les faux braves qui prétendent n'avoir jamais tremblé. Il aime à raconter, par exemple, ce qu'il appelle sa première peur. « C'était en 1735, dit-il; je n'avais pas dix-sept ans, et j'accompagnais, avec mon ami Jean Pradel, un de nos pasteurs d'alors. Un jour, après une longue course, nous arrivons vers le soir à Congénies, et nous allons demander asile à la famille Guérin. A peine sommes-nous à table, que voici venir un détachement de la garnison de Calvisson. Et moi de me lamenter, de pleurer... Mais des hommes du village entrent précipitamment, nous enlèvent, nous mènent ou nous portent — je n'ai jamais su lequel des deux, car j'avais perdu la tête — dans un certain ravin où il fallut passer la nuit. Mais les voies de Dieu ne sont pas nos voies. Cette nuit ainsi passée, qui semblait devoir me dégoûter d'en passer jamais de semblables, fut pour moi, au contraire, comme une première consécration. J'étais entré demi-mort dans mon ravin ; j'en sortis me disant que ce n'était pas, après tout, chose si triste de dormir à la belle étoile. Comme je secouais mes cheveux couverts de rosée : « Nous voilà baptisés pour le ministère, me dit Pradel. » Et nous partîmes joyeux.

Mais ce ne sont pas seulement les étrangers de distinction qui veulent voir et entendre Paul Rabaut. Enfant du peuple, de simples enfants du peuple viennent réclamer cet honneur, et il est plus sensible à leurs hommages qu'à ceux de ces hautes gens pour qui un homme distingué n'est trop souvent qu'une curiosité à voir. Il ne redira pas sans s'attendrir l'émotion de ces hommes inconnus, ouvriers, colporteurs, qui n'ont pas voulu traverser Nîmes sans lui avoir serré la main ; de ce pauvre tailleur, par exemple, nommé Lorenz, qui arrivait du fond de l'Allemagne, et qui lui avait dit, dans un affreux baragouin, des choses si profondément senties. S'il pouvait être fier, c'est de cela qu'il le se-

rait. Puis, autant il est loin, en politique, d'approuver les déclamations contre les grands, autant il est
loin d'avoir oublié que ce sont les grands qui ont
trahi, en France, la cause de la Réforme. Presque
tous les beaux noms de la monarchie ont été protestants; presque tous le seraient encore si l'ambition ou la crainte ne l'avait emporté sur la conscience. Peu même ont attendu la révocation de
l'édit de Nantes; il a suffi de quelques menaces ou
de quelques sourires pour les ramener au giron. Ils
ont trouvé que si Paris avait pu valoir une messe,
Versailles en valait bien une aussi. Mais Rabaut a
vécu parmi des gens qui n'ont pas connu ces calculs. Il se dit que si tout le monde avait eu la persévérance et la foi des pauvres troupeaux du Lan-
guedoc, la France serait protestante, et peut-être
toute l'Europe avec elle.

Le voilà donc avec la perspective de finir en paix
ses jours; mais la paix n'est pour lui que la cessation
des dangers, nullement celle des travaux. Regardez
si sa table, devant laquelle il est assis, a l'air de celle
d'un homme qui laisse aller le monde et croit avoir
payé sa dette. Sa santé va le forcer, il est vrai, de
renoncer aux fonctions pastorales; mais que d'autres affaires dont il restera le centre! Son fils est de
nouveau à Paris, sollicitant l'édit de tolérance qui
ne doit être obtenu que dans deux ans, et son fils le
consulte sur toutes ses démarches, et il a lui-même
à consulter consistoires, pasteurs, simples fidèles.
Ces registres qu'il est en train d'annoter, c'est pour

M. de Rulhière et ses *Éclaircissements*; ces autres notes que voilà, elles sont pour M. de Malesherbes, qui prépare ses deux *Mémoires sur le mariage des protestants*. Voici des lettres de Franklin, de M. d'Épresménil, de M. de La Fayette, qui a passé à Nîmes à son retour d'Amérique, et qui s'est joint dès lors aux protecteurs déclarés des protestants. Mais c'est toujours en soupirant que le vieux pasteur les accepte, ces services que la philosophie et la politique veulent rendre à la foi réformée. Il voudrait ne devoir qu'à des chrétiens la liberté d'être chrétien.

Aussi vient-il de quitter ces dernières lettres, auxquelles il répondra cependant, pour certaine autre lettre qu'il a déjà lue et relue, mais qui le reporte aux plus vivants de ses souvenirs d'autrefois.

L'écriture en est grosse, irrégulière, tremblante. On devinerait sans peine que la main qui a tenu cette plume n'a plus longtemps à la tenir.

Et en effet :

« C'est probablement la dernière fois, très-cher et honoré pasteur, disait cette lettre, que je me donne la joie de vous écrire. Les yeux s'en vont, et tout le reste avec. J'appris l'autre jour la mort de la dernière survivante de mes compagnes de prison ; j'étais plus vieille qu'elle, et me voilà encore de ce monde. Mais ce n'est pas pour longtemps.

Je ne suis pas malade ; je m'éteins. On dit que le printemps va me redonner de la force, et moi je sens que mon bon Sauveur m'appelle. Je vais retrouver mon bon frère, qui est mort, il y a cinquante-deux

ans, pour l'Évangile; je vais revoir toutes ces amies
qui ont passé l'une après l'autre de ce monde pé-
cheur à la gloire du paradis. Il me semble que je les
vois qui se comptent, et qui se demandent pourquoi
je ne suis pas avec elles.

Hélas! bien cher et honoré pasteur, suis-je digne,
au moins, de les rejoindre? J'ai souffert jadis avec joie
pour le nom de Jésus-Christ, et il sait que si j'ai
prié, dans ce temps-là, pour que ma prison s'ouvrît,
ce ne fut jamais sans ajouter, comme lui dans ses
souffrances : Que ta volonté soit faite, et non la
mienne! Mais les méchants m'ont fait un autre mal
que de me garder si longtemps sous leurs verrous.
Ce monde qu'on m'a rendu après me l'avoir ôté
trente-huit ans, il m'est devenu trop cher; mon
pauvre cœur n'est pas rassasié de cette résurrection
vaine et terrestre. J'aime ce beau soleil, dont les
rayons arrivaient si pâles dans la tour; j'aime ces
châtaigniers qui m'avaient vue jeune fille, et ne
m'ont revue que si vieille; j'aime les oiseaux qui
volent, et qui semblent me dire : Te voilà libre
aussi! J'aime les nuages qui flottent, le vent qui
souffle, la pluie du bon Dieu qui arrose mon petit
champ; j'aime l'été qui me réchauffe; j'aime l'hiver
qui me retient auprès de mon pauvre foyer. Il fut
glacé près de quarante ans; il semble tous les jours
me souhaiter la bienvenue... Que voulez-vous! On
m'a ravi une grande moitié de mes années. J'ai beau
penser aux fleurs du paradis, et au soleil plus pur,
et à la jeunesse éternelle; la pauvre vieille se laisse

séduire encore aux rayons, aux fleurs, aux sourires de cette terre. J'ai recommencé ma vie où je l'avais laissée. La captivité n'a mûri qu'une moitié de mon âme; seize ans de liberté n'ont pas apaisé la soif de l'autre. Puis, priez le bon Dieu qu'il me pardonne!

Mais je le prie, moi, qu'il vous mette une chose au cœur... Oserai-je la dire, cette chose? Je la dirai. Vous êtes venu me voir, au péril de votre vie, dans cette tour d'Aigues-Mortes; au nom de Dieu, venez me voir dans mon pauvre village, et sur ce lit que je ne dois plus quitter! Je sens que je mourrais plus contente, et que la mort me serait plus facile. Vous me reparleriez de mon beau temps, qui fut aussi le vôtre; vous remettriez entre le monde et moi les gros murs de cette tour, et je serais obligée, comme alors, de lever les yeux et de ne plus voir que le ciel.

J'ai toujours eu le projet d'aller vous voir. J'ai trop tardé; m'en voilà incapable, et la fin vient. Il y a ici une dame, bien charitable, bien bonne, qui me parle souvent de vous; mais ce n'est toujours pas vous, et je n'en ai que plus besoin de vous voir. C'est un grand voyage, à votre âge, que je vous demande là; et puis vous avez tant d'affaires! Car on dit que c'est toujours vous qui faites tout. Mais je suis la dernière des prisonnières du Désert; je suis la sœur de votre saint devancier, un de ceux qui vous ont montré comment on meurt. Payez-lui votre dette; venez aider sa pauvre sœur à mourir. Elle vous en bénira devant Dieu.

Adieu, bien cher et vénéré pasteur. Si vous ne pouvez venir, cet adieu est mon dernier dans ce monde; et alors, au revoir!

MARIE DURAND. »

— J'irai!... dit le pasteur. Pauvre Marie!... J'irai...

Et il sentit qu'il avait peut-être besoin, lui aussi, de réapprendre à ne pas tenir à la vie. Comme à la prisonnière d'Aigues-Mortes, les *méchants* lui avaient ravi une bonne portion de ses années, car ce n'était pas *vivre*, dans le sens vulgaire de ce mot, que de jouer sa vie tous les jours. Toutes les attaches de la terre, il s'en voyait maintenant enlacé. Sa position, son influence, les succès de ses fils, la maison qu'il avait bâtie, le foyer paisible et glorieux auquel il pouvait enfin s'asseoir, tout ce qui concourait à le séduire, comme homme, l'effrayait comme chrétien.

Il irait donc; il irait voir mourir la sœur de son ancien collègue. Il tâcherait d'apprendre pour lui-même ce qu'il enseignerait à la mourante.

20.

XXIV

Dès le lendemain, il partit.

Mais il n'avait jamais plus besoin d'humilité que lorsqu'il traversait ce pays témoin de ses travaux et tout plein de son souvenir. A quel village, à quel champ, à quel arbre ne se rattachait pas quelque aventure et quelque gloire? On le lui rappelait d'ailleurs assez. Dès qu'il venait à être reconnu, on accourait de tous côtés et sa marche était un triomphe.

Il voulut donc n'entrer que de nuit dans le village, et il alla revoir, en attendant, un lieu fameux dans l'histoire de la contrée. Les assemblées s'y étaient longtemps tenues; il y avait lui-même souvent officié.

Tout l'amour qu'un homme pieux peut avoir pour le temple auprès duquel il est né et qui est devenu pour lui comme le point central de la patrie, les protestants privés de temples l'éprouvaient pour ces lieux sanctifiés par leurs prières. Avez-vous vu cette vieille gravure que beaucoup d'entre eux gardent comme une relique sainte, et non-seulement en France, mais dans toute l'Europe? Elle est, comme œuvre d'art, au-dessous du médiocre; ces quelques personnages ne peuvent donner aucune idée des foules pressées du Désert. Mais c'est le Désert pourtant, et ce pasteur qui est là, dans la chaire, c'est peut-être Rabaut! Les protestants de Nîmes reconnaissent l'endroit; ils vous y conduiront si vous voulez. C'est celui qu'on appelait l'*Écho*. Là, entre deux rochers, se trouvait une vaste enceinte, à peu près garantie des ardeurs du soleil. C'était le temple d'été. Non loin de là, vous verrez le temple d'hiver. Ils se donnaient leurs aises, n'est-ce pas, ces persécutés? Mais le temple d'hiver n'avait non plus que le ciel pour voûte. On avait seulement cherché un lieu moins humide, moins froid, et surtout à l'abri du vent du nord, terrible dans ces contrées. C'était sur le penchant d'une colline, près du Cadereau, torrent pierreux qui longe la route d'Alais. Ce vaste amphithéâtre s'appelait l'*Ermitage*. Il était garni de gradins de pierre, comme un amphithéâtre antique. Près de là se trouvait une maison de campagne appartenant à une famille protestante, et où les Anciens se réunissaient, à l'issue du service, pour compter les deniers des pauvres.

Mais tout cela, l'Ermitage, l'Écho, c'était déjà la tolérance; ces deux emplacements, voisins de la ville, n'avaient pu être adoptés d'une manière permanente que vers la fin du règne de Louis XV. Si donc ils

disent encore tant de choses, que ne devait pas dire
le Désert véritable, le désert des martyrs, à ceux qui
en avaient vu les solennités et les terreurs !

Rabaut avait laissé son cheval à l'entrée de la
petite vallée qui formait le temple d'été. Il s'y enfon-
çait lentement, la tête baissée, comme s'il eût craint
d'évoquer trop de souvenirs ensemble en regardant
autour de lui. Ce n'était pas la première fois qu'il se
surprenait s'étonnant de ce qu'il avait osé jadis,
comme le soldat tout étonné, le lendemain de la bataille, de ce qu'il a pu faire sous le feu de l'ennemi.
C'était là que, peu de jours après la mort de Calas et
de Rochette, il avait répondu au défi des persécu-
teurs en consacrant son fils à ce même ministère que
leurs bourreaux croyaient éteindre ; c'était tout près de
là qu'il avait failli être pris, en 1756, par des soldats
embusqués sur sa route. Aussi, dans de semblables
lieux, ce n'étaient pas seulement des souvenirs qui se
présentaient à sa pensée : Dieu, qui l'avait sauvé, lui
devenait comme visible, et il se sentait là comme
plus près de son regard, comme mieux sous sa main.

Arrivé au fond de la vallée, il monta sur le petit
tertre où se plaçait ordinairement la chaire ; et lorsque enfin, levant les yeux comme pour chercher l'assemblée, son regard embrassa l'enceinte, — il s'aperçut, à sa grande surprise, qu'il n'était pas seul.

Deux hommes, debout à quelques pas, le regar-
daient. L'un était un jeune officier, en habits de
voyage ; l'autre, un paysan des environs, probablement son guide.

L'officier s'approcha. — Monsieur, dit-il, on vient de me dire qui vous êtes. Je ne m'attendais guère à un si heureux hasard. Je ne venais voir que le théâtre, et je trouve celui qui a joué le premier rôle...

Mais après un début si bien tourné, Rabaut, qui avait répondu poliment et modestement, ne put s'empêcher de remarquer que l'officier parlait des assemblées avec un singulier ton, et il comprenait peu ce ton chez un homme venu en pèlerinage dans ce lieu. Il le voyait examiner les issues, mesurer de l'œil les hauteurs, faire au paysan des questions qui sentaient beaucoup plus l'homme de guerre que l'admirateur des protestants.

— Mais, monsieur, lui dit-il enfin en riant, est-ce que nous allons recommencer?

— Pas que je sache.

— Et alors?...

— Avant de prêcher, je pense, on apprend à prêcher.

— C'est l'usage.

— Et il y a beaucoup de manières de prêcher...

— Sans doute.

— La parole...

— Oui.

— L'exemple...

— Oui.

— Les livres...

— Oui.

— Les coups de fusil...

— Oh!

— Les coups de canon.... Comprenez-vous?

— Non.

— C'est pourtant assez clair. J'ai mon métier, comme vous le vôtre; je l'apprends, comme vous avez appris le vôtre. On me dit qu'il y a de bonnes leçons par ici, et je les viens chercher.

— Ainsi...

— Ainsi, je faisais mon plan de campagne. Je calculais ce qu'il y aurait à faire pour vous traquer dans cet endroit.

— Et vous avez trouvé...

— J'ai trouvé que mes devanciers étaient des imbéciles... Et si jamais...

— Vous êtes de nos ennemis?

— Moi?... Un soldat n'a jamais d'ennemis. On lui dit de se battre, et il se bat; on lui dit d'exterminer tels ou tels...

— Et il les extermine.

— Mais oui. N'est-il pas fait pour cela? Si le roi me disait : Débarrasse-moi des huguenots, — eh bien, je le débarrasserais des huguenots.

— Donc, les droits de la conscience...

L'officier leva les épaules.

— Les droits de la conscience, dit-il, je les respecterais fort...

— Eh bien?...

— Si j'y croyais.

— Le point de vue est neuf, assurément...

— Vous croyez?

— A moins pourtant que ce ne soit celui de

Louis XIV, car vous savez qu'avant de se mettre à nous persécuter, il décréta que nous n'existions plus. Vous, à ce qu'il paraît, vous commencerez par décréter qu'il n'y a plus de conscience.

— Je n'en suis pas à faire des décrets.

— Vous avez l'air de dire : « *Pas encore...* »

— Si j'avais à en faire, il est probable que je m'y montrerais fort tolérant en fait de religion.

— Je comprends.

— Que comprenez-vous?

— Que toutes les religions vous sont égales.

— Ajoutez toutes les philosophies, tous les systèmes de tout genre.

— C'est un peu large, monsieur; d'autres diraient même...

— Quoi?

— Un peu étroit. Tout rejeter est une superstition, aussi bien que tout croire.

— Soit. Je suis ainsi fait. Je ne crois pas aux idées, voyez-vous, et tout idéologue me fait, suivant les cas, ou pitié, ou peur. Les théologiens, idéologues; les philosophes, idéologues; les politiques, idéologues; les...

— Et où prenez-vous, alors, ceux qui ne le sont pas?

— Ceux qui ne le sont pas, il n'y en a guère. Mais ils marchent, ceux-là, sur la tête de tous les autres hommes; ils s'appellent Alexandre, César, Auguste...

— Néron...

— Du tout! Néron était un philosophe, et l'élève d'un philosophe.

— Si vous ne croyez pas aux idées, vous ne croyez pas aux hommes.

— Ai-je dit que j'y crois? Y croyez-vous beaucoup vous-même? En savez-vous beaucoup qui vous paraissent avoir une valeur?

— Par l'esprit, non.

— Et après?...

— Vous oubliez que j'ai consacré ma vie à ce que nous appelons le salut des âmes. Mais c'est encore de l'idéologie, je suppose...

— Ne me forcez pas de répondre.

— Soit. Mais comme vous avez une âme... Car vous en avez une, n'est-ce pas?...

— Je n'en sais rien.

— Je vous en accorde une, moi, et cela me suffit pour le moment. Comme vous en avez une, dis-je, et que, si vous en avez une, les autres en ont une aussi, il serait peut-être sage d'examiner si vous avez le droit de les mépriser de ce côté comme vous les méprisez de l'autre.

— Je ne méprise ni n'estime. Je passe outre.

— Pour arriver?...

— Si vous vouliez bien me dire où, je vous serais infiniment obligé.

— Où Dieu voudra, monsieur.

— La prophétie n'est pas compromettante pour le prophète.

— Elle est au moins rassurante pour ces pauvres

mortels que vous avez trouvé le secret de dominer, dites-vous. Si c'était encore le temps des Alexandre et des César...

— Pourquoi pas?

— Eh bien, je ne dirai même plus : « Où Dieu voudra. » Mais voulez-vous savoir où vous n'arriverez pas?... Car je puis vous le dire, cela, et très-nettement.

— Voyons.

— D'abord, au bonheur...

— On s'en passe.

— A l'estime des gens de bien...

— On s'en passe encore mieux.

— Au repos...

— Je n'en voudrais pas.

— Je parle du repos de l'âme...

— Toujours l'âme?... Continuez.

— A la gloire...

— Oh! oh!...

— A la véritable, j'entends...

— La distinction est bien vieille, monsieur. C'est du *Télémaque*...

— C'est de l'Évangile.

Ils se quittèrent. L'homme de la foi et l'homme de la force n'étaient pas faits pour s'entendre.

Rabaut n'a jamais su le nom de son interlocuteur. Il se rappelait seulement lui avoir entendu dire, dans le cours de la conversation, qu'il était né en Corse et qu'il sortait d'une école militaire.

— Voilà bien, pensa-t-il, le résumé de notre siècle. La philosophie méprisée autant que la religion, les droits de la conscience reconnus, mais avec dédain, la force érigée en loi unique! C'est le châtiment qui commence...

XXV

Il jeta un dernier regard sur l'enceinte, comme pour la prendre à témoin qu'il avait traversé ce siècle sans être atteint d'aucune de ses souillures, et il alla, sans s'arrêter, au village.

Elle tombait en ruines, la maison de la pauvre Marie Durand. Plusieurs parties étaient inhabitables. On n'avait réparé que la cuisine et une chambre ; mais c'était encore du luxe pour la prisonnière d'Aigues-Mortes.

Il faisait presque nuit. Le pasteur entra sans frapper. Dans la cuisine, personne ; dans la chambre, à côté du lit, une femme qui se leva vivement, mais dont l'obscurité ne lui permit pas de voir les traits. Sur le lit, enfin, la mourante.

Elle sommeillait paisiblement, une main sur la poitrine, l'autre sur une Bible ouverte où sans doute on venait de lui lire quelque chapitre.

Le pasteur la prit, cette main, et longtemps il la

garda dans la sienne, les yeux fixés sur ce visage pâle qu'on distinguait à peine de l'oreiller. Il n'était pas de ceux que la vue habituelle des mourants endurcit à ce spectacle. Marie n'eût pas été la prisonnière d'Aigues-Mortes, qu'il se serait encore arrêté avec émotion au bruit de ces faibles soupirs dont chacun pouvait être le dernier.

Vis-à-vis de lui était debout, également immobile, la personne qui s'était levée à son entrée. Une ou deux fois, il crut entendre comme un sanglot retenu. Mais il était tout entier à la mourante.

— Qu'elle est heureuse!... dit-il.

— Oui... bien heureuse... murmura la femme qui sanglotait.

Il reconnut cette voix. C'était celle de Marie de Clavigny.

— C'est vous!... dit-il.

— C'est moi.

— Pauvre enfant!...

Il n'ajouta rien. On n'entendait que ce même souffle imperceptible.

Quelques moments après : — Heureuse... Heureuse... répéta Marie de Clavigny.

— Elle n'est pas heureuse de mourir, dit le pasteur, mais d'avoir vécu fidèle.

Elle semblait, en ce moment, murmurer quelques mots.

— Dort-elle depuis longtemps?... demanda-t-il.

— Elle a été presque tout le jour assoupie. Vous avez reçu sa lettre?

— Oui.

— Elle a mis à l'écrire tout ce qui lui restait de force. Elle manqua expirer une heure après...

— A-t-elle parlé de moi?

— Toutes les fois qu'elle s'est réveillée, et en dormant aussi. Elle vous croyait alors près d'elle... Écoutez... Elle vous nomme, je crois...

On commençait à saisir quelques paroles.

— ... Je savais bien... moi... qu'il viendrait... Merci... Qui est-ce qui disait donc qu'il... qu'il ne viendrait pas?... Il est là... Venez le voir... Comme il a vieilli!... Il a vieilli au service de son maître... Et moi aussi, pauvre femme... Il dit que le bon Dieu m'attend... Oui... oui...

Rabaut n'avait rien dit. Il crut pourtant qu'elle s'apercevait vaguement de sa présence.

Elle continua. Sa voix devenait plus faible, mais plus distincte.

— ... Vous ne l'avez pas vu, vous autres, dans son beau temps... Je me le rappelle, moi... C'était en 60... ou 62... Comme nous l'attendions, dans cette tour!... Et puis il nous donna, à toutes, la sainte communion... Et la vieille Anne Gaussaint qui répétait le cantique de Siméon...

Laisse-moi désormais,
Seigneur, aller en paix...

... et le Seigneur l'entendit... Elle mourut pendant qu'il était là... Je veux mourir comme elle, moi!... Qui est-ce qui dit encore que ce n'est pas lui qui est

là ?... Je vous dis que c'est lui... Il me regarde... Il
me tient la main...

— Oui... oui... c'est moi... dit le pasteur; c'est
moi, Marie... Regardez-moi... Parlez-moi...

Elle ouvrit lentement les yeux, et, à la clarté d'une
lampe qu'on venait d'allumer, elle fixa sur lui un
regard terne, immobile. Il eut beau se pencher vers
elle, l'appeler par son nom, se nommer lui-même ;
les yeux restèrent fixes et le regard n'indiqua rien.
L'intelligence avait quitté les sens.

Mais dès que les yeux furent de nouveau fermés,
la mémoire et la vie reparurent. Il y avait quelque
chose d'effrayant dans cette communication mystérieuse que les oreilles et les yeux interrompaient au
lieu de l'aider. Rabaut était absent et présent, invisible et visible. Cette main dont la mourante parlait,
c'était la sienne et ce n'était pas la sienne, puisque
toute autre main eût produit la même illusion. Absent, il existait, et, présent, il n'existait pas !

Il n'essaya donc plus de réveiller cette intelligence
engourdie qui revivait si ardente dans le cœur. Il
remerciait Dieu d'avoir si bien pourvu d'avance à
la consolation des derniers moments de la pauvre
femme, tellement que, fût-il arrivé trop tard, elle
serait morte encore, en quelque sorte, entre ses bras.
Il recueillait pieusement les derniers témoignages
de sa foi, de son ardent amour pour son Sauveur et
pour son Dieu. Il voyait l'âme se délivrer peu à peu
de tous les liens du corps, et comme s'essayer à partir
pour l'autre patrie.

Malgré ses précautions pour n'être pas reconnu, on l'avait vu entrer, et tout le village le savait. Quelques personnes s'étaient glissées dans la chambre. D'autres avaient suivi, puis d'autres. La cuisine était pleine; une porte, donnant sur la grange, s'était ouverte tout doucement, et on avait pu voir cinquante personnes dans la grange. Tout le village, enfin, se trouva dans la maison.

Et la voix de la mourante, si faible qu'elle fût, dominait encore, de temps en temps, l'imperceptible rumeur de cette foule qui retenait son souffle, et les plus rapprochés saisissaient encore quelques mots.

— ... Je m'en vais... Adieu... Dites-moi encore une fois que Dieu est bon... que Jésus-Christ est mort pour moi... Où est-elle, ma Bible?... Ah! la voilà... Je la sens... Est-ce qu'on ne m'en lira plus rien?... Ouvrez-la donc... Mais elle est ouverte... Lisez...

Il prit la Bible, et, à la page même où elle se trouvait ouverte, il lut.

« *Il y avait un homme malade, appelé Lazare, qui était de Béthanie, la bourgade de Marie et de Marthe sa sœur.*

Et Marie était celle qui oignit le Seigneur d'une huile odoriférante, et qui essuya ses pieds de ses cheveux; et Lazare, qui était malade, était son frère.

Les sœurs de Lazare envoyèrent donc vers Jésus pour lui dire : Seigneur, voici, celui que tu aimes est malade... »

On s'aperçut que le visage immobile reprenait

quelque intelligence. Les yeux essayaient de s'entr'ouvrir.

« *Et Jésus, ayant entendu cela, dit: Cette maladie n'est point à la mort, mais pour la gloire de Dieu, afin que le fils de Dieu en soit glorifié.*

Or, Jésus aimait Marthe, et sa sœur Marie, et Lazare.

Et après qu'il eut entendu que Lazare était malade, il demeura deux jours dans l'endroit où il se trouvait... »

Les yeux avaient achevé de se rouvrir; il était évident que la malade écoutait et comprenait. Seulement, elle ne paraissait pas s'occuper du lecteur, et le regardait sans le voir.

Il continua donc. Les traits, le regard, s'animaient.

On arriva au milieu du récit.

« *Et Jésus dit : Je suis la résurrection et la vie. Celui qui croit en moi vivra, lors même qu'il serait mort.*

Et tout homme vivant qui croit en moi ne mourra point à toujours. Crois-tu cela ? »

— Oui !... interrompit la mourante.

« *Et Marthe lui dit : Oui, Seigneur, je crois que tu es le Christ, le Fils de Dieu, qui devait venir au monde...* »

Et elle de répéter : — Le Christ, le Fils de Dieu, qui devait venir au monde...

Elle assistait, dans l'ardeur de sa foi, aux scènes de Béthanie; elle approchait, avec le maître, de ce tombeau qui allait rendre sa proie.

Mais quand le pasteur en fut à cette parole :
« *Lazare, sors!...* » — elle jeta vivement les yeux
sur lui. Ce mot avait achevé de l'éveiller. Elle avait
reconnu la voix; elle reconnut l'homme. Un faible
cri s'échappa de ses lèvres. Elle joignit les mains,
leva les yeux vers le ciel... et expira.

XXVI

Tandis que les souvenirs du Désert revivent autour du lit de mort de sa dernière héroïne, Louis XVI, à Versailles, s'occupe de régulariser et d'assurer la tolérance.

Nous avons vu que ce n'était pas chose facile. Il avait juré, à son sacre, *d'exterminer* les hérétiques, *tous* les hérétiques [1], et le clergé ne laissait passer aucune occasion de le lui rappeler. Un édit tolérant, quelque étroits qu'en fussent les termes, constituait nécessairement un parjure.

Ce parjure, le roi, au fond, s'en inquiétait assez peu; déjà, d'ailleurs, il le commettait tous les jours, puisque les protestants vivaient tranquilles. Mais il fallait trouver une forme, et, depuis dix ans, on la cherchait.

— Il faudra bien en finir une fois, disait-il donc

---

[1] *Hæreticos omnes.*

un jour au ministre de sa maison, le baron de Breteuil.

— Le plus tôt sera le meilleur, sire, répondait le ministre. L'opinion du public est mûre. Celle du clergé, nous savons de reste qu'elle ne changera pas.

— C'est pourtant une chose bien étrange, reprit le roi, que l'audace avec laquelle ils me chargent d'être le bouclier de leur foi, ces hommes qui la défendent si mal par leur conduite. Je ne saurais vous dire ce que j'ai souffert, l'autre jour, en voyant baptiser mon fils par ce cardinal de Rohan! Un incrédule, un homme perdu d'honneur...

Ce n'était pas M. de Breteuil qui eût dit non. Il détestait le cardinal. Une bonne haine de cour venait en aide à la haine moins forte que lui inspiraient ses désordres.

— Mais est-il vrai, reprit encore le roi, qu'il ait l'air de se croire sur le chemin de quelque chose? Où a-t-il pu prendre cette idée? Qu'a-t-il vu, chez moi ou chez la reine, qui pût...

— Je ne sais, sire; mais il y a quelque chose. On me rapporte que cette comtesse de La Motte vient souvent à Versailles...

— Il n'y a qu'à l'arrêter.

— Doucement, sire. L'arrêter avant de rien savoir, ce serait risquer de ne savoir jamais rien. Tâchons d'abord de tenir un bout du fil...

— C'est juste. Je ne serais pas un bon lieutenant de police. Je suis trop...

— Trop honnête homme?

— On ne l'est jamais trop ; mais on se figure trop, quand on l'est, que cela suffit. Ce serait mon cas, je crois.

Que ne le sentait-il, le pauvre roi, dans ses fonctions royales, comme il disait le sentir pour celles de chef de la police !

— Mais à propos de police, reprit-il, *quid novi*, monsieur de Breteuil ?

— On chante.

— Tant mieux.

— Cela ne veut pas dire qu'on payera.

— Oh! je sais bien que ce temps n'est plus. On veut chanter, mais on ne veut pas payer. Et qu'est-ce qu'on chante, voyons?...

— Toujours ce mandement de carême de l'archevêque de Paris.

— Après Pâques !

— Le ridicule est immortel en France.

— Mais je l'ai lu, ce mandement. Il est tout rempli de bonnes choses...

— Trop rempli, sire, et c'est pour cela qu'on rit. Et comme la conclusion, selon l'usage, est de permettre aux Parisiens de manger des œufs pendant le carême, les plaisants ont beau jeu pour trouver que le circuit est bien long ; ils ont beau jeu encore pour réchauffer nos vieilles plaisanteries sur les mandements fabriqués, car tout le monde sait que celui-ci est de l'abbé de Beauvais...

A Paris sont en grand saoulas [1]
   Deux saints prélats ;
L'un est le chef et l'autre son
   Premier garçon.
Leur carnaval est d'annoncer
   Qu'on peut laisser
Filles, garçons, femmes et veufs,
   Casser des œufs.

Suivons donc les commandements
   Des mandements ;
Celui-ci n'est pas trop mauvais
   Pour du Beauvais.
Sur Figaro, sur l'Opéra,
   Et cœtera,
On y voit des conseils tout neufs
   A propos d'œufs.

A propos d'œufs, dans ce trésor
   On voit encor
L'écrivain le plus admiré...

— Voltaire, sans doute ?... dit le roi.
— Oui, sire.

   L'écrivain le plus admiré
      Bien déchiré ;
   Puis...

— Assez, reprit le roi. On veut parler de cette édition de Kehl ?...
— Oui, sire.
— ... que nous avons laissée entrer en France à peu près publiquement...

[1] En grande jubilation. Vieux mot.

Le ministre se tut.

— ... que Beaumarchais a distribuée à son aise à des milliers de souscripteurs...

— Mais il a été enfermé...

— Huit jours... Et le jour qu'il est sorti, on a vu plus de cent carrosses à sa porte. Une belle affaire, messieurs, que vous m'avez fait faire là ! Il annonce une édition de Voltaire. On le laisse, pendant six ans, battre la grosse caisse, imprimer, distribuer, vendre... Puis on l'arrête. Et le moment ! Comme c'était bien choisi ! Le *Figaro* avait eu soixante ou quatre-vingts représentations; le public commençait à s'en lasser. On apprend tout à coup que l'auteur est en prison. Voilà la fureur qui recommence; voilà les allusions politiques de la pièce qu'on applaudit plus fort que jamais. Ce n'était pas assez, apparemment, de m'avoir arraché l'autorisation de la jouer; il fallait qu'on me fît doubler la sottise. Ah ! nous sommes d'habiles gens, monsieur de Breteuil, d'habiles gens !... Du temps du feu roi, on disait que le roi de France était Voltaire; on pourra dire maintenant, si on ne le dit déjà : « C'est Beaumarchais. » Savez-vous qui il avait à souper, le soir qu'on l'arrêta ? Le prince de Nassau, qui était venu, le matin, me faire sa cour ici. Il y avait encore l'abbé de Calonne, dit-on, le frère de mon ministre, et je ne sais combien de gens de ma cour. Trahison ou sottise, tout me fait défaut, tout s'en va. Ce n'est pas moi qui pourrais dire, en eussé-je l'envie : « Ceci durera bien autant que moi ! » Non. Tout craque, tout se détraque. Où est-ce qu'ils en sont, au parlement, avec l'affaire des six millions ?

C'était encore cette triste affaire de Saint-Cloud. Le roi, ou plutôt M. de Calonne, avait imaginé de faire don à la reine des six millions provenant de la vente du Château-Trompette, à Bordeaux, lesquels millions payeraient Saint-Cloud, acquis de la sorte à la reine. Le don, sous cette forme, était un acte insolite, illégal déjà en droit monarchique, et, au point de vue des idées nouvelles, monstrueux. Mais Louis XVI manquait essentiellement de ce tact par lequel un souverain sent ce qu'il peut et ce qu'il ne peut pas.

— Sire, dit M. de Breteuil, je ne serais pas un bon serviteur de Votre Majesté si je lui cachais que l'irritation est grande. Non-seulement la grand'chambre n'a enregistré vos lettres patentes qu'à deux voix de majorité, seize contre quatorze, mais ils sont à peu près unanimes maintenant à dire que la question regardait les chambres assemblées, et que l'enregistrement, par conséquent, est nul...

— Nul!... s'écria le roi. Ils en sont à me contester le droit d'ordonner l'enregistrement d'un édit?...

— Votre Majesté n'a pas eu à ordonner, puisque l'enregistrement s'est fait séance tenante. Ils disent seulement que le parlement tout entier aurait dû aller aux voix.

— C'est-à-dire que l'enregistrement aurait été refusé...

— Je le crains.

— ... et que je l'aurais ordonné...

— On aurait obéi.

— Étrange machine, en vérité! Mes parlements me donnent, à eux seuls, plus de travail que tout le royaume. Voilà celui de Bordeaux en guerre avec l'intendant de Guienne; voilà celui de Dijon qui est à couteaux tirés avec l'ordre des avocats; voilà celui de Rennes qui se met en insurrection à propos de la ferme des tabacs. Toute la Bretagne est en chair vive.

— La Bretagne a mauvaise tête, sire, mais bon cœur. Votre Majesté n'a pas oublié que les États de la province ont voté une statue au roi.

— Oui... à condition seulement qu'on puisse mettre dessous : *Statua statuæ*, comme fit un plaisant sous celle de Louis XV.

— Votre Majesté les calomnie. Ils ont voté ce monument précisément en considération de votre royale activité...

— Toujours à condition qu'elle ne s'étende pas à la Bretagne, et que je les y laisse souverains. Qu'est-ce que c'est qu'un livre intitulé : *Le roi voyageur, ou Examen des abus de la Lydie?*

— On aurait osé en parler au roi!

— Vous me le procurerez.

— Mais, sire...

— Vous avez peur qu'il ne m'échauffe la bile?

— Il est... hardi...

— Tout le monde l'est aujourd'hui. Qu'est-ce que vous aviez apporté là?

— Divers papiers; mais je crains...

— Quoi?

— Votre Majesté est triste. Remettons à un autre jour.

— Du tout. Voyons.

— Ceci, c'est le rapport que le roi m'avait demandé sur le projet de porter aux Invalides le cœur de son auguste aïeul, Louis XIV. Il est resté jusqu'ici, conformément aux volontés de ce prince, dans la maison professe des jésuites. Les jésuites n'existant plus...

— Oh! oh! dit le roi.

— ... n'existant plus, au moins chez eux, reprit M. de Breteuil, le vœu de Louis XIV est annulé, et l'église des Invalides a tous les droits...

— Bien. Donnez que je signe. Après.

— Voici le brevet de la pension de deux mille livres que le roi accorde au sieur Blanchard, l'aéronaute, pour avoir traversé le pas de Calais.

— Et cette colonne, y travaille-t-on?

— Oui, sire. Elle sera à l'endroit même où le sieur Blanchard est descendu. Le corps municipal de Calais a voté les fonds.

— Vous verrez qu'elle sera faite avant ma statue.

— Le roi est jaloux de Blanchard?

— Oh! non. C'est bon pour mon cousin de Chartres.

— M. le duc de Chartres la paye assez cher, sa jalousie.

— Toujours des chansons?

22.

— Toujours.

Louis XVI les aimait fort, pourvu qu'elles ne fussent pas trop libres. Le ministre lui en donna donc deux ou trois. En veut-on une? Voici :

Chartres, de nos princes du sang
Est le plus brave assurément.
Après avoir bravé Neptune,
Bravé l'opinion commune,
Émule de Charle et Robert,
Le voilà qui brave encor l'air.

Admirez comme il va volant
Au sein de cet autre élément.
Quel cœur, et surtout quelle tête!
Rien ne l'émeut, rien ne l'arrête.
Son rang, ses amis, sa moitié,
Ce héros foule tout au pié.

Mais quel soudain revers, hélas!
Ne vois-je pas mon prince en bas?
Comme il est fait! Comme il se pâme!
On dirait qu'il va rendre l'âme...
L'âme!... Oh! qu'il n'est pas dans ce cas!
Peut-on rendre ce qu'on n'a pas?...

Mais le roi était peu en train de rire. Il comprenait que la famille ne pouvait rien gagner à la déconsidération d'un de ses membres.

— On disait aussi, reprit-il, que Blanchard devait donner son ballon à la ville de Calais.

— C'est fait. Ils l'ont mis dans leur cathédrale. On a sonné les cloches; on a tiré le canon. Le corps de ville a remis à l'aéronaute un brevet de citoyen de Calais.

— Comme jadis à Du Belloy. Décidément, ils ont le goût de la fabrication des citoyens.

— Deux en vingt ans...

— Et comme l'autre est mort, nos plaisants ne manqueront pas de dire ce qu'on avait dit en ce temps-là, que le dit citoyen est le seul qui soit en France. Ce titre...

— Tout le monde le prend maintenant sans con-séquence.

— Sans conséquence?... Ah! ah!... les mots finis-sent toujours par amener les choses. Je réfléchissais, l'autre jour, au nom dont on m'a fait baptiser mon dernier vaisseau de Cherbourg. *Le Patriote!* comme cela sonne bien dans un royaume! Les Anglais, qui sont à moitié républicains, n'auraient pas imaginé ce nom-là. Et nos bons amis d'Amérique qui se met-tent, eux aussi, à me fabriquer des citoyens! Est-ce pas onze qu'ils en ont fait, sans compter M. de La Fayette et tous ceux de la première fournée?

— Oui, sire, onze.

— Y compris deux *citoyennes*, madame de Beau-vau et... Quelle est l'autre?....

— Madame d'Houdetot.

— Ah! oui... Sans doute en mémoire de Jean-Jacques...

— Où en l'honneur de M. de Saint-Lambert, son amant, qui est aussi un des onze. On n'a pas voulu séparer ce que...

— Ce que le diable a uni, oui... Et à propos de Rousseau, sait-on enfin quelque chose de précis sur les réunions d'Ermenonville?

— Il paraît prouvé, sire, qu'après avoir commencé par être purement philosophiques...

— Et gastronomiques...

— Ces réunions étaient devenues celles d'une espèce de secte qui cultivait mystérieusement le magnétisme, la magie...

— Et la débauche.

— Ceci est moins avéré. Je ne dis pas que des débauchés n'en fussent, mais il n'est pas sûr qu'ils en fussent en qualité de débauchés. Quoi qu'il en soit, le bruit public était tel, qu'il a fallu s'en occuper. Un certain chevalier Duplain, que j'ai fait arrêter, était, à ce qu'il paraît, le chef.

— Nous verrons. Vous n'avez rien d'autre?

— Mon portefeuille est plein.

— Continuez.

— Je propose à Sa Majesté de ratifier le choix que l'Académie vient de faire de M. l'abbé Morellet, en remplacement de l'abbé Millot.

— Mais c'est un incrédule, cet abbé Morellet.

— Je ne dis pas le contraire, sire.

— Ce ne sera qu'un de plus. Qu'il entre. La réception de Target a-t-elle eu lieu?

— Oui, sire ; il y avait foule. C'était la première fois, depuis Patru, qu'un avocat figurait parmi les quarante. Beaucoup veulent que l'Académie ait dérogé en se recrutant d'un avocat, même illustre.

— Qu'est-ce que c'est que cet astre de Bordeaux qui s'est montré, dit-on, sur l'horizon?

— M. de Sèze?... Il paraît que c'est un talent prodigieux.

— Il est pourtant triste, dit le roi, que je sois condamné à ne jamais entendre que des prédicateurs, et presque toujours les mêmes.

— Voici bientôt le début de M. l'abbé Julien.

— Oui; le 15 août. Poursuivez.

— Encore une décision de l'Académie; mais je ne sais si j'ose proposer au roi de la confirmer.

— Qu'est-ce donc?

— L'Académie supprime le panégyrique de saint Louis, qu'on prononçait chaque année devant elle...

— Bien!...

— ... et le remplace par un sermon de morale...

— C'est-à-dire par un sermon qui soit un sermon le moins possible.

— Je le crains.

— Cela ne sera pas. Écrivez que je refuse...

— Sire...

— ... que ce qui s'est fait se fera... Leur abandonner mon aïeul!... Jamais!...

— Sire...

— Eh bien, quoi?

— Le sujet était bien usé.

— Qu'on le rajeunisse.

— C'était pour le rajeunir qu'on l'a traité, ces dernières années, de tant de manières bizarres...

— Et impies...

— Sans doute. Il vaudrait donc peut-être mieux...

— Combien de fois me l'avez-vous fait, ce raisonnement-là, depuis que vous êtes mon ministre?

— Hélas! sire, il est probable que je le ferai souvent encore, si j'ai l'honneur de continuer à vous servir. Où la résistance est impossible, il vaut mieux céder de bonne grâce.

— Allons... Plus de saint Louis... Vous n'avez plus rien à supprimer, pendant que nous y sommes?... Qu'est-ce que ce papier que vous cachez?...

— L'Académie encore... Mais le roi est trop en colère contre elle...

— Voyons toujours.

— Je voulais proposer au roi d'élever de trente-six sols à un écu les jetons de présence des académiciens...

— Qu'ils aillent se promener!... Un écu!... Pour les remercier, apparemment, de l'autre affaire!...

— Aussi le roi a vu que je renonçais à en parler.

— Bien... Bien... Passons...

— Voici encore une affaire désagréable...

— Il en pleut.

— ... et ridicule, grâce à Boileau.

— Les morts s'en mêlent?

— Vous dites plus vrai que vous ne croyez, sire. Le clergé de la Sainte-Chapelle avait fait le mort depuis Boileau, et le voilà qui ressuscite. Son chef, le trésorier, à qui on a toujours contesté les droits épiscopaux, s'est mis dans la tête d'en user à l'occasion de la naissance du second fils de Votre Majesté.

Il a publié un mandement, ordonné un *Te Deum*...

Le roi avait l'air distrait.

— ... et de là, continua le ministre, un procès avec l'archevêque, procès qui finira Dieu sait quand, et dans lequel on ne manquera pas de mêler Votre Majesté...

— Monsieur de Breteuil, interrompit Louis XVI, il y en a qui ne sont pas riches, parmi ces académiciens ?...

— Plusieurs, sire.

— ... Et à qui l'augmentation du jeton ferait plaisir ?

— Grand plaisir.

— Donnez que je signe.

— Ah ! sire, c'est de l'argent bien placé. Louis XIV...

— Ne prononcez pas ce nom, si vous voulez que je signe. Il me rappellerait trop que c'est faiblesse...

— Le roi veut dire bonté.

— Je serais seul à le dire.

— Toute la France le dit.

— Oui... Mais dans quel sens ? Voyez un peu ce qui se passe à l'occasion du duc de Choiseul et de sa maladie...

— Il est mort, sire.

— Vous ne me le disiez pas ?

— Le duc ayant eu le malheur d'encourir votre disgrâce, je n'osais....

— On l'en a assez consolé dans cette dernière maladie. Tout Paris, tout Versailles allait savoir de ses nouvelles...

— La reine y envoyait, sire.

— Je le sais bien. Elle donnait l'exemple, et toute ma cour suivait.

— Votre Majesté n'aurait eu qu'un mot à dire...

— Oui... pour me faire appeler tyran.

— La reine au moins...

— La reine est en couches ; ce n'était pas le moment de la contrarier. Puis, je l'avais déjà contrariée au sujet de cette terre qu'elle veut acheter de Thierry, mon valet de chambre, pour augmenter Saint-Cloud.

— Ville-d'Avray ?

— Oui.

— Votre Majesté s'y oppose ?

Le roi leva les épaules. Il semblait dire : Vous ne me connaissez donc pas encore ?

— Mais j'ai dit à Thierry, ajouta-t-il, de lui faire payer ce Ville-d'Avray très-cher...

Grosse punition, comme on voit, après les six millions qu'il venait de lui donner.

Cette malice le mit en belle humeur. Le bon mari avait de nouveau chassé le roi.

— Voici venir ses relevailles, dit-il. Il faudra bien lui faire, à cette occasion, un cadeau... Et quoi ? Avez-vous quelque idée à me donner ?

— Sire... Je ne sais trop...

— Vous souriez...

N'oublions pas que le baron de Breteuil était l'homme de la reine.

— Sire, dit-il, Votre Majesté croit peut-être qu'on ne pense plus... à certain objet...

— Au collier!... s'écria le roi. C'est la reine elle-même qui m'a dit vingt fois : « Je n'y pense plus. »

— Sa Majesté ne l'aurait pas dit vingt fois si...

— Achevez.

— ... si c'était bien vrai.

— Vous en a-t-elle parlé?

— Non, sire.

— Jamais?

— Pas dernièrement.

— Qu'en savez-vous, alors?

— Je sais que les joailliers se sont vantés qu'un très-grand personnage leur marchandait le collier. Un personnage à la hauteur d'un objet de ce prix...

— Ce ne peut être qu'elle, je comprends...

— A moins que ce ne soit Votre Majesté qui, en secret, préparerait...

— Point du tout.

— Ah! sire, quelle surprise! Que ce serait galant! Que la reine serait ravie!...

— Non... Non...

— Et comme on vous pardonnerait, vu l'occasion, la grosseur de la dépense! On vous dit que le peuple crie...

— Il ne crie pas?

— Je ne dis pas cela, sire; mais il crierait d'enthousiasme, le jour des relevailles, quand il verrait Sa Majesté entrer à Notre-Dame avec ce royal ornement, quand le collier étincellerait au feu des cierges, quand...

— Avez-vous fini?

— Non, sire. J'ai à ajouter que le peuple est fier, quoi qu'on dise, quand il voit ses maîtres magnifiques. On ne se mettra pas à calculer combien de pain ce collier représente ; on se dira : « C'est notre reine qui l'a, et il n'y a qu'elle qui pût l'avoir... »

— Monsieur de Breteuil, vous vous trompez d'un siècle...

— Sire...

— Monsieur de Breteuil, je vous défends de m'en parler davantage.

Il s'inclina.

— Vous n'avez plus rien?.. reprit le roi.

— Voici un projet d'arrangement entre Votre Majesté et la ville de Paris, au sujet de la démolition des maisons sur le pont Notre-Dame et le pont au Change. La ville s'engage à démolir les maisons ; Votre Majesté la décharge de l'entretien des prisons.

— Bien. Il y a longtemps que cela devrait être fait. Le Palais, où en est-il?

— Le Palais avance, mais il fait prodigieusement causer. Les uns admirent tout ce qu'on vient d'y faire ; les autres trouvent l'escalier gigantesque et sans noblesse, les ailes mesquines en proportion du centre, lequel est raide et lourd, disent-ils, sans être majestueux. La grille est assez admirée, mais on se récrie sur le prix...

— Qui est de?....

— Deux cent mille livres...

— Peste !

— Et la grande affaire, maintenant, est de trouver une inscription. On en a déjà proposé cent...

— Et la meilleure?

— La meilleure ne vaut rien.

— J'ai envie de me mettre à chercher aussi.

— Alors la meilleure est trouvée.

— Courtisan!... Mais continuez.

— Votre Majesté se rappelle qu'il est question depuis longtemps de transporter la duché-pairie de Saint-Cloud, dont l'archevêque est titulaire, sur la seigneurie de Passy. De cette seigneurie dépend le bois de Boulogne, qui se trouvera, de la sorte, sous la directe de l'archevêque, et l'archevêque ne manquera pas d'ordonner la destruction d'une salle de danse qu'on y a établie depuis quelques années.

— Le Ranelagh?

— Oui, sire. Les propriétaires s'adressent à Votre Majesté pour la prier de les protéger.

— Est-ce qu'ils se moquent de moi? Ils veulent que je mette dans les lettres patentes comme quoi l'archevêque, duc de Passy, ne pourra pas fermer, sur ses terres, un mauvais lieu?

— Ce n'est pas un mauvais lieu, sire.

— Pas encore; mais combien cela durera-t-il?... Qu'on ne m'en parle plus.

— Cependant, sire...

— Quoi encore?

— C'est que...

— Eh bien?...

— On s'est déjà adressé à la reine...

— J'en étais sûr!... Et elle a promis sa protection?

— Oui, sire.

— Bien!...

— Ces gens ont l'air d'y compter...

— Ils décompteront.

— Malheureusement...

— Ce n'est pas fini?

— La reine a fait plus que de promettre.

— Et qu'est-ce qu'elle a pu faire?

— Elle a pris une action dans l'entreprise...

Le roi se leva, hors de lui. La reine! Toujours la reine! Dans les petites comme dans les grandes affaires, partout il se trouvait prévenu et enlacé par cette influence fatale. Ce n'étaient ni des crimes, assurément, ni d'énormes fautes; mais le tissu en était si continu, si serré, que le pauvre roi désespérait de s'en dépêtrer jamais. Une reine de France, actionnaire du Ranelagh! Un roi de France mis dans l'alternative, ou de faire un affront à sa femme, ou de protéger le Ranelagh contre l'archevêque de Paris!

Il fit quelques tours par la chambre et revint s'asseoir, mais sans mot dire. Il avait le visage en feu. Ses mains tremblaient.

Il regarda machinalement le ministre, occupé à fermer son portefeuille. Puis, tout à coup, comme s'en apercevant : — Vous aviez encore quelque chose... Je veux... Je veux tout voir...

— Je suis aux ordres du roi, dit M. de Breteuil ; mais je le supplie de ne pas insister...

— Pourquoi?

— Il ne me reste qu'une affaire...

— Eh bien?...

— Désagréable encore... pénible...

— Donnez... Donnez... C'est le jour, ajouta-t-il amèrement. Donnez...

— Eh bien, je vous prends au mot, sire... Je vous *donne* cette lettre, vous demandant de la lire vous-même, car, pour moi, je n'oserais vous la lire...

C'était cette incroyable épître où Beaumarchais demandait réparation de l'outrage fait *à son honneur*, disait-il, par les huit jours de prison à Saint-Lazare. Quoiqu'il eût annoncé depuis un mois l'intention de l'écrire, le public avait refusé de croire qu'il dût pousser l'audace jusque-là ; elle arrivait entre les mains du roi, que les plus hardis doutaient encore qu'elle dût jamais être écrite.

Beaumarchais, en sortant de prison, s'était renfermé chez lui, déclarant qu'il resterait prisonnier jusqu'à ce que le gouvernement eût proclamé son innocence. Peu avaient osé dire que c'était d'une impertinence achevée ; la plupart, les niais de tout étage, avaient trouvé cela beau et romain au plus haut point. On commençait cependant à rire un peu de le voir enfermé bien plus longtemps qu'il n'avait sans doute pensé l'être, et à se demander comment la chose finirait. Il en était probablement assez inquiet lui-même. Comment se remettre en liberté sans avoir

23.

reçu même l'ombre de cette satisfaction qu'il avait déclaré vouloir attendre? De là cette audacieuse démarche, qui pouvait bien le faire envoyer à la Bastille, mais qui le tirait d'embarras. Avoir parlé de ce ton au roi de France, c'était, dût-il le payer cher, une victoire.

Il posait donc, avec un imperturbable sang-froid, ses conditions. Le roi lui donnera une pension sur sa cassette. Le contrôleur général lui écrira, en l'informant officiellement de la chose, une lettre où il lui dira que le roi est peiné de ce qui est arrivé; que Sa Majesté est heureuse de le reconnaître innocent et de lui rendre son estime. Enfin, de peur qu'on ne croie que la pension et la lettre sont pour se débarrasser de lui, le roi acceptera la dédicace d'une pièce qu'il va faire jouer, la suite du *Figaro*, un drame dans le grand genre, qui s'appellera *La Mère Coupable*.

Voilà ce qu'un auteur diffamé, un vil faiseur d'affaires, le Figaro du dix-huitième siècle, si même le Figaro de la pièce n'était pas meilleur que l'auteur, voilà ce qu'un Beaumarchais osait écrire à l'héritier de Louis XIV, et lui écrire — on rougit presque d'avoir à le raconter — avec la chance d'arriver à ses fins.

C'est que le roi, comme nous l'avons vu lorsqu'il s'agissait de la pièce, était entouré de gens que la sottise ou la peur livrait corps et âme à Beaumarchais, gens prêts à jeter n'importe quoi au redouté Cerbère pour qu'il voulût bien les laisser en paix. Cette lettre que le baron de Breteuil avait l'air d'ap-

porter au roi toute fraîche, il y avait huit jours qu'on
en parlait autour de la reine, et la reine, gagnée par
M. de Vaudreuil, avait eu la triste complaisance de
préparer le roi à ne pas trop s'en indigner. Elle lui
peignait Beaumarchais tantôt comme redoutable et
devant être apaisé à tout prix, tantôt comme un trop
petit personnage pour que le roi de France risquât
rien à ne pas l'écraser de son courroux. Puis, elle
avait envie de reprendre, au théâtre de Trianon, ce
Barbier de Séville qui l'avait tant amusée, ce rôle
de Rosine qu'elle jouait si bien, que le roi avait applaudi lui-même... Et le moyen de se donner ce plaisir tant que l'auteur serait sous le coup d'une disgrâce et d'un emprisonnement! — Donc, il fallait
lui faire une pension.

Mais quand le roi eut la lettre sous les yeux, quand
il lut les articles de cet étrange traité de paix dont
la forme respectueuse, avec un pareil fond, ressemblait fort à une raillerie, — il sembla, un moment,
se demander s'il rêvait, s'il lisait les rêves d'un fou
ou l'ultimatum d'un conquérant, s'il était, oui ou
non, le roi de France. « Une pension!... murmurait-
il; une lettre d'excuses!... » On eût dit qu'il se lisait
à lui-même un arrêt prononcé par un tribunal tout-
puissant, et, dans le saisissement où le jetait cette
situation bizarre, il avait peu à peu cessé de lire.
Une page restait encore.

Ses yeux tombèrent enfin sur la troisième des conditions posées, celle de la dédicace à accepter. Il paraît que la reine ne la lui avait pas fait pressentir,

soit qu'elle n'en eût pas connaissance, soit que la chose lui eût semblé moins grave. Mais lui, toute l'indignation qu'il dévorait depuis quelques moments, il la laissa enfin éclater sur cet article... — « Une dédicace!... L'accepter!... Une suite à cette infâme pièce que j'ai eu la faiblesse, la folie de laisser jouer!... Jamais!... Jamais!... Malheur à qui m'en parlera!... Vous m'entendez, monsieur de Breteuil... Tenez-vous-le pour dit!... » — Et il courait, furieux, d'un bout de la chambre à l'autre.

Tout ce bruit, hélas! c'était de la faiblesse encore. S'il s'indignait sur le troisième point, c'était pour moins rougir quand il céderait sur les deux autres. Il se dirait : « Je n'ai cédé que jusqu'où j'ai voulu. » C'est le calcul des faibles, et quelquefois aussi des forts.

Mais les forts savent au moins le cacher. Lui, l'explosion finie, il reprit son air résigné, absolument comme s'il se fût dit : « Assez de révolte; obéissons. »

— Calonne lui écrira... C'est entendu...

— Oui, sire.

— Pas de politesse, au moins!...

— Non, sire.

— Des termes généraux... Que je veux justice pour tous... Pour lui comme pour un autre... Pas plus... Pas moins...

— Oui, sire.

— Après tout, comme je disais, nous ne savions pas même bien pourquoi nous l'avions envoyé à Saint-Lazare.

— C'est vrai.

— Il a bien de l'esprit, cet homme-là...

— Infiniment.

Il allait finir par le louer, toujours pour s'excuser de ne pas l'avoir fait pendre.

— Et de combien la lui donnerons-nous, cette pension?... reprit-il.

— J'en ai préparé le brevet, sire, dit le ministre.

— Saviez-vous si j'accorderais?

Il aurait pu dire : « Oui. »

— Sire, c'était... à tout hasard...

— Voyons.

Il se mit à lire à demi voix.

— ... « *Louis, par la grâce de Dieu*... etc... *considérant que le sieur de Beaumarchais*... » Mais ce n'est qu'un nom de guerre... Je ne peux pas lui donner ce nom-là dans un brevet que je signe...

— Si nous le chicanons, tout est perdu.

— Passons... « ... *voulant donner audit sieur de Beaumarchais un témoignage de notre satisfaction royale, comme aussi*...

On sentait la colère revenir.

— ... « *de notre estime pour ses talents, lui avons accordé et accordons par les présentes, sur les fonds de notre cassette, une pension annuelle de*... »

Il jeta la feuille sur la table.

— « ... de *cent* livres!... » Qu'est-ce que c'est que cette plaisanterie?

— Sire, il a déclaré qu'il n'accepterait pas davantage. Il ne veut pas qu'on puisse l'accuser d'avoir

demandé la pension pour la pension. Ce ne doit être,
dit-il, qu'un témoignage...

Mais à ce dernier affront, le roi s'était décidément
réveillé. Il se leva avec une majesté que son ministre ne lui avait jamais vue, même dans les céré-
monies publiques ; un changement se fit jusque dans
sa voix, ordinairement si criarde, et maintenant
presque belle.

— Un témoignage !... dit-il ; dites plutôt une
amende honorable... Quoi ! en retour de mon humiliation, cet homme ne s'abaissera même pas jusqu'à
recevoir de moi, du roi de France, un bienfait !...
Toute la honte pour moi et tout l'honneur pour lui !...
Monsieur de Breteuil, je veux bien croire que vous
n'avez pas compris la portée de ceci... Ce serait la
dernière fois que vous paraissez en ma présence...
Plus un mot, plus un seul sur cette affaire... Allez,
monsieur... En voilà assez pour aujourd'hui...

XXVII

Cependant la France continuait à saluer d'acclamations bruyantes la naissance du fils du roi. On eût
dit qu'elle voulait s'étourdir sur les progrès que
l'esprit nouveau faisait en elle, et le gouvernement
favorisait de son mieux cette illusion. Les réjouis-
sances publiques étaient montées sur le même pied
que lors de la naissance du Dauphin, l'héritier longtemps attendu de la couronne. On renchérissait même
sur ce qui s'était fait à cette époque, et très-peu refu-
saient de s'y prêter. La plupart des hommes d'opposition étaient encore capables de s'associer sincèrement aux joies domestiques du trône. L'égalité,
d'ailleurs, est écrite dans la naissance aussi bien
que dans la mort; une couronne au-dessus d'un
berceau ne dit guère moins au philosophe qu'une
couronne au-dessus d'un cercueil, et la misère du
roi qui vient de naître vaut le néant du roi qui
meurt.

Le peuple, lui, n'y regardait pas de si près. L'égalité n'était encore ni dans ses idées ni dans ses vœux, et, loin d'être choqué des atteintes éclatantes qu'elle subissait, en ce moment même, par les honneurs rendus à un enfant, il aimait à les raconter, ces honneurs; il voulait les savoir dans leurs plus petits détails. Vous auriez entendu répéter au coin des rues comme quoi madame de Polignac, gouvernante des enfants de France, sur le désir exprimé par la reine de voir le nouveau-né, le lui avait solennellement porté, accompagnée des trois sous-gouvernantes et d'un capitaine des gardes; comme quoi, *rentré dans son appartement*, le petit prince avait reçu de M. de Calonne, grand-trésorier des Ordres du roi, le cordon et la croix du Saint-Esprit.

Mais au milieu de cet intérêt universel, vous auriez remarqué avec douleur que la personne qui semblait y avoir le plus de droit, l'accouchée elle-même, en obtenait la moindre part. Tout au plus se relâchait-on quelque peu de la sévérité avec laquelle on la jugeait d'ordinaire; et même, pour quelques-uns, la naissance d'un nouvel enfant n'était qu'une occasion de renouveler contre elle d'abominables calomnies. Beaucoup, enfin, ne songeaient guère qu'au renouvellement de fêtes qui accompagnerait, disait-on, ses relevailles.

On racontait cependant aussi comme quoi elle avait paru, dans sa grossesse, prendre un peu plus de sérieux et des allures plus dignes d'une reine. Elle avait déclaré à mademoiselle Bertin, sa grande faiseuse en modes, qu'elle aurait, au mois de novembre, trente ans, qu'elle ne voulait plus ni fleurs ni plumes, qu'elle entendait ne plus porter que les vêtements qui convenaient à une personne d'âge mûr. Ordre aux dames, en conséquence, de ne plus paraître à la cour avec ces *redingotes*, ces *pierrots*, ces *polonaises*, ces *chemises*, ces *levites*, ces *circassiennes*, ces robes à la *grecque* ou à la *turque*, ces nouveautés, enfin, toutes plus ou moins débraillées, dont la reine et mademoiselle Bertin avaient imposé la mode. On invita aussi les princesses et les ministres à exiger la même réforme. N'avait-on pas vu récemment, à l'audience de M. de Calonne, madame de Luynes en *pierrot*?

Mais Marie-Antoinette avait fait plus. On assurait que des signes précurseurs d'un accouchement dangereux lui avaient inspiré des sentiments de religion auxquels elle avait paru, jusque-là, très-peu portée. Elle avait parlé de la mort, s'était confessée deux fois, avait rempli divers autres devoirs. Que ne s'étaient-ils réalisés, ces pressentiments sinistres! Elle serait morte entourée d'hommages, accompagnée de regrets, car sa jeunesse et son apparent malheur auraient étouffé les rancunes, et ce deuil aurait peut-être épargné bien des catastrophes à la France.

Donc, grand était le mouvement, à Paris, le 24 mai 1785, jour fixé pour les relevailles solennelles. Mais nous allons laisser les Parisiens avec leur curiosité, leurs arcs de triomphe et leurs can-

cans, et nous retournerons solitairement à Versailles,
auprès du roi, le lendemain matin.

Il est dans ce même cabinet où nous l'avons vu,
il y a sept ans, avec M. Necker, et, il y a quelques
semaines, avec M. de Breteuil. Sur son bureau s'éta-
lent de vastes cartes, des mappemondes, ou, au
moins, de larges portions du globe. Sur une table,
d'autres cartes; sur les fauteuils, d'autres cartes encore. Il va de l'une à l'autre avec une aisance
extraordinaire, quoique gêné par sa vue basse et
par l'obligation de se servir d'un lorgnon. On voit
qu'il les a dans la tête aussi bien et mieux que devant les yeux.

Il a l'air heureux; il l'est. Les soucis de la royauté
ont fui devant le paisible travail du géographe,
comme ont disparu sous les cartes ces nombreux
papiers qui chargeaient et le bureau et la table. Il
ne les retrouvera que trop tôt, ces soucis, ces tristes
papiers. Il y en a, de ces derniers, que nous con-
naissons déjà, projets d'édits, remontrances, etc., etc.
Il y en a d'autres... Mais le roi vient de soulever une
carte, et il nous a semblé voir... erreur, sans doute...
le brevet de cette pension ridicule qui l'avait mis
dans une si grande colère. Mais nous ne nous sommes
pas trompés; c'est bien ce brevet. Que fait-il là? Le
roi ne l'a pas encore déchiré?... Cet imprimé, qu'on
aperçoit à côté, nous le reconnaissons aussi; c'est
un chapitre du *Tableau de Paris*, de notre ami
Mercier. Écrit il y a quatre ans, lors de la naissance
du Dauphin, ce chapitre a été réimprimé sous forme

de brochure à l'occasion de la naissance du duc de
Normandie. La police l'a saisi; le roi a voulu le lire.
L'a-t-il lu?, non; les feuilles ne sont pas encore
coupées.

Mais la carte a de nouveau recouvert et le brevet
et l'imprimé. Le roi a posé sur la carte un gros
cahier qu'il feuillette; nous le voyons, de temps en
temps, ajouter quelques mots. Le voilà maintenant
qui n'écrit plus, et qui paraît méditer. Il a posé son
crayon; il prend une feuille blanche et une plume.
Que va-t-il ajouter au manuscrit? Écoutons, car il
parle en écrivant.

« Si des circonstances impérieuses, qu'il est de la
prudence de prévoir, obligeaient jamais le sieur de
La Pérouse à faire usage de la supériorité de ses
armes sur celles des peuples sauvages, pour se procurer, malgré leur opposition, les objets nécessaires
à la vie, tels que des subsistances, du bois, de l'eau,
il n'userait de la force qu'avec la plus grande modé-
ration, et punirait avec une extrême rigueur ceux
de ses gens qui auraient outrepassé ses ordres. Dans
tous les autres cas, s'il ne peut obtenir l'amitié des
sauvages par les bons traitements, il cherchera à
les contenir par la crainte et les menaces, mais il ne
recourra aux armes qu'à la dernière extrémité, seulement pour sa défense, et dans les occasions où
tout ménagement compromettrait décidément la sûreté des bâtiments et la vie des Français, dont la
conservation lui est confiée. Sa Majesté regarderait
comme un des succès les plus heureux de l'expédi-

tion, qu'elle pût être terminée sans qu'il en eût coûté la vie à un seul homme. »

Elles sont belles, ces paroles; elles le seraient davantage si la bonté y apparaissait plus ferme, et si, avec les excellentes qualités de Louis XVI, nous n'y retrouvions son grand défaut. L'homme qui a écrit ces lignes aurait évidemment été, à la tête d'une escadre, ce qu'il allait être bientôt dans les tempêtes politiques; il aurait perdu ses matelots pour épargner les sauvages, comme il perdit les défenseurs de son trône pour épargner les émeutiers. Qui sait si le malheureux navigateur n'a pas péri pour avoir trop obéi à ces ordres? — Mais taisons-nous. C'est presque un sacrilége que de reprocher à un homme d'avoir été trop humain; et quand le malheureux prince n'eût apporté pour toute défense à ses juges que cette faible et immortelle page, elle aurait dû le faire absoudre.

Il l'avait écrite tout d'un trait, comme on écrit quand le cœur mène la plume. Puis il colla la feuille dans le cahier, sonna, et demanda si le maréchal de Castries était là. On répondit qu'il attendait les ordres de Sa Majesté.

Le maréchal de Castries, ministre de la marine, amenait à Louis XVI « *le sieur de La Pérouse,* » que le roi avait désiré voir avant qu'il s'embarquât.

Nous avons dit ailleurs la prédilection de Louis XVI pour la marine et les marins. Il les suivait comme de l'œil dans leurs plus lointaines courses, et il les étonnait souvent eux-mêmes par le récit de leurs exploits.

L'accueil fut donc des plus gracieux. M. de La Pérouse s'entendit raconter ses longs voyages, ses combats de 1778 et de 1780, ses victoires de 1782 dans
les établissements anglais de la baie d'Hudson ; et
quand il n'eût pas été déjà, comme tous les officiers
de la marine royale, profondément dévoué à son roi,
cet entretien l'aurait assez gagné. Le roi le retint
près de deux heures, lui remit le cahier des instruc-
tions, l'accompagna jusqu'à la porte en lui serrant
la main, lui répéta une dernière fois qu'il attendait
de lui une notable portion de la gloire de son règne,
et le renvoya plus ému qu'il ne l'avait probablement
été dans aucune de ses batailles.

XXVIII

— Voilà un homme heureux !... s'écria-t-il en revenant s'asseoir.

— Sire, dit le ministre, — le roi lui avait fait signe de rester, — j'en sais un plus heureux...

— Oui... oui... Il y a du plaisir à être roi quand on a occasion de louer de braves gens, et de les renvoyer comblés... Mais il s'en va, et je reste... Le tour du monde, monsieur le maréchal !... Le tour du monde !... Quel rêve !... Comme cela fait prendre en pitié nos petits tripotages !...

— Oh ! sire...

— Nos grands tripotages, si vous voulez. A-t-on des nouvelles de Hollande ?...

— Toujours les mêmes. Les états généraux s'obstinent à ne payer que cinq millions de florins.

— Et l'empereur en veut neuf ?

— Neuf et demi. Votre Majesté se rappelle qu'il en voulait d'abord cinquante.

— C'était absurde... Mais cinq !... Ces Hollandais...

— Ces Hollandais, sire, sont des gens qui en valent bien d'autres... « Nous devons cinq millions de florins ; nous payerons cinq millions de florins. Si l'empereur n'est pas content, qu'il vienne. »

— Et si l'empereur était venu ?

— Ils disent qu'on a vu en 1672 ce qu'ils savent faire en pareil cas.

Joseph II avait voulu profiter des embarras de la Hollande, en guerre avec l'Angleterre, pour ressusciter des prétentions éteintes par les traités ; émule du roi de Prusse, il aurait craint, ce semble, de lui rester inférieur, s'il ne l'eût aussi imité dans sa mauvaise foi.

Ses premières réclamations avaient cependant été assez bénignes ; mais, à la paix de 1783, jugeant que la France répugnerait à entrer dans une nouvelle guerre pour protéger la Hollande, son alliée, il était revenu à la charge avec des prétentions de plus en plus déraisonnables. Il réclamait, en violation des traités de 1715 et de 1718, les limites de 1664 ; il demandait encore, contre le texte formel du traité de 1731, la possession du cours de l'Escaut depuis Anvers jusqu'à Saftingen. Plusieurs forts, en outre, seraient démolis, et cinquante millions de florins compenseraient ce qu'il voulait bien, disait-il, ne pas réclamer. Pour un prince philosophe, ce n'était pas trop mal.

Les Hollandais répondirent de manière à l'inti-

mider lui-même, et ses prétentions baissèrent avec
une promptitude aussi ridicule que l'exagération en
avait été absurde. Il ne demanda plus que Maëstricht
et la navigation libre de l'Escaut. Mais la Hollande
ne céda pas davantage, et, un bâtiment de l'empereur ayant voulu entrer dans le fleuve, on le canonna
et on le prit.

L'empereur se prépara à la guerre; les Hollandais
s'adressèrent à la France.

Décomposée à l'intérieur, la France était plus
puissante en Europe qu'elle ne l'avait encore été
depuis Louis XIV. A qui en attribuer l'honneur? A
Louis XVI? A ses ministres? Aux circonstances? La
question serait intéressante, mais nous devons nous
borner à constater le fait. Louis XVI, le plus pacifique des hommes, avait en ce moment, à l'extérieur,
l'autorité de son redoutable aïeul.

Il assembla deux corps d'armée, l'un en Flandre,
l'autre sur le Rhin, puis il offrit sa médiation à son
beau-frère. L'empereur accepta.

On lui ferait donc des excuses pour avoir insulté
son pavillon, et tout le reste serait mis en oubli
moyennant une indemnité de neuf millions et demi.
C'était là, du moins, ce que proposait Louis XVI.
Les Hollandais consentaient aux excuses, et offraient,
on l'a vu, cinq millions, mais pas un denier de plus.

— Et comment faire?... reprit le roi. On ne peut
pas les laisser se battre pour cela.

— Il n'y a qu'à compléter la somme...

— Vous parlez sérieusement?

— Sérieusement, sire. J'ai un plan.

Ce plan, que le maréchal de Castries se mit à développer, était habile. La France compléterait, en effet, la somme exigée par l'empereur; la Hollande, sans devenir proprement sa débitrice, s'acquitterait en lui accordant, comme par reconnaissance, certains avantages commerciaux. L'honneur hollandais serait sauf, et un service aussi délicatement rendu resserrerait l'union des deux États.

Le maréchal n'oubliait qu'une chose, et cette chose allait avoir des effets désastreux. L'empereur était le frère de Marie-Antoinette; Marie-Antoinette était déjà, pour beaucoup de gens, l'*Autrichienne*, l'ennemie de la France. Quand le trésor expédia en Autriche ces millions dont la crédulité publique ne manqua pas de grossir énormément le nombre, on ignora ou on voulut ignorer les avantages que la Hollande accordait en compensation. C'étaient les sueurs de la France qui s'en allaient frauduleusement enrichir le frère de la reine. Les explications les plus nettes n'effacèrent jamais cette impression.

L'idée plut donc à Louis XVI; il trouvait avec assez de raison que ce n'était pas payer trop cher, dussent les millions être perdus, ce rôle de médiateur et d'arbitre. Habituer l'Europe à le voir remplir par le roi de France, c'était une conquête comme une autre; l'avenir pouvait payer largement une avance ainsi faite. — Il faudra seulement les trouver, ces millions, ajouta Louis XVI. Heureusement que j'ai M. de Calonne...

Mais l'interrogation perçait un peu dans cette dernière phrase, car le roi commençait à n'avoir plus autant de confiance en son contrôleur général, et il savait que le maréchal ne l'aimait guère. Entré au ministère sous les auspices de M. Necker, M. de Castries lui était resté fidèle.

— Qu'en dites-vous?... reprit le roi, car M. de Castries n'avait pas répondu.

— Sire, j'ai entendu l'autre jour Votre Majesté dire aux députés du parlement : « Je veux qu'on sache que je suis content de mon contrôleur général. »

— Parlez toujours.

— Eh bien, sire, si Votre Majesté est toujours contente de lui, je crois qu'elle sera bientôt seule à l'être. Malgré son assurance; malgré la plume de M. de Mirabeau, qu'il paye, malgré...

— M. de Mirabeau est à sa solde?... C'est Calonne qui nous a fait supprimer, par arrêt du conseil, un des pamphlets de ce Mirabeau.

— Pour qu'on le lût davantage.

— Mirabeau vendu à un ministre!

— Il se vendrait au diable. Deux autres individus, payés aussi, lui fournissent les documents financiers, car il n'y entend, lui, rien du tout. L'un s'appelle Clavière, l'autre, Panchaud...

— Celui qui a donné l'idée de la caisse d'amortissement?

— Oui, sire.

— Une belle idée, pourtant...

—Aussi a-t-elle avorté, vu qu'il fallait de la suite,
et que la suite n'est pas le côté fort de M. de Calonne.
En vingt-cinq ans, disait le préambule de l'édit, il
serait remboursé douze cent soixante millions de la
dette publique; et après ces ridicules promesses,
qu'on osait mettre dans la bouche de Votre Majesté,
voilà l'affaire abandonnée. Tous vos édits de finance,
sire, sont à peu près sur ce ton. A chaque nouvel
emprunt, des promesses; le roi, dans ces belles
phrases du contrôleur général, a l'air de vouloir
persuader à la France qu'elle s'enrichit en emprun-
tant. Cent millions en 1783; cent vingt-cinq l'an
passé; quatre-vingts déjà cette année, et plus de
cent, en diverses fois, en dehors de la teneur des
édits enregistrés au parlement...

Le roi savait tout cela de reste; mais il était arrivé
à s'étourdir et sur cet état de choses, et sur les
plaintes des hommes de bonne foi, et sur le parti
qu'on en tirait pour exciter le peuple.

Pour bien comprendre ce que cet état avait de
grave, il faut se rappeler que toutes ces sommes,
déjà si fortes, représenteraient aujourd'hui des
sommes à peu près doubles, et que la population
de la France était moindre d'un tiers; que le crédit,
d'ailleurs, organisé très-imparfaitement, n'offrait ni
aux prêteurs des garanties bien claires, ni au gouvernement un point d'appui qu'on pût ne pas étayer
sans cesse. De là ces préambules qui donnaient aux
édits d'un roi de France le ton d'un prospectus, et,
comme on dirait aujourd'hui, d'une réclame; de là

ces combinaisons de tout genre, souvent bizarres,
pour attirer l'argent par l'appât de chances favorables ; de là ces efforts inouïs pour le détourner d'autres
entreprises, au risque de tarir des sources de pros-
périté. Mirabeau était chargé d'écrire contre la caisse
d'escompte, contre la compagnie dite *des eaux de
Paris*, contre la banque de Saint-Charles, récemment fondée en Espagne et qui avait des actionnaires
en France, contre tout ce qui n'était pas l'État et
l'emprunt de l'État. Ainsi, du roi à Mirabeau, du
ministre au dernier commis des finances, tout men-
diait pour l'insatiable trésor. Comment donc s'étonner
que la confiance fût petite, l'alarme évidemment
grande, et la partie belle aux mécontents?

D'autre part, le nombre et la diversité des em-
prunts, les facilités accordées par le contrôleur général, la nécessité de fermer les yeux sur beaucoup
de désordres si on ne voulait compromettre le succès
des opérations, tout cela donnait à l'agiotage une
impulsion jusque-là inconnue, au moins depuis les
fureurs du temps de Law. Notre temps en a vu bien
d'autres, mais l'habitude en a affaibli l'effet; en
1785, au milieu de tant d'éléments d'agitation également nouveaux, cette fièvre d'argent ne contri-
buait pas peu à exciter la fièvre des idées, à précipiter la ruine de tout ce qui avait fait son temps.
Quand on sut, par exemple, qu'il s'était vendu à la
Bourse trois ou quatre fois plus de dividendes de la
caisse d'escompte qu'il n'en existait réellement, ce
fut, chez tout ce qui n'était pas agioteur, une stupé-

faction immense ; et quand le bourgeois entendait dire qu'on aurait pu en vendre dix fois plus, puisque ces rentes n'étaient que des espèces de paris sur le taux des dividendes à telle ou telle époque, l'explication lui paraissait plus étrange encore que le fait. Un arrêt du conseil déclara nul tout marché de ce genre, quand les effets négociés ne seraient pas déposés avant trois mois ; mais ce ne fut qu'un arrêt pour la forme, une vaine protestation contre un désordre désormais impossible à extirper. D'ailleurs, ce que M. de Calonne faisait condamner par le roi, il le favorisait indirectement de cent manières. On négociait à la Bourse jusqu'à des espèces de bons portant promesse de places dans les bureaux du contrôleur général.

XXIX

Mais tandis que le maréchal de Castries exposait au roi cet état de choses, plus grave encore qu'il ne pouvait le penser quoiqu'il y vît plus clair que bien d'autres, une porte s'ouvrit avec une violence à laquelle on s'attendait peu dans le cabinet du roi, puis se referma vivement. Le ministre comprit que ce ne pouvait être que la reine; et le roi, en effet, le congédia aussitôt, heureux sans doute de congédier avec lui toutes ces tristes vérités qu'il aimait mieux ne pas voir trop clairement.

La même porte se rouvrit; la reine entra. Elle avait le teint animé, les yeux rouges. Elle se jeta en pleurant dans un fauteuil.

Le roi s'assit dans un autre. Il avait l'air plus embarrassé que surpris, plus disposé à faire des reproches qu'à offrir des consolations, et il ne se taisait, évidemment, qu'en considération des larmes qu'il voyait couler.

— Mais que leur ai-je donc fait!... murmurait-elle. Pas une acclamation sur mon passage! Pas un regard qui ne fût indifférent ou méprisant!... Et le jour de mes relevailles! Le jour où une femme, jusque dans les derniers rangs du peuple, est plus respectée et plus aimée... Vous ne dites rien, sire?...

— Que voulez-vous que je dise? J'ai fait ce que j'ai pu. Vous êtes entrée à Paris avec toute la pompe qui aurait été déployée pour moi-même. Mes gardes bordaient la haie depuis la porte de la Conférence, où vous avez pris vos carrosses, jusqu'à Notre-Dame. On a tiré le canon à la Bastille, à la Grève et aux Invalides. Je ne pouvais pas faire un édit pour ordonner de crier : *Vive la reine!...*

— Comme vous en prenez votre parti!

— Il le faut bien, puisque vous paraissez décidée à faire en sorte que les choses n'aillent jamais autrement.

— Moi?... Et qu'ai-je donc fait?...

— D'abord, je vous l'ai dit vingt fois, vous allez trop à Paris. Une reine qu'on est habituée à voir arriver sans façon deux ou trois fois par semaine, il est bien difficile qu'on se mette, un beau matin, à l'accueillir en reine tout de bon et à crier sur son passage. Cela a l'air d'un changement d'habit, d'une comédie... Voilà tout...

— Vous êtes aimable, sire...

— Je suis franc. N'y eût-il que cette raison...

— Ah! il y en a d'autres?

— Je sais ce que vous avez fait hier.

— Eh bien?

— Eh bien, quand le peuple aurait crié : *Vive la reine!* le matin, il ne l'aurait pas crié le soir.

— Pourquoi?

— Je sais tout, vous dis-je. Il avait été convenu qu'en sortant de Notre-Dame vous iriez à Sainte-Geneviève, attendu qu'on est en train d'invoquer la patronne de Paris, comme l'an passé, pour la sécheresse...

— Mais j'y suis allée, dit la reine.

— Oui... Et vous y êtes restée cinq minutes... Et vous y avez mis si peu de cérémonie, que vous avez dit tout haut à vos dames, devant la porte de l'église, de rester en carrosse et que vous alliez revenir... Est-ce vrai?...

— C'est là mon crime?... Je ne vous savais pas si dévot.

— Dévot ou non, il est sûr que je ne choisirais pas, pour traiter lestement sainte Geneviève, le moment où les Parisiens l'invoquent et attendent d'elle un grand bien. Savez-vous ce qu'on a dit? Pendant que vous étiez à Notre-Dame, le temps sembla disposé à se couvrir; quand vous êtes sortie de Sainte-Geneviève, le beau était revenu. On a dit que c'était à cause de votre irrévérence...

— Les imbéciles!...

— Tant qu'il vous plaira, mais cela est. Et on va le dire toujours plus...

— Parce que?...

— Où êtes-vous allée hier au soir?

— A l'Opéra.

— Et vous avez pu ne pas sentir ce qu'il y avait d'inconvenant à terminer ainsi cette journée! Le matin, Notre-Dame et les relevailles solennelles; le soir, l'Opéra et *Panurge!* Dites encore, si vous voulez, que ce sont les imbéciles qui ont relevé la chose; mais je vous avertis que les imbéciles, sur ce point, ce sont tous les gens sérieux, y compris moi.

La pauvre reine avait en effet commis, sans penser à mal, toutes ces fautes. Elle avait choqué, le matin, tout le bas peuple, et, le soir, tous les gens qui tenaient encore aux convenances, car il n'était pas besoin d'être dévot, ni même bien sérieux, pour comprendre qu'une semblable journée n'aurait pas dû finir à l'Opéra.

Ces fautes n'avaient pas été les seules.

La reine s'était rendue au palais des Tuileries, où elle devait dîner; et tandis qu'une foule de magistrats, d'officiers, l'attendaient au bas du grand escalier, elle monta, pour avoir plus vite fait, par un autre. On y courut; mais elle ne se montra que pour congédier tout le monde, y compris ses deux belles-sœurs qui ne l'avaient pas quittée, et qui allèrent dîner où elles purent. Enfin, tandis qu'elle violait l'étiquette dans ses lois les plus raisonnables, elle s'était laissé persuader de l'observer sur un point où la violation eût été des plus heureuses. Des acclamations unanimes auraient salué le Dauphin, alors âgé de quatre ans. Elle voulait l'amener; mais on lui dit que ce n'était pas l'usage, et elle y renonça. Il est vrai que cette

25.

dernière faute avait été celle du roi aussi bien que la sienne.

Il lui reprocha donc assez vivement toutes les autres. Elles étaient évidentes, et la reine ne pouvait rien objecter; mais les sentir dans toute leur gravité, se promettre de n'y retomber jamais, c'était malheureusement au-dessus de ses lumières et de ses forces. Le roi lui-même était loin d'apprécier toujours ces mêmes choses avec la même sagacité. Il pouvait se fâcher quelques moments; puis, son feu jeté, les imprudences publiques de la reine n'étaient plus à ses yeux que de petites contrariétés de ménage.

Il était pourtant, ce jour-là, plus en train de gronder qu'à l'ordinaire, et il finit par lâcher quelques mots sur le collier, persuadé, comme M. de Breteuil, que c'était elle qui l'avait fait marchander. Mais elle se récria avec une vivacité qui ne permettait aucun doute sur sa bonne foi, et le roi fut obligé de lui dire d'où venait l'information. Le ministre avait mal conjecturé. Mais un fait subsistait : le collier avait été marchandé. Par qui? La reine voulait qu'on le demandât au joaillier; mais le roi craignit qu'elle n'eût l'air de tremper dans quelque intrigue, et il lui enjoignit expressément de ne rien dire. Que de scandales auraient été évités si elle lui eût, cette fois, désobéi! Il fallait que tout fût contre elle, et que la prudence et l'imprudence concourussent également à la perdre.

Mais l'injustice d'un des reproches lui rendit bientôt toute l'assurance que les autres lui avaient ôtée ; le roi se montrait déjà prêt à racheter, n'importe par quelle complaisance, sa sévérité d'un moment.

Elle parla donc d'une fête qu'elle comptait lui donner le lendemain au château de Saint-Cloud, et il s'empressa d'accepter. Elle revint sur son projet d'acquérir Ville-d'Avray, et il ne fit plus aucune objection. Elle nomma une terre voisine, d'où l'on tirerait, dit-elle, de belles eaux pour Saint-Cloud, et le roi parut trouver tout simple qu'on se procurât ces belles eaux. Elle avoua qu'elle avait pris des actions du Ranelagh, et le roi promit de faire en sorte que l'archevêque ne devînt pas le seigneur de ce coin-là, ou consentît, du moins, à y laisser danser ses ouailles. On lui donnerait, au besoin, un droit sur les recettes. Le prince-évêque de Liége tolérait bien, à ce prix, et les danses, et les spectacles, et le jeu infernal qui se tenait aux eaux de Spa, récemment mises à la mode.

Mais elle eut le malheur de toucher à une autre corde, et cela gâta tout. Elle brûlait de se remettre à jouer la comédie, ce qu'elle n'avait pu faire, à cause de sa grossesse, depuis bientôt un an, et elle avait choisi pour sa *rentrée*, comme nous l'avons vu, le rôle de Rosine. Il fallait absolument que Beaumarchais cessât de paraître en disgrâce.

Elle osa donc, quoique avec un peu d'inquiétude, car M. de Breteuil lui avait raconté la scène, revenir sur l'affaire de la pension. Mais elle eut beau s'y prendre doucement ; le roi l'arrêta aux premiers mots.

— Deux mille livres, dit-il, ou rien.

— Mais, sire...

— Deux mille, ou rien. Accepte-t-il, oui ou non, les deux mille?

— Il a dit qu'il irait jusqu'à deux cents...

— Eh bien, madame, j'ai défendu à Breteuil de me reparler de cette affaire ; je vous le défends maintenant, à vous... Oui, à vous, à la reine... Et puisque la reine fait si bon marché de mon honneur, qu'elle ne s'étonne pas si je la ramène, elle aussi, au respect qui m'est dû... Adieu, madame...

XXX

Un moment après, il était sur la terrasse du château, dans le jardin du Dauphin.

Ce jardin n'était autre chose qu'une portion de la
terrasse elle-même, devant l'appartement du jeune
prince. Le roi l'avait récemment fait établir. Il voulait donner à son fils le goût des occupations cham-
pêtres, et en même temps fortifier, si c'était encore
possible, le chétif tempérament de l'enfant. Lui-
même, depuis qu'il avait consenti, sur les instances
de la reine, à s'occuper moins de serrurerie, il re-
cherchait les occasions d'exercer et de fatiguer un
peu la force surabondante de ses muscles. On le
voyait tous les matins donner au jeune prince une
leçon d'horticulture, et souvent la leçon se renouve-
lait dans la journée. Déjà même plus d'un poëte avait
chanté la chose, et les économistes n'avaient pas
manqué de rappeler l'empereur de la Chine et sa
charrue.

Il trouva le Dauphin se promenant, sous la conduite de madame de Polignac. L'enfant courut à lui et il l'enleva dans ses bras, non sans remarquer, comme toujours, combien il pesait peu. Il lui demanda où était sa sœur. — En pénitence, — dit-il. La future duchesse d'Angoulême ressemblait fort, en ce temps-là, à son aïeul le duc de Bourgogne, et elle n'avait pas un Fénelon pour la dompter. Ajoutons, cependant, que sa mère s'occupait d'elle avec plus de suite et de fermeté qu'on ne l'eût attendu. Le malheur allait bientôt se charger de compléter l'éducation.

Le Dauphin paraissait plus faible encore qu'à l'ordinaire. Il alla prendre avec joie ses petits outils de jardinier ; mais à peine eut-il commencé de s'en servir, qu'on put voir qu'il ne le faisait que par obéissance. Le roi lui dit de cesser, et il alla s'asseoir tout haletant. Son père le contempla un moment, l'embrassa, et s'en alla.

La naissance d'un autre fils lui permettait d'envisager avec moins d'amertume, comme roi, la mort probable de l'aîné ; mais le père était douloureusement ému aux caresses de cet enfant, plus aimant à mesure qu'il devenait plus faible et qu'il semblait prévoir son sort. Aussi retourna-t-il précipitamment dans son cabinet. La reine n'y était plus. Il fut heureux de se retrouver seul.

Assis devant son bureau, les yeux machinalement fixés sur une des mappemondes, il repassait tristement dans sa mémoire et les incidents de la journée et cette visite au jardin. Tout s'était assombri, même le souvenir de cette conversation avec M. de La Pérouse, si pleine d'intérêt pour lui.

Il se mit, machinalement encore, à replier ses cartes, et ses yeux tombèrent alors sur le fatal brevet.

Ce fut pourtant sans colère qu'il le prit. Il n'avait déjà plus la force de s'indigner, et il le lisait, à demi-voix, comme chose insignifiante.

— ... « Lui avons accordé et accordons par les présentes, sur les fonds de notre cassette, une pension annuelle de cent livres... » Cent livres... C'est écrit...

Il souriait amèrement.

— ... Mais monsieur consentirait, reprit-il, à nous faire la grâce d'en accepter deux cents... Oui... Amende honorable par devant le sieur de Beaumarchais... Il ne manque plus que le cierge de cire jaune, *du poids de quatre livres*, comme disent mes parlements dans le jargon des arrêts... C'est mon sceptre qui est le cierge... Ah! ce n'est pas quatre livres qu'il pèse... Comment dit-il donc cela, Ducis?... C'est dans *Hamlet*, je crois...

... qu'un sceptre est pesant quand on entre au tombeau !...

mais je l'aurai dit, moi, avant d'y entrer. Quand je nommai d'Ormesson ministre, il se voulut excuser sur sa jeunesse. « Je suis plus jeune que vous, lui dis-je, et ma place est plus difficile que la vôtre; il faut pourtant bien que j'y reste. » Oui... Il le faut... Il faut aller... aller... Il faut que je roule ma pierre...

Il faut que je la garde pour ce pauvre enfant qui est là-bas, ou pour son frère qui vient de naître... Voyons... Qu'est-ce qu'il disait, ce Mercier, avec sa *Naissance d'un prince?*... Des leçons, sans doute... Si nous ne sommes pas parfaits, ce n'est pas faute d'en recevoir...

Il prit la petite brochure, lisant le texte à demi-voix, l'entremêlant de ses réflexions tout haut.

« Il était six heures du matin. Aléthophile, logé sur le port au bled, avait veillé jusqu'à quatre heures. Une décharge d'artillerie le réveille en sursaut. Elle tonne sur la Grève, et la Bastille lui répond. Son grabat tremble, la maison tremble, et son Tacite tombe de sa table éclopée... » — Tacite?... Bien. Me voilà déjà Néron. Cela promet... — « Il se lève à ce bruit. Des voix confuses percent à travers les ais mal joints de son étroit domicile... » — Il ne se ferait pas si pauvre s'il l'était tout de bon. — « Il ouvre sa porte; il entend des femmes sur le palier. *Un prince est né! Nous aurons des feux d'artifice! Du vin dans les fontaines! Des cervelas! Des petits pains! Ce soir, à la Grève, on dansera!* La bombance grossière, les violons aigres, les illuminations et les fusées, voilà à quoi elles pensaient avant tout... » — Il a raison. Qui est-ce qui nous aime maintenant pour nous-mêmes?... — « Tout à coup, entre une nouvelle commère. *Je l'ai vu! Je l'ai vu! — Qui? — Le petit prince. — Tu l'as vu? — Oui. Eh bien? — Il pleure... —* Il pleure!... répéta tout bas le philosophe; il pleure!... Et alors, rentrant dans sa chambre, prenant une plume, il écrivit sur sa table vermoulue, et son Tacite à ses pieds, qu'il ne releva pas... » — Pourquoi? C'est quelque finesse philosophique, que je ne comprends pas... — « Il pleure, l'enfant royal!... Oui; pleure! Un jour tu seras roi. Pleure! Tu hériteras d'une grande puissance et d'un plus grand fardeau... » — A la bonne heure... — « Pleure! le monde aura les yeux sur toi et sur tes actions; on te demandera le possible et l'impossible; chacun de tes sujets voudra tout obtenir de toi, comme si tu étais un dieu. Tu auras des trésors... » — Nous y voici... — « Des trésors pour tes armées, pour tes flottes, pour tes fortifications. Ils sont nécessaires, ceux-là, et légitimes. Mais tu auras des trésors superflus pour ta maison... Pleure! car sais-tu bien d'où ils viennent, ces trésors? Une veuve apporte son denier, un ouvrier son salaire. Dans les campagnes, le pauvre cultivateur aura vendu son lit pour éloigner le collecteur sévère qui ne fait point de grâce, et qui n'ose point en faire. L'hiver viendra, et il n'aura point de lit. Tout cela fera partie de tes millions... Pleure!... Mais il y aura des gens qui t'enseigneront à l'oublier. Les flatteurs entourent déjà ton berceau; ils ne te quitteront pas avant la tombe. Quand tu feras ce que le fils de ton esclave fait dix fois par jour aussi bien que toi, ils diront que tu as fait une action extraordinaire. Si tu prodigues le sang de tes sujets comme les eaux des fleuves, ils diront que tu fais bien. Si tu aggraves les

impôts, si tu affermes l'air, ils diront que tu fais bien.
Si tu te venges, toi, si puissant, ils diront encore que
tu fais bien. Pleure! Celui qui aura le plus de peine
à découvrir la vérité, c'est toi. Personne ne te la
dira; c'est à toi de la chercher. Il te faudra des efforts surnaturels pour être grand... » — Eh! mon
Dieu, s'écria le roi, être grand!... Je n'y songe pas...
et je devrais presque dire : Au contraire!... Toutes
les fois qu'on s'est mis à m'appeler grand roi, à partir
du rappel des parlements, c'était que j'avais abandonné un peu de ma puissance. Je finirai par être
comme cet autre *grand roi* qui eut pour emblème
un fossé, et pour devise : *Plus on m'ôte, plus je suis
grand...*

Il mit, en somme, au moins une heure à lire ces
quelques pages. Ses réflexions étaient tantôt rési-
gnées, tantôt empreintes d'une colère profonde, et
ceci aux endroits surtout où il était obligé de reconnaître que le déclamateur avait raison.

Nous avons déjà peint sous bien des faces l'étrange
position où se trouvait Louis XVI, et non-seulement
lui, mais ceux qui avaient, comme lui, tout à perdre
dans les changements à venir. Cette chanson que
nous avons rapportée dans notre premier volume,
c'était toujours l'expression la plus vraie de cette
situation, et on aurait pu, chaque année, l'augmenter d'un couplet. Le roi et les privilégiés étaient
comme des gens à qui on viendrait prouver, et
par de bonnes raisons, que tout ce qu'ils ont pos-

sédé jusqu'à ce jour, argent, terres, vêtements,
nourriture même, est usurpé. Ils veulent, ces
gens-là, se montrer gens à principes ; ils abandonnent une fois ceci, une fois cela. Quelque chose leur
dit pourtant qu'il ne faut pas tout abandonner. Mais
comment faire un choix? Et quand d'impitoyables
raisons, qu'on a admises, ont ébranlé tout également,
comment dire : « Ceci sera emporté, ceci restera? »
Ce choix était la grande épine du règne de Louis XVI,
et il n'avait ni assez de lumières pour le bien faire,
ni surtout assez de fermeté pour le maintenir après
l'avoir fait.

De là cette colère contre ceux qui venaient augmenter ses perplexités en lui traçant, à leur manière,
sa route ; de là son angoisse en présence de ces pages
déclamatoires dont il avait commencé la lecture avec
dédain, et dans lesquelles il reconnaissait, malgré
lui, l'irrésistible voix du siècle. Aux sombres calculs
de Mercier sur les sources de l'opulence royale, il
voyait se dresser, comme des fantômes, ces millions
qu'il avait prodigués aux caprices de sa femme, à
l'avarice d'un de ses frères, aux folles passions de
l'autre, à l'oisiveté de ceux-ci, aux inutiles services
de ceux-là, à cette mendicité colossale qui tendait
vers le trône ses mains éternellement remplies, éternellement vides. Que de sueurs, que de soupirs, que
de larmes pour faire un seul de ces millions! « On
te dira, avait ajouté Mercier, que ces images sont
fausses et outrées, et ce sera le premier mensonge
par lequel on essayera de te conduire à l'erreur. »

Fausses, non; outrées, elles l'étaient, comme tout
ce qui s'écrivait sur ces matières, car il était bien
clair que quelques millions de moins ne change-
raient pas grand'chose au sort du peuple; mais le
roi n'écoutait, en ce moment, que son cœur, et son
cœur lui disait : « C'est vrai. »

Aussi ne fit-il que feuilleter la seconde partie, celle
où Mercier divague si bruyamment sur le rôle de
l'histoire dans l'éducation des princes. Il leva une
ou deux fois les épaules; il aurait pu les lever trente
fois, car cette fin est toute d'une ridicule outrecui-
dance. Les deux auteurs qui devront enseigner la
politique au jeune prince, c'est Rousseau et Raynal;
les deux grands modèles que Mercier désigne à son
admiration, c'est cette éternelle Catherine et cet éternel Frédéric. Le dix-huitième siècle n'a pas écrit
une bonne maxime qu'il ne l'ait gâtée aussitôt par
quelque erreur ou quelque niaiserie.

Mais le roi ne s'arrêta pas aux sottises de la fin; il
resta sous sa première impression, impression de
chagrin, de frayeur, de remords aussi, ou au moins
d'incertitude profonde sur la question de savoir s'il
devait ou non avoir des remords. Une chose, pourtant, le rassurait : c'était le plaisir même de se sentir accessible, sur le trône, à des impressions de ce
genre. Mais au milieu de ce tourbillon d'idées, vraies,
fausses, demi-fausses, demi-vraies, il sentait sa tête
bourdonner, son cœur battre... Et une question
murmurait, moitié claire, moitié confuse, dans son
esprit alarmé : « Étais-je fait pour être roi? »

La journée était chaude, l'air pesant. C'était l'heure où souvent il lui arrivait de s'assoupir, car le sommeil était pour lui aussi impérieux que la faim. La calomnie n'avait-elle pas prétendu, quand on le voyait dans cet état de somnolence, que le vin en était la cause? Un jour qu'il descendait, tout chancelant, de son carrosse, un homme dit tout haut qu'il était ivre. Il fit aussitôt venir cet homme, lui parla de manière à le bien convaincre du contraire, et lui donna de quoi boire à sa santé. C'était fort bien; mais tout cela faisait mal les affaires de la majesté royale.

Ce jour-là donc, comme à l'ordinaire, il s'assoupit; mais son sommeil, ordinairement sans rêves, garda l'empreinte des émotions diverses par lesquelles il avait si rapidement passé. Le réel et l'imaginaire, le raisonnable et l'absurde, tournoyaient pêle-mêle dans sa tête.

Il se voyait dans un chemin large et droit, bordé de superbes édifices, de beaux arbres, et aboutissant à un palais. Rien, semblait-il, ne devait gêner sa marche, et c'étaient cependant, à chaque pas, nouveaux obstacles. Ses pieds glissaient sur le sol, ou le sol sous ses pieds; des ruisseaux, coulant à droite et à gauche, ne lui laissaient de tout le chemin qu'un petit sentier boueux. D'invisibles fils heurtaient son visage, ses mains, s'entortillaient dans ses vêtements, se cassaient pour se retrouver entiers, se renouaient pour se casser encore. Tantôt, fortement arrêté, il s'élançait avec une vigueur telle qu'il lui semblait

26.

avoir enfin avancé de quelques pas ; tantôt, sans qu'aucun obstacle fût visible, il restait invinciblement cloué, ou, s'il remuait, il reculait.

Et à ces impressions que tout le monde peut avoir éprouvées, se mêlaient, s'enchevêtraient celles de son métier de roi. Éveillé, il aurait vu simplement, dans ce beau chemin si plein d'obstacles, la figure de son éclatante et rude charge ; assoupi, c'était la réalité en même temps que la figure, la royauté en même temps qu'un chemin, les embarras politiques et autres en même temps que ceux d'une simple course à faire. Qui ne les a aussi connus ces rêves étourdissants, fantastiques, où les choses sont doubles, où vous êtes double vous-même, assistant à vos propres actions, voyant, sans miroir, votre figure, assis et debout, vivant et mort, peut-être assistant à vos obsèques et pleurant sur votre tombe ! Ainsi sentait, ainsi voyait Louis XVI. Il était à la fois et sur cette route et à Versailles, les pieds cloués sur le sol et l'esprit cloué à quelque affaire, irrité de ne pas marcher, irrité de ne pas régner. Puis surgissaient, encore plus irritantes, ses émotions de grand chasseur. Un cheval l'emportait à travers une forêt sombre, inextricable. Il allait, il volait, et pourtant il n'avançait pas, et c'étaient éternellement les mêmes buissons à traverser, les mêmes fossés à franchir ; et, dans cette forêt comme sur la large route, les deux hommes, les deux esprits, les deux préoccupations se mêlaient dans ce même étrange tourbillon.

Une affaire, pourtant, se dessinait plus nettement que les autres, celle de la pension de Beaumarchais. Le rêve ne l'avait presque pas dénaturée ; il ne faisait que l'encadrer de toutes ces angoisses fantastiques qui fatiguaient et irritaient l'âme du roi. Ce papier qu'il venait de lire, une main le lui mettait sous les yeux, et lui-même il se sentait à la main une plume pour le signer. L'être mystérieux qui lui imposait l'obéissance, c'était comme un composé de plusieurs êtres, confus, distincts, suppliants, menaçants ; c'était M. de Breteuil, c'était la reine, c'était Beaumarchais lui-même, impudent et vainqueur ; c'était la cour tout entière, qui se joignait aux réclamations de Figaro.

Il finit par se réveiller et il se retrouva seul, mais la tête en feu, l'esprit délirant de fatigue. Devant lui, le papier, toujours le papier.

Il se leva comme pour le fuir, et se promena quelques moments. Puis, tout à coup, de l'extrémité de la chambre, il s'élança vers le bureau, saisit la feuille...

Et il la déchira ?... Non. Il signa.

XXXI

Avançons environ d'un mois.
— A-a-ah !...
— A-a-a-ah !...
Ainsi causaient, ou plutôt ainsi bâillaient...
Mais nous avons déjà commencé ainsi un de nos
chapitres. Qu'on veuille bien se transporter, comme
alors, dans la galerie de Versailles. On y retrouvera
les deux soldats que nous y vîmes, et on les entendra
causer à peu près des mêmes choses.

Mais l'un, le jeune, est devenu de plus en plus
hardi. Il a tant relu son Jean-Jacques, il s'est si bien
constitué *citoyen*, quoique sans le concours des éche-
vins de Calais, que le fusil lui est devenu insupportable. Des punitions, quoique largement méritées,
ont achevé de l'aigrir contre ce farouche tyran qui
n'en a seulement rien su, mais qui a le malheur
d'être le chef de ce déplorable état de choses où
Grippe-l'œil est resté Grippe-l'œil, où il paraît devoir

attendre longtemps le bâton de maréchal. Cela ne peut pas durer ainsi. C'est Grippe-l'œil qui le dit.

L'autre a continué de remonter le courant. Il est plus royaliste que jamais, plus *français* que jamais, dans le bon vieux sens militaire de ce mot. Le voilà seul, ou à peu près, de toute sa compagnie, de tout le régiment peut-être, qui soit pour le roi quand même, qui ne chicane pas l'obéissance, qui ne fourre pas son *distinguo* entre le citoyen et le soldat.

Aussi s'est-elle renouvelée maintes fois, et sous toutes les formes, cette querelle que nous l'avons vu entamer, il y a quatre ans, avec son compagnon de garde. En ce moment même, écoutez... Il paraît qu'elle recommence, ou qu'elle continue.

— Peut-on bâiller comme ça!...

— Et vous donc?...

— Moi?... Tout bas.

— Chacun son goût.

— A la porte du roi!...

— Il m'a bien bâillé au nez, lui, pas plus tard qu'hier, en descendant de carrosse.

— Il a manqué de respect à monsieur?...

— Tout cela se retrouvera...

— Plaît-il?...

— Oui... Oui...

— Chut!...

Ils se turent. Deux officiers entraient dans la galerie, et l'un n'était rien moins que le duc de Ville-roi, leur capitaine. L'autre était un sous-lieutenant de la même compagnie, le marquis de Jouffroy.

D'autres, au même instant, entraient par une autre porte. Ils se rencontrèrent bientôt.

— Eh!... s'écria le duc de Villeroi, vous êtes encore à Versailles?... Je vous croyais déjà sur les bords fleuris du Sénégal, noir comme un nègre...

— Et bête en proportion...

— Eh! eh!... mon cher, cela s'est vu... Un coup de soleil... Un...

— C'est pour cela que je veux jouir de mon reste. Et puis, on dit qu'il pourrait bien se passer...

— Où?

— Ici...

— Quoi?

— Certaines choses...

— Quelles choses?

— Je n'en sais rien... Mais enfin...

Personne n'en savait rien, et cependant personne n'en doutait. Il y avait un orage dans l'air, un de ces orages de cour que le courtisan sent venir.

M. de Boufflers, car c'était lui, crut démêler que le duc de Villeroi en savait plus qu'il ne voulait en dire; et quand le duc, lui prenant le bras, le conduisit dans une embrasure de fenêtre, il crut qu'une confidence allait venir.

Mais le duc : — Vite... Montrez-la-moi... Vite...

— Quoi!

— Eh! votre chanson...

— Mais...

— Vite... Vite... Vous savez bien que je suis de service...

— Et c'est pour la chanson que vous me menez ici ?

— Pourquoi serait-ce ?... Donnez...

— Je ne l'ai pas.

— Dites-la-moi...

— Je ne la sais pas.

— Allez au diable !... Je vous aurais dit quelque chose...

— Eh ! voilà que je me rappelle un couplet.

— Dites-le.

— Rien pour rien.

— Eh bien, le roi m'a dit de ne pas quitter la galerie, vu que j'aurais peut-être quelqu'un à arrêter...

— Ce quelqu'un ?...

— Le roi n'a rien ajouté.

— Et vous pensez ?...

— Je ne pense rien.

— Oh !...

— Bonjour, messieurs.

— Bonjour, Vaudreuil.

— Qu'est-ce que vous complotez là ?

— Boufflers ne veut pas me dire sa chanson.

— Je vous la dirai, moi.

— Vous la savez ?

— La reine ne chante plus que cela.

— Et vous allez au Sénégal, Boufflers !

— Il va séduire les femmes des rois nègres...

— Il se fera déchirer comme Orphée...

— Voyons... Là dites-vous, la chanson ?... Je vais la dire...

— Vous me la gâteriez.

— Dites-la donc.

Il les tira plus près de la fenêtre, et comme la galerie commençait à se peupler, le bourdonnement lui permit de chanter à demi-voix.

— Voulez-vous savoir les on-dit...

C'est la reine, comme vous savez, qui m'avait ordonné de lui dire ce qu'on dit d'elle...

Voulez-vous savoir les on-dit
  Qui courent sur Thémire ?
On dit que parfois son esprit
  Parait être en délire.
    Quoi ! de bonne foi ?
    Oui ; mais, croyez-moi,
  Elle sait si bien faire,
    Que sa déraison,
    Fussiez-vous Caton,
  Aurait l'art de vous plaire.

On dit que le trop de bon sens
  Jamais ne la tourmente ;
On dit même qu'un grain d'encens
  La ravit et l'enchante.
    Quoi ! de bonne foi ?
    Oui ; mais, croyez-moi,
  Elle sait si bien faire,
    Que même les dieux
    Descendraient des cieux
  Pour l'encenser sur terre.

Sans l'égoïsme rien n'est bon :
  Voilà sa loi suprême ;
Aussi s'aime-t-elle, dit-on,
  D'une tendresse extrême.

Quoi ! de bonne foi?
Oui ; mais, croyez-moi,
Laissez-lui son système.
Peut-on la blâmer
De vouloir aimer
Ce que tout le monde aime?

— Joli! Joli!... dit M. de Villeroi. Vous serez de l'Académie, Boufflers.

— A Tombouctou?

— Voilà Thomas qui se meurt...

— Bah !

— Et qui a reçu les sacrements.

— Il n'avait jamais dit qu'il ne les recevrait pas.

— Nos philosophes n'en sont pas moins furieux. Ils vont criant que c'est l'archevêque de Lyon, son ami, qui l'a emmené à Oullins, et qui veut le faire mourir, de gré ou de force, en bon chrétien.

— Et Barthe, sait-on comment il est mort?

— Comme il a vécu, je pense ; en original.

— Précisément, dit le marquis de Ségur, qui venait d'accoster nos trois causeurs. La veille de sa mort, il reçut la visite du marquis de Villevieille, et celui-ci crut devoir lui parler de ses souffrances, très-grandes, à ce qu'il paraît. « Laissez donc cela, dit-il ; donnez-moi des nouvelles de l'Opéra. » Et le voilà qui ne parle plus que d'*Iphigénie*, des succès de mademoiselle Dozon, et...

— Il avait donc bien changé, car jamais homme ne s'occupa plus de lui-même.

— Oui ; c'était bien le plus bizarre égoïsme et

le plus naïf qu'on ait vu. Il avait tout quitté pour soigner son ami Thomas, et Thomas s'aperçut que c'était pour profiter des soins que d'autres lui rendaient. « Si on m'envoie une bonne crème, disait le malade, Barthe m'en laissera bien le quart. » Il donnait de bons dîners, car il était riche ; mais les plats n'étaient livrés aux convives que lorsqu'il avait pris, de chacun, le meilleur morceau. Quand il faisait sa liste d'invités, il ne manquait jamais de mettre en tête, en grosses lettres : *Moi.*

— Et dire que c'est lui qui a fait l'*Homme Personnel !* C'est la première fois, je crois, qu'un auteur s'est mis si crûment en scène avec son vice dominant.

— Naïveté encore, et voilà tout ; il ne s'est pas douté qu'il se jouait. N'alla-t-il pas la lire, sa pièce, à son ami Colardeau qui se mourait ? « Cela ne va pas mal, dit Colardeau ; mais un trait manque. — Lequel ? — C'est de forcer un ami qui se meurt à entendre encore la lecture d'une pièce en cinq actes. » Mais il eut l'air de ne pas bien comprendre. Quand il quitta sa femme, ou plutôt quand sa femme le quitta, car il n'était guère possible de rester la femme d'un tel homme, on découvrit qu'il avait mis en rente viagère sur sa propre tête la plus grande partie de la dot. Du reste, il répara très-loyalement la chose ; on vit qu'il l'avait faite le plus naturellement du monde, sans se douter que le bien de sa femme ne fût pas à lui, à lui seul.

— Et ce qu'il y a de curieux, reprit M. de Ségur, c'est qu'il avait débuté par vouloir être un poëte à

grands sentiments, à grande mélancolie. Dorat le
trouva un soir tout seul, devant le bassin du Luxembourg, frappant du pied et se tordant les bras...
« Qu'avez-vous? — Le diable emporte la lune! Vous
savez tout ce qu'elle dit à ces fous d'Allemands...
Eh bien, à moi, pas la plus petite chose. Il y a une
heure que je la lorgne, et rien... rien... » Notez qu'il
la lorgnait tout de bon, avec ce gros lorgnon dont il
se servait, en société, pour observer l'effet de ses
bons mots. Vous devez avoir vu cela, Boufflers.

— Si je l'ai vu! C'était chose impayable que ce
gros œil blanc qui faisait le tour de l'assemblée;
quand on ne riait pas du bon mot, on riait de
l'homme. Le vieux M. de Monticour le démonta
cruellement une fois, en lui disant d'un air tranquille et poli : « Monsieur Barthe, je ne ris pas. »
Un jour aussi...

— Mais Dieu me pardonne! s'écria le duc de Villeroi; je crois que je viens d'apercevoir là-bas...

— Qui?...

— Eh! l'homme du jour, votre ami Beaumarchais, Vaudreuil!...

— C'est fort possible, puisque le voilà rentré en
grâce, et que nous allons rejouer son *Barbier de
Séville*.

— Tout de bon?

— Tout de bon. J'ai le rôle du comte Almaviva.

— Et Figaro, c'est le comte d'Artois?

— Oui. Cela ne vous va pas?

— Si cela lui va, je n'ai rien à dire.

Bien d'autres, dans la galerie, avaient de la peine aussi à en croire leurs yeux quand ils aperçurent Beaumarchais. Deux ou trois vieux seigneurs s'éloignèrent en grommelant; mais ce fut tout. Puisque le roi acceptait cette honte, les courtisans pouvaient l'accepter aussi.

Il allait familièrement d'un groupe à l'autre, parlant de sa pension, de sa pièce, de la reine, du roi, de ces cagots du parlement de Bordeaux qui avaient eu l'audace d'interdire dans cette ville la représentation du *Figaro*. Il appelait cela *mes démélés* avec le parlement de Bordeaux, et on le voyait tout fier de cette nouvelle ressemblance avec le roi de France et de Navarre.

Mais voilà que la galerie est pleine. Pourquoi tant de monde aujourd'hui? Nous avons oublié de le dire. C'est le 15 août, l'Assomption, grande fête à la cour de France depuis que Louis XIII a mis solennellement son royaume sous la protection de la Vierge. L'*Assomption*, en style d'église, c'est l'ascension de la mère du Sauveur. N'allez pas demander dans quel évangile on a lu que la Vierge ait eu, comme son fils, le privilége de ne pas passer par la mort pour arriver dans le ciel. L'Église l'a dit; il faut le croire. Elle ne l'a pas dit, il est vrai, bien nettement, ce qui est une autre bizarrerie, les fidèles étant ainsi appelés à célébrer un fait qu'on ne leur garantit pas et qu'ils pourraient rejeter sans hérésie. Mais patience. Rome finira bien une fois par décréter l'Assomption, comme elle se dispose à décréter l'Im-

maculée Conception. Dans cette voie, ce n'est que
le premier pas qui coûte, comme disait madame
du Deffand, quand elle entendait discuter jusqu'où
saint Denis marcha avec sa tête sous le bras.

En attendant, laissons pérorer les hérétiques. Ils
seraient gens à nous interdire d'entrer dans cette
chapelle de Versailles où on dit de si belles messes,
et où madame de Caylus, la nièce de madame de
Maintenon, se trouva convertie tout d'un coup;
encore est-il douteux que la musique de Louis XIV
valût celle de Louis XVI.

Oui, ce sera très-beau, n'en doutez pas, aujour-
d'hui, jour de l'Assomption, le 15 août de l'an 1785,
et de notre règne le onzième, comme dit Louis XVI
en ses édits. Ce prélat qui se promène là-bas, entouré de seigneurs, d'évêques, ce n'est rien moins
que monseigneur le cardinal de Rohan, grand aumônier, lequel doit officier en personne. Il a déjà
ses habits pontificaux. Quel velours! Que d'or! Que
de dentelles! En voilà qui lui ont coûté bien certainement quarante louis l'aune, juste autant que la
petite loge le jour où nous l'y avons vu. Mais il a
presque l'air de dire que le velours ne fait pas le
bonheur, ni la dentelle non plus, même à quarante
louis l'aune. On le dirait ennuyé, fatigué. Qu'est-ce
qu'il a donc? Essayons d'entendre ce qu'il dit...
Mais il parle de choses indifférentes. Il vient de dire
qu'il fait chaud, ce que tout le monde a dû trouver
très-vrai, car sainte Geneviève continue à être irritée,
et la sécheresse est toujours grande. Le voilà mainte-

27.

nant qui parle du débutant d'aujourd'hui, de cet abbé
Julien qui va prêcher, et que, dit-il, comme tout le
monde, il se réjouit d'entendre.

Mais quel mouvement, tout à coup, à cette porte!
On court au-devant d'un vieux seigneur... Ah! cette
fois, monsieur de Richelieu, vous jouez tout de bon
de votre reste. A quatre-vingts ans, on a pu croire que
vous en aviez soixante; à quatre-vingt-neuf, hélas!
c'est tout au plus si vous en cachez trois ou quatre.
D'où sortez-vous, revenant? On craignait de ne plus
vous revoir ici. Auriez-vous flairé quelque affaire?
Vous voilà déjà tout ragaillardi par l'air de céans.
Courage! Nous allons nous croire sous Louis XV,
voire sous Louis XIV...

Mais quelle grosse voix!... Est-ce la vôtre? C'est
votre ami, le maréchal de Biron, qui a aperçu Beaumarchais et qui veut qu'on le chasse. On tâchera
de lui faire comprendre comme quoi Beaumarchais
est dans son droit en se promenant ici, mais on n'y
réussira pas. M. de Biron entend l'honneur à la
vieille manière, qui pourrait bien être la bonne.
Qu'en dites-vous, monsieur de Calonne? On ne sait
trop ce que vous pensez au fond; mais vous avez eu
l'air un peu penaud quand Beaumarchais vous remerciait, tout à l'heure, de cette fameuse lettre que
vous lui avez écrite au nom du roi, et dont vous
aimeriez bien autant que le public n'eût pas su l'existence. Il l'a montrée, lui, à tout venant, et elle est
d'une humilité vraiment chrétienne, sans doute pour
qu'on vît bien que c'était le roi très-chrétien qui

parlait par votre bouche. On sait aussi que vous lui
avez payé un million à compte de ses fournitures
pour la dernière guerre, ce qui ne laisse pas que
de paraître un peu beaucoup pour de mauvais souliers et des fusils hors de service. Mais autant valait,
dites-vous, puisqu'on se résignait à lui fermer enfin
la bouche, la lui fermer sans compter.

Mais qu'a-t-il donc à rire et à faire rire tout ce
monde? Il leur lit une petite brochure, à laquelle il
a travaillé, dit-on, et dont l'auteur avoué est un
nommé Mathon de la Cour, membre de l'académie
de Lyon, collaborateur du *Journal des Dames* et
auteur de recherches sur les lois de Lycurgue.

Le *Testament de Fortuné Ricard, maître d'arithmétique*, car c'est le titre de ladite brochure, ne
manque pas d'originalité.

Ricard a cinq cents livres, produit d'un louis que
lui a donné son grand-père il y a quelque soixante
ans; et il a trouvé un moyen de faire avec cette
somme le bonheur de la France, de l'Europe, du
genre humain.

Il la divise en cinq portions de cent livres, auxquelles on ne devra toucher que dans cent, deux
cents, trois cents, quatre cents et cinq cents ans. La
première — environ treize mille livres — sera ad-
jugée au meilleur mémoire sur la légitimité de l'intérêt. La seconde — un million et demi — fournira
quatre-vingts prix pour les lettres, les arts et la vertu.
Avec la suivante — environ deux cent vingt millions
— il sera créé cinq cents caisses de prêt gratuit pour

le peuple, et douze musées dans douze villes. Avec la quatrième — trente milliards — cent villes de cent mille âmes seront bâties en France. Avec la cinquième, enfin, — plus de trois mille milliards, — il y aura... Laissons parler l'auteur.

« Six milliards seront consacrés à payer la dette de la France, sous la condition que les rois, nos bons seigneurs et maîtres, exigeront à l'avenir des contrôleurs généraux un examen sur l'arithmétique.

« Douze milliards seront employés de même à payer la dette de l'Angleterre. Je suppose, comme on le voit, que ces deux dettes n'auront fait d'ici là que doubler. Ce n'est pas que je doute du talent de certains ministres pour les porter bien plus haut; mais leurs opérations en ce genre sont heureusement contrariées par bien des circonstances. Je crois donc que le double est raisonnable... »

O bon Ricard, qui te crois si malin, reviens seulement dans un demi-siècle, et ce que tu trouvais *raisonnable* dans cinq cents ans, tu le verras atteint en France, largement dépassé en Angleterre. Mais voyons. Le reste, qu'en fais-tu?

« Trente milliards feront les fonds d'une rente de quinze cents millions à partager en temps de paix entre toutes les puissances de l'Europe. En temps de guerre, la part de l'agresseur sera donnée aux attaqués.

« Six milliards seront donnés au roi pour remplacer le produit des loteries, un milliard pour ajouter à la portion congrue des curés, deux milliards pour

payer les mois de nourrice, quatre pour les défriche-
ments, vingt pour fonder quarante mille maisons ou
ateliers publics... »

Est-ce fini? Non. — C'est égal ; en voilà assez,
mon ami. La tête nous tourne.

Mais voyez que de gens, dans la galerie de Versailles, ouvrent, à ces calculs, de grandes oreilles,
de grands yeux! Quelques-uns disent bien que cela
ne doit pas être, en pratique, aussi aisé que sur le
papier, et que trois mille milliards représenteraient
fort au delà de la valeur vénale du globe, même avec
la lune par dessus, a dit quelqu'un ; mais ils ne sont
pas loin, même ces gens-là, de s'en prendre au gouvernement s'il faut renoncer à ces belles choses, et
il faut avouer que la manière dont on a vu mourir
la caisse d'amortissement, qui était un peu cela,
donne assez de couleur à ces reproches. On dit aussi
que M. Franklin a annoncé l'intention de prendre,
dans son testament, quelques dispositions de ce
genre. Nous verrons... ou plutôt nous ne verrons
pas, et nos petits enfants verront... peut-être.

Au reste, depuis que M. Necker a publié son gros
livre sur les finances, tout le monde est financier, et
le suprême bon goût est d'avoir l'air de trouver que
rien n'est plus facile. Tout le monde donc parle d'argent, ce qui n'est pas précisément *parler d'or*, a dit
M. de Rivarol. Tout le monde en parle, disons-nous,
les riches parce qu'ils en ont, les pauvres parce qu'ils
sont de l'avis de Figaro, qu' « Il n'est pas nécessaire
de posséder une chose pour en parler. » Mais la

chose dont tous, riches et pauvres, ont bien souvent le moins, c'est le bon sens. Voilà M. de Vaudreuil, qui n'est pourtant pas un sot, et qui disait naïvement, lors des premières opérations de M. de Calonne : « Je savais bien qu'il sauverait l'État, mais je n'aurais pas cru que ce fût si vite fait. » Est-il encore de cet avis? Il y a deux ans de cela, et l'État n'est guère sauvé, ni près de l'être. Mais M. de Vaudreuil est de ceux qui semblent croire que le char de l'État ne saurait jamais verser, par quelques chemins qu'on le mène et quelque téméraire que soit le cocher qui conduit.

Beaucoup d'autres, d'ailleurs, partisans de M. Necker, ne sont guère plus raisonnables. Courez la galerie; arrêtez-vous partout où vous entendrez causer finances, et, partout :

— Quel homme!

— Quel homme!

— Que de ressources!

— Quel génie!

— Et comme il écrit!

— Qui?

— M. Necker.

— Mais je parlais de M. de Calonne.

— Vous voulez rire.

— C'est vous.

— Un homme qui nous mène à l'abîme!

— Un homme qui nous sauve!

Etc., etc.

Voilà ce que vous entendriez.

Mais au milieu de ces graves bourdonnements, qu'est-ce que c'est donc que cette fête dont nous entendons raconter tant de merveilles? Heureuse la souveraine dont la présence a excité des transports si ardents, si unanimes! C'était, à ce qu'il paraît, à Marseille. Une gondole aux armes de la ville, que suivaient au moins deux cents bateaux, a déposé la princesse sur le rivage au bruit de l'artillerie, aux acclamations d'un peuple immense. Vêtue à la grec-que, couchée sur un divan splendide qui s'élevait en forme de trône, elle a vu toute cette foule défiler à ses pieds; puis, à travers une haie de pavillons illu-minés, on l'a conduite sous une vaste tente disposée en théâtre, et elle a vu représenter une pièce allégo-rique composée en son honneur. Enfin, magnifique banquet, feux d'artifices, vivats enthousiastes, pièces de vers, chants, musique, et elle-même a daigné...
— Une princesse a chanté dans un banquet?... — Hélas! c'est son métier, car l'héroïne de ces royales pompes n'est autre que la Saint-Huberti, une actrice de l'Opéra. Marseille a fait pour elle à peu près ce qu'on avait fait, l'an passé, pour Monsieur, comte de Provence. Tant les rangs sont mêlés! Tant les idées sont brouillées! Une femme excommuniée, dont le corps, si elle mourait demain, n'obtiendrait pas une place au cimetière, est reçue, dans la catho-lique Marseille, comme l'a été le frère du roi, comme ne le serait probablement pas la reine.

Mais on annonce une nouvelle qui fera sensation. Métra, le gazetier Métra, Métra qui savait tout,

Métra qui avait un si gros nez, Métra, le nouvelliste de la terrasse des Feuillants, Métra est mort ce matin, et une épigramme court déjà...

> Métra n'est plus... Au suprême moment,
> A ses habitudes fidèle,
> Il eût trouvé moins dur d'entrer au monument
> S'il avait pu lui-même en donner la nouvelle...

Et voilà tout ce que tu auras d'eux, ô bon Métra, de ces ingrats que tu défrayas vingt ans, — un bon rire sur l'épigramme, et un souvenir à ton gros nez ! Aussi bien, il se prépare des choses que ta candide plume n'aurait pas voulu raconter, et ton nez n'aurait pas sauvé ta tête. Tu as bien fait de partir.

Qui est-ce qui est parti encore? C'est ce pauvre marquis de Bièvre, le prince du calembour. Il était aux eaux de Spa, et il n'a pas manqué de dire, quand il a senti venir la mort : « Je m'en vais *de ce pas.* » C'est aussi ce brave Chérin, Chérin le généalogiste, Chérin qui eût été l'homme le plus riche du royaume s'il avait pu ou voulu accepter ce que la richesse roturière eût donné pour ses complaisances. Il était la terreur des parchemins frelatés, des *de* sans origine; il a fait plus de roturiers que le roi n'a fait de nobles. Il gémissait seulement que ce fût peine perdue, et que les geais déplumés en fussent quittes pour s'aller remplumer un peu plus loin, heureux encore s'ils ne trouvaient pas moyen de se pavaner à sa barbe, et de rester, en dépit de lui, des seigneurs! Voyez-vous ce monsieur à l'air

important, à la tête haute ? C'est monsieur l'intendant des Menus-Plaisirs du roi. Il avait nom Papillon, et on riait ; mais il avait quelque part un petit
fief du genre de ce moulin auquel le fils du notaire
Arouet a emprunté le nom que vous savez, ou de
l'héritage exigu grâce auquel Roland, le républicain, s'appelle monsieur de la Platière. Papillon
n'est donc plus, et nous avons monsieur de la
Ferté. Tout le monde sait bien, pour le moment,
que le sieur Papillon n'en appartient pas davantage
à la noble maison de ce nom-là ; mais, dans un
siècle, on le saura beaucoup moins, et, dans quelques
siècles, plus du tout, à moins qu'un autre Chérin...
Mais que seront, dans quelques siècles, ces choses ?
Adieu, Chérin ; toi aussi tu es mort au bon moment.
Encore sept ans, et tu verrais tous ces parchemins
teints du sang dont ils attestaient la noblesse, et,
devenu le plus inutile des hommes, tu ne pourrais
qu'ajouter un couplet à la chanson du vieux barbier
de Versailles :

> ... Chacun me fait aviser
> Qu'ayant eu la tête coupée
> Il ne se fera plus raser...

Mais une autre mort dont on parle, c'est celle de
l'abbé Mably, *chanoine infirmier de l'église abba-*
tiale de l'Ile-Barbe, disent les billets de faire part,
ce qui ne laisse pas de faire rire les gens. On rit
aussi de ses bizarreries, car il en avait bon nombre ;
on ne rit pas de sa manie de vouloir inoculer aux

Français l'esprit grec et romain, et c'est pourtant de quoi il vaudrait beaucoup mieux rire. Les États-Unis d'Amérique venaient de lui demander, dit-on, de les éclairer de ses conseils, et il allait se mettre à l'œuvre. Félicitons les États-Unis d'Amérique; les voilà sauvés d'une sottise. Si vous voulez vivre, républiques, gardez-vous des théories et des théoriciens; le cœur d'un Washington vaut cent fois la tête d'un Mably. Que ne consultiez-vous aussi, pendant que vous y étiez, cet autre rêveur de Pechméja? Personne n'avait encore si positivement promis le paradis sur terre. Mais j'oubliais que le voilà mort aussi. Que de morts! C'est à en perdre le courage de s'occuper encore des choses de ce bas monde.

Ils ne le perdront guère, cependant, nos causeurs de la galerie; ils ne le perdront pas, quoi qu'il arrive, et toujours Massillon aura raison dans ce beau morceau où il dit que ce qu'on voit de plus intéressant dans la mort des hauts personnages, c'est de savoir à qui passeront leurs biens, leurs honneurs et leurs titres.

Mais l'heure de la messe était sonnée, et le roi n'arrivait pas. Le cardinal continuait de se promener, la foule de bourdonner. Seulement, le bourdonnement devenait de plus en plus sourd. On eût compris, n'eût-on distingué aucune parole, qu'une même question était dans toutes les bouches : « Que fait le roi? Que va-t-il se passer? »

Enfin, on voit s'ouvrir la porte de l'appartement

du roi. On s'élance. Ce n'est qu'un huissier du cabinet. Mais il va droit au cardinal...

— Monseigneur, le roi m'ordonne de vous dire qu'il vous attend dans son cabinet, pour affaire pressante...

Décrive qui pourra le saisissement de la foule. Tous les yeux restèrent fixés vers la porte. Il y en eut pour un quart d'heure environ, et jamais quart d'heure plus long ne s'était écoulé dans la galerie de Versailles.

Le cardinal reparaît, et, derrière lui, M. de Breteuil. Celui-ci va au marquis de Jouffroy. — Monsieur, au nom du roi, suivez-moi.

L'officier obéit en chancelant. Criblé de dettes et passablement mal noté, il croit que c'est lui qu'on arrête. Mais M. de Breteuil, à quelques pas, se retourne vers lui, et, lui montrant le prélat :

— Arrêtez M. le cardinal...

XXXII

Nous avons laissé Julien, treize mois avant cette époque, au moment où la dernière lettre de Marie de Clavigny venait de briser ses espérances, et de le replonger à tout jamais dans cet isolement qui avait paru près de cesser.

Après être parti précipitamment de Paris dans l'intention de courir au château de Clamière, de revoir Marie à tout prix si elle y était encore, et de la chercher où qu'elle fût, — il s'arrêta dans son village, renonçant à toute recherche, brisé, mais résigné. La main de Dieu lui paraissait trop visible dans cet écroulement de tous ses rêves, pour qu'il essayât de lutter encore. Son journal de cette époque n'est que le développement de cette idée.

Me voici donc, écrivait-il quelques jours après son arrivée, me voici encore seul au monde, et désormais sûr de rester seul. C'est de l'humanité, dit-on,

que d'ôter à un prisonnier tout espoir de s'enfuir ;
on lui épargne les travaux sans issue, les désespoirs
renouvelés. Dieu l'a eue envers moi, cette humanité
cruelle. Ma prison n'a plus qu'une issue, le tombeau, et je n'en suis pas, comme jadis, à vouloir me
l'ouvrir avant le temps. Je souffrirai et j'attendrai.

C'est maintenant que je puis parler de rêve ! C'en
était un, disais-je, que d'écrire à Marie ; et voilà que
cela même a passé, que c'en est un de lui avoir
écrit. Quoi ! pendant quinze jours, ce bonheur que
j'avais désespéré de goûter, je l'ai goûté ! J'écrivais
à quelqu'un, et j'avais quelqu'un pour me répondre !
Elle lisait, en même temps que mes lettres, ce journal où mon âme est tout entière ! Elle vivait avec
moi dans le passé comme dans le présent ! Elle était
toute à moi, moi tout à elle !...

O pages qu'elle a touchées, que son souffle effleu-
rait, que ses larmes — vous me l'avez dit, Marie !...
— lui ont plus d'une fois voilées, pages que j'ai voulu
si souvent jeter au feu, vous m'êtes maintenant aussi
chères, aussi sacrées, que ces lettres écrites de sa
main. C'est elle que je verrai désormais, elle que
j'entendrai dans vos lignes douloureuses ; c'est elle
qui m'envoie ma propre histoire, adoptée par son
amour et purifiée par ses larmes.

Ces cahiers, que j'ai trouvés dans ma chambre,
étaient revenus, m'a-t-on dit, depuis deux jours. Elle
les a donc renvoyés en m'écrivant sa dernière lettre.
Je ne les ai pas encore ouverts, et...

Mais ma main tremble... Cette idée a pu ne pas

me venir!... Dieu! si j'y trouvais quelque chose!...

Mais il n'y trouva rien.

Rien... Rien... écrit-il le jour suivant. J'ai passé
ma soirée à feuilleter... Rien...

Je ne sais comment j'ai pu espérer cela; sa lettre
est évidemment son dernier mot. J'ai espéré, pourtant, et me voilà comme si on m'avait ôté un dernier rayon de soleil...

Oui, tout est rêve et fumée dans ce monde, et rien
ne l'est plus que le courage, que la résignation, que
ces efforts pour nous croire vainqueurs tandis qu'un
rien nous écrasera de nouveau!

Je sens pourtant qu'elles m'ont laissé quelque
chose, ces deux semaines de bonheur, et qu'à côté
d'un redoublement de vide il y a un je ne sais quoi qui
n'en est pas. Ce que j'avais vaguement compris auprès de Gilbert agonisant, je le comprends maintenant pour moi-même. Le souvenir de quelques jours
heureux aurait adouci sa dernière heure; le souvenir
de ceux qui viennent de disparaître m'empêchera de
me croire entièrement déshérité. Je saurai bénir
Dieu, même pour mon lot dans ce monde.

Mais je n'écrirai plus que de loin en loin, et quelques
lignes. A quoi bon creuser indéfiniment ou ce bonheur qui n'est plus, ou ces douleurs qui ne doivent
finir qu'avec ma vie? Hélas! le bonheur même, il ne
faut pas l'analyser de trop près. Que je me rappelle
seulement mes lettres à Marie, pendant ces jours où

je semble croire maintenant que j'ai vécu dans le
ciel. Que de tristesses! Que de larmes! Que de retours
amers sur moi-même, sur les hommes, sur les événements, sur toutes choses! Mes pages solitaires
n'avaient été le plus souvent ni plus découragées ni
plus sombres...

Il disait vrai; mais, le lendemain : — Misérable
sophisme!... écrivait-il. Sans doute elles étaient
tristes, mes lettres, et découragées, et sombres;
mais les écrire, même tristes, c'était du bonheur
encore, et je sens bien que je ne voudrais pas l'é-
changer, cette tristesse à deux, contre le bonheur
même à goûter seul, si toutefois ce bonheur peut en
être un. Non! non! Je m'efforce en vain de me faire
illusion. Quand j'écrivis ces dernières lignes d'hier,
je ne les avais pas achevées que je n'y croyais déjà
plus, que je les aurais effacées si j'en avais eu la force.
Mais la plume s'était échappée de ma main...

Pourquoi l'ai-je reprise aujourd'hui? A quoi bon
ces pages qui ne se succèdent que pour s'effacer l'une
l'autre, comme les flots de l'Océan ou ceux du sable
au désert? A quoi bon...

Mais merci, Marie, merci!... A la fin du dernier
cahier, entre deux feuillets blancs, que je n'avais
pas ouverts, j'ai trouvé... Oh! encore une fois,
merci!... J'ai trouvé... ce que vous y aviez mis...
Rien d'écrit, mais une portion de vous-même, une
boucle de vos cheveux, un souvenir... Ah! douloureuse idée! Ce souvenir est celui qu'on demande à

qui ne peut plus en donner d'autre, celui qu'on cueille sur la tête chérie que la mort vient de frapper. Je ne l'ai pas cueilli moi-même, mais vous n'en êtes pas moins morte pour moi, et c'est me le dire encore... Oui, je le lis sur cette page muette... Adieu, Marie; adieu!...

Nous le verrions, dans les pages suivantes, s'efforcer de donner à cet adieu un sens réel, définitif, et de ne plus regretter Marie que comme on regrette un mort. Souvent, du sein de ce tombeau qu'il lui creusait dans son cœur, elle se relevait vivante; souvent la fiction douloureuse cédait la place au souvenir, plus douloureux encore, de la réalité. Il venait de la pleurer morte, et il s'écriait, nouveau Galilée : « Et pourtant elle vit! » Puis il murmurait : « Elle m'aime... » Et après ces deux réalités, il lui fallait en voir une troisième, — l'abîme qui le séparait d'elle.

Nous le verrions, enfin, aborder peu à peu l'idée que puisque Dieu l'arrêtait au moment même où il venait de se décider à fuir, c'était qu'il lui restait des devoirs à remplir en France. Précédemment déjà, nous l'avions vu se demander s'il n'y aurait pas pour lui un rôle au milieu des agitations et des corruptions de ce temps, si les étranges circonstances par lesquelles il avait été d'abord appelé à la cour, puis oublié quatre ans, comme pour laisser à sa raison, à sa foi, le temps de mûrir, puis désigné, enfin, pour la chaire de Versailles, — si tout cela, disons-nous,

n'indiquait pas que Dieu l'appelait à autre chose
qu'à un obscur bonheur. Ce que Marie retrouvée lui
avait fait oublier, la perte de Marie le lui remettait
en mémoire.

Il écarta d'abord, ou plutôt il n'aborda même pas
la pensée de se mêler, fût-ce honorablement, aux
querelles des partis qui divisaient la cour. Les avances
du cardinal de Rohan, évidemment désireux de l'attacher à sa fortune, n'avaient fait que lui inspirer
plus d'éloignement encore pour ce moyen d'être
quelque chose; celles du duc de Chartres, dont il se
reprochait déjà d'avoir accepté la protection auprès
du cardinal, ne le séduisaient pas davantage.

Restait la chaire, qui allait lui être ouverte. Mais
que devait-il y porter? Des attaques contre les mœurs
de l'époque? On n'y entendait guère autre chose, et
c'était devenu comme le bruit du vent qui souffle
ou du fleuve qui gronde. Non-seulement des prédicateurs tarés, qui ne valaient pas mieux que le siècle, avaient fait mépriser la chaire et eux; mais
d'autres, plus honorables, avaient été obligés de ren-
chérir sur leurs déclamations, et n'avaient fait non
plus que compromettre le métier. Pouvait-il espérer
d'être plus fort que le père Élisée, que l'abbé de
Beauregard? Qu'avaient-ils obtenu? Toute la France
avait ri de ce mot d'un homme du peuple qu'on crut
voir très-ému à une péroraison du digne abbé, et
dont l'admiration se réduisait à murmurer : « Comme
il sue! comme il sue! »

Mais Julien se sentait d'autres armes que ces ton-

nerres usés ; il pouvait aussi combattre autre chose
que ces vieux vices, cuirassés contre les coups de ce
genre. Le moment ne serait-il pas venu de lever, en
face de l'Église et de la cour, l'étendard de la foi
nouvelle que Dieu avait mise dans son cœur ? Assez
d'autres n'avaient ébranlé le catholicisme que pour
ensevelir sous ses débris toute religion et tout culte ;
pourquoi ne l'ébranlerait-il pas en appelant rois et
peuples à demander aux enseignements divins une
autre croyance et d'autres mœurs ?

Le catholicisme, en réalité, n'était plus même à
détruire. Chez ceux qu'avait atteints l'incrédulité du
siècle, n'importe à quel degré, il n'existait manifestement plus ; chez la très-grande majorité des autres,
ce n'était qu'une forme, une habitude. Entre ceux-
ci et l'incrédulité, il n'y avait le plus souvent qu'une
circonstance extérieure, la position, l'entourage.
Julien avait devant lui, en somme, bien moins des
catholiques à tirer du catholicisme, que des hommes,
soit incrédules, soit machinalement croyants, à trans-
former en chrétiens.

Bientôt, il eut son plan. Le sermon qu'il devait
prêcher à la cour serait son premier pas dans cette
nouvelle carrière. Sans attaquer encore directement
aucun des dogmes de l'Église, il poserait les principes qui mènent à renverser tout ce qui n'est pas
l'Évangile. Amis et ennemis lui demanderaient, sans
nul doute, de s'expliquer plus clairement. Il le ferait
avec une entière franchise, prêt, du reste, à subir
toutes les persécutions qu'elle pourrait lui attirer.

La conscience d'une grande mission, la nécessité de réunir, pour l'entreprendre, toutes les forces de son âme, l'aidèrent puissamment à lutter contre ses souvenirs et ses regrets. Il se sentit même assez fort pour demander au baron de Clamière des nouvelles de Marie, et il apprit qu'elle vivait retirée, à quelques lieues de Nîmes, dans son château de Clavigny. On se rappelle que nous l'avons vue près de là, au chevet de Marie Durand.

M. de Clamière paraissait ne pas ignorer non plus pourquoi elle était partie. Julien voulut l'amener à le lui dire, mais n'y réussit pas. Il avait été plusieurs fois tenté de croire que le duc de Chartres pourrait bien y être pour quelque chose, car il n'avait pas oublié avec quel empressement, le jour du ballon et de la terrasse, le prince s'était enquis de Marie. Mais il paraît ou que des informations ultérieures avaient démontré au duc de Chartres l'inutilité de poursuivre l'aventure, ou que, dans le tourbillon de ses plaisirs, il n'y avait plus songé; M. de Clamière avait d'ailleurs l'air de savoir qu'il s'agissait de tout autre chose. Enfin, Julien revenant à la charge, le vieux gentilhomme répondit qu'il le priait de ne pas insister, qu'il ne pouvait lui dire qu'une chose : l'honneur de Marie était intact, et ce secret fatal ne cachait rien dont elle eût à rougir, ni lui à rougir pour elle.

XXXIII

Il arriva ainsi à ce redoutable 15 août.

La veille, quand il partit pour Versailles, ce fut, pour la première fois, avec un serrement de cœur qu'il quitta son triste village. Comme l'ambition n'entrait pour rien dans ce qu'il allait entreprendre, il avait goûté, en s'y préparant, les joies austères du devoir. Sa retraite lui était devenue presque chère; le sacrifice, maintenant, était plutôt d'en sortir que d'y rester.

Il passa par Paris, et alla voir madame de Luxembourg. Ignorant son dessein, elle était toute à la joie de le voir enfin lancé sur ce grand théâtre de la cour. Mais sa santé ne lui permettait pas de l'accompagner à Versailles, et elle voulut qu'au moins il y allât dans un de ses carrosses.

Comme il entrait à Sèvres, le fracas du pavé l'ayant tiré de sa rêverie, il aperçut un officier qui se promenait d'un air morose devant une voiture délabrée qu'on était en train de réparer. Il lui trouva, malgré cet air, une physionomie intéressante.

— Monsieur va à Versailles?... lui dit-il.

— Oui, monsieur; mais...

L'officier montrait la pauvre voiture, qui avait refusé d'aller plus loin...

— Oserai-je, reprit Julien, vous offrir...

— C'est moi qui n'oserai pas accepter...

Il regardait le brillant carrosse, aux armes des Montmorenci.

Mais Julien insista. L'officier congédia sa carriole, et, monté dans le carrosse, il voulait s'asseoir sur le devant, quoique le fond fût plutôt à trois places qu'à deux. Julien n'obtint pas sans peine qu'il vînt s'asseoir à côté de lui.

Il portait l'uniforme bleu et blanc du régiment de Navarre. Sa tenue était, comme on dit, irréprochable, trop irréprochable même, car on affectait, en ce temps-là, le rigorisme prussien, et, avec son petit tricorne, ses petites boucles serrées, sa queue raide, son habit strictement agrafé, un officier ressemblait fort à ces soldats de bois dont nous amusons les enfants. Il fallait avoir bien de l'aisance pour en garder un peu dans ce raide accoutrement.

Notre jeune homme était de ceux qui semblent, en même temps, en avoir et n'en avoir pas; chacun de ses mouvements était moitié gracieux, moitié gauche. Son caractère, autant que Julien avait déjà pu en juger, offrait aussi deux parts, l'humilité et l'orgueil à dose égale. C'était le gentilhomme pauvre, gentilhomme pourtant, et regardant de haut en bas la roture, mais hiérarchiquement respectueux envers les grands et les grands titres. Il se faisait petit dans le beau carrosse armorié; il s'était fait superbe en payant et en renvoyant le cocher de sa voiture éclopée. Aussi resta-t-il convaincu, malgré l'affabilité de Julien, que ce ne pouvait être qu'un abbé de l'illustre maison dont il avait reconnu les armes.

Une certaine intimité ne tarda pourtant pas à s'établir. Le jeune homme, qui s'exprimait avec beaucoup de facilité, eut bientôt dit comme quoi il venait de Cambrai, où son régiment tenait garnison, et comme quoi il allait à Versailles pour être présenté au roi ainsi que pour entendre ce certain abbé Julien, et comme quoi il avait en portefeuille une ou deux pièces de vers qu'il espérait faire insérer dans l'*Almanach des Muses*. On sentait que ce dernier point lui tenait au cœur plus qu'aucun autre, et qu'il serait infiniment plus fier de s'être ouvert par son talent ledit *Almanach des Muses*, que d'être monté, grâce à sa naissance, dans les carrosses du roi. Comme le siècle était là!

Julien regrettait un peu de se l'être donné pour compagnon, d'autant plus que les vers menaçaient terriblement de sortir du portefeuille et de réclamer audition; volontiers il aurait remis les vers et l'auteur sur la grande route. Peu à peu, cependant, il s'aperçut que s'il avait eu le malheur de pêcher un rimeur, ce n'était pas un rimeur trop ordinaire. Il

laissait échapper, en simple prose, des choses que
plus d'un poëte eût été fort heureux de trouver en
versifiant; il y avait évidemment de la poésie dans
ce cœur, ou au moins dans cette tête, car l'imagination avait manifestement le premier rôle.

Julien lui demanda de quelle province il était. Il
répondit : « De la Bretagne; » et le voilà peignant
avec d'admirables couleurs ce pays que personne,
en ce temps-là, ne s'était encore avisé de trouver
beau. On savait bien que les Bretons étaient généralement très-attachés à leur sauvage patrie; mais
on ne voyait là qu'un trait commun avec beaucoup
d'autres peuples, avec les Lapons, par exemple, que
les philosophes avaient beaucoup cités. Mais cet
amour, chez notre jeune officier, n'était pas seulement l'amour instinctif de la patrie. Un autre instinct vibrait en lui. La nature avait eu pour lui des
voix secrètes, des révélations mystérieuses. Elle lui
avait dit non-seulement plus qu'aux poëtes de cette
triste école descriptive, plus qu'à Saint-Lambert,
plus qu'à Roucher, plus qu'à Delille et autres, mais
plus qu'à Bernardin de Saint-Pierre et à Rousseau,
qu'il appelait ses maîtres, bien qu'il les eût déjà,
sans le savoir, largement dépassés.

Julien s'écoutait parler par la bouche de ce jeune
homme. Lui aussi, la nature s'était ouverte à son
âme dans de tout autres profondeurs que celles où
pénétraient les enfants de ce siècle, et l'héritage
épuré de Rousseau avait merveilleusement grandi,
entre ses mains, sous l'influence de la solitude et du

malheur. Nous avons vu ce que lui disaient les
champs, les bois, l'automne, les tombeaux, même à
l'époque où les rayons de la foi ne se reflétaient pas
sur leurs sombres enseignements. L'incrédule était
devenu chrétien, mais le poëte était resté.

L'autre n'était que poëte. Devait-il, un jour, devenir mieux? Julien aurait voulu l'espérer, car il
se sentait en présence d'un de ces hommes qui peuvent faire ou beaucoup de bien ou beaucoup de mal;
mais il essaya inutilement d'apercevoir en lui le
germe ou au moins le besoin d'une religion plus
sérieuse. Il comprit que si ce jeune homme était
conduit à se déclarer chrétien, ce ne serait, à moins
d'un changement peu probable, qu'un christianisme
extérieur, poétiquement matérialiste, prenant la
forme pour le fond et le beau pour le vrai.

On arriva. L'officier demanda qui il devait remercier, et, au nom de Julien, il exprima vivement son
regret de l'avoir ignoré. Julien lui demanda le sien.

—Le chevalier de Châteaubriand, dit-il.

Julien salua sans rien répondre. Ce nom ne disait
rien du tout.

XXXIV

Le grand jour est venu, et le moment va sonner. Julien se promène dans cette royale sacristie, où, vingt-cinq ans auparavant, dans une tout autre histoire, nous avons vu un tout autre abbé se promener dans les transes de son début. Mais Julien, comme prédicateur, est depuis longtemps sûr de lui-même, et il sait que la vue d'une assemblée nombreuse ne fera que lui donner des forces. S'il paraît agité, c'est d'une tout autre angoisse que son devancier de ce temps-là.

La porte s'ouvre. Serait-ce déjà le bedeau qui vient chercher le prédicateur? Mais le roi n'est pas encore venu; la messe n'est pas commencée. Ce n'est pas le bedeau; c'est un évêque. Cet évêque, ce n'est rien moins que nôtre abbé de 1760, M. de Narniers, évêque de Meaux. On se rappelle que Julien est curé dans son diocèse.

Que fait-il, dans un pareil jour, à Versailles? —

Mais s'il n'était à Versailles, il serait probablement à Paris, car son palais de Meaux ne le voit guère, et sa cathédrale encore moins. Il ne veut pas, dit-il, que ses héritiers aient à payer, comme ceux de Bossuet, quatre ou cinq mille livres pour usure extraordinaire des ornements épiscopaux, et il est un de ceux qui se sont le plus égayés sur la dernière circulaire de M. de Breteuil. Il est vrai que les termes n'en étaient pas heureux, et que le roi aurait bien fait de la lire avant de la laisser expédier, à moins pourtant qu'il ne l'ait lue et ne l'ait trouvée excellente, ce qui est fort possible, car n'est-il pas condamné, le pauvre roi, à s'aliéner ceux-mêmes dont le sort est lié au sien? On a donc écrit aux évêques comme on n'écrirait peut-être pas, en ces temps d'autorité relâchée, à des sous-intendants. « Le roi ayant fixé, monseigneur, son attention toute spéciale sur l'importance de vos fonctions, Sa Majesté m'ordonne de vous marquer qu'elle désire que vous résidiez continuellement, et que vous ne sortiez jamais de votre diocèse sans en avoir obtenu sa permission. L'intention de Sa Majesté est donc que, toutes les fois que vous serez dans la nécessité de vous absenter de votre diocèse, vous m'en préveniez, ainsi que du temps que vous jugerez nécessaire à la définition des affaires qui vous en tiendront éloigné. Je me ferai un devoir de mettre sur-le-champ votre demande sous les yeux du roi, et de vous faire part de ce qu'il lui aura plu de décider. » — Mais en réponse à cette maussade missive, voici ce qui avait

couru : « J'ai reçu, monsieur le baron, la lettre que
vous avez eu la charité de m'écrire. La première phrase
est un peu longue, mais, avec de la patience, on en
vient à bout. Ainsi que vous le désirez, monsieur, je
résiderai continuellement dans mon diocèse afin de
n'en jamais sortir, ce qui me paraît d'une conséquence infaillible. Si ma santé m'obligeait à vous
demander la permission de me rendre aux eaux
de***, qui sont à trois lieues de chez moi, je ne man-
querai pas de vous adresser un certificat de mon
médecin pour attester la réalité de ma maladie, en
ayant soin de lui faire assigner un terme précis pour
ma guérison. »

Riez donc, monsieur de Narniers ; on vous en a
maladroitement donné le droit. Cela n'empêche pas,
assurément, que le scandale auquel on a voulu mettre
un terme ne soit très-réel et très-grand ; mais enfin,
les rieurs sont du côté du clergé, ce qui ne s'est pas
vu bien souvent dans le présent siècle. Vous rirez
aussi, monseigneur, en 1787, quand vos collègues se
mettront à faire de l'opposition dans l'assemblée des
notables, à tourner au vent libéral, ce qui ne peut
être chez eux qu'hypocrisie ou trahison, et à préparer
la chute du trône. Quand vous cesserez de rire, vous
commencerez à pleurer.

Mais M. de Narniers avait pourtant, ce jour-là,
une sorte d'excuse pour n'être pas à Meaux. Julien
était de son diocèse ; Julien était son protégé. Il est
vrai que Julien avait toujours paru se soucier assez
peu de la protection d'un tel prélat ; il est vrai encore

que l'évêque, tant que Julien était resté en disgrâce auprès de la reine, avait paru, de son côté, l'oublier absolument. Mais la disgrâce avait cessé, et le prédicateur pouvait devenir un personnage. On le savait, d'ailleurs, très-recherché du cardinal de Rohan, lequel parlait d'être bientôt ministre.

Donc, dans la sacristie, peu s'en fallut que M. de Narniers ne l'embrassât.

— Bonjour, cher abbé, bonjour!...

— Monseigneur...

— Vous êtes bien?...

— Je suis bien, monseigneur.

— Très-bien?...

— Monseigneur doit comprendre...

— Oui... C'est un jour où l'on perd aisément la tête...

— J'espère ne pas la perdre.

— Ne jurez de rien, cher abbé... Moi aussi je disais... Je... Enfin, le moment venu... Je...

— Monseigneur est bien humble.

— Je ne perdis pas la tête, au moins!...

— Ai-je eu l'air de le penser?

— Non... Mais... Je... Et qu'est-ce que vous allez nous prêcher, vous?...

— Voici.

— Voyons. « *Il y a un seul médiateur entre Dieu et les hommes, savoir Jésus-Christ...* »

Le prélat se gratta l'oreille.

— Un beau sujet, monseigneur.

— Oui... Oui... Mais...

— Monseigneur aurait préféré un autre texte?

— Je ne dis pas cela... Cependant... Un jour d'Assomption...

— Un texte pour l'Assomption?... Je ne sais pas trop où je l'aurais pris...

— On arrange... Et il vous a bien fallu arranger celui-là... Au fait, ce n'est pas si difficile. *Il y a un seul médiateur entre Dieu et les hommes, savoir Jésus-Christ...* et par conséquent sa mère, c'est clair...

— Pas si clair, monseigneur.

— Clair ou non, il faut bien que vous le disiez.

— Je ne le dirai pourtant pas...

— Miséricorde! un sermon philosophique?... Savez-vous bien ce qu'il m'en a coûté, à moi, pour avoir voulu faire un sermon philosophique sur un texte dans ce goût-là?... J'ai passé le plus effroyable quart d'heure...

— Mais, monseigneur...

— ... et je faillis perdre mon titre de prédicateur du roi...

— Mais...

— Un sermon philosophique!

— Mais, monseigneur, je ne vais pas faire un sermon philosophique...

— Et qu'est-ce que vous allez faire, alors?...

— Un sermon chrétien, j'espère.

— Oh! c'est la fin du monde!... s'écria le prélat, en se prenant la tête des deux mains. En voici bien d'une autre!... Un sermon chrétien!... *Chrétien!...*

Les nôtres étaient païens, apparemment?... *Chré-tien!...* Mais je m'en lave les mains. Vous êtes hors de mon diocèse ; c'était au grand aumônier à s'assurer de ce que vous prêcheriez... Je m'en lave les mains... Adieu...

Il courait vers la porte. Quelqu'un entra...

— Eh ! vous voilà, vous?... dit l'évêque. Il a fait des progrès, votre ex-disciple !... Je n'avais jamais cru que vous eussiez si fort raison quand vous me le donniez pour un indomptable ergoteur. Voilà qu'il va faire des siennes, et dans la chaire...

— Il ne prêchera pas.

— Je prêcherai !... s'écria Julien.

Cambel croisa les bras, et, le regardant en face :

— Vous ne prêcherez pas.

Et ce ne fut qu'après avoir joui un moment de son triomphe, — car Julien avait compris, à son ton, que la chose était certaine, — qu'il dit à M. de Narniers l'arrestation du cardinal. Une simple messe, sans sermon, allait remplacer le grand office.

Il raconta rapidement ce qu'on croyait savoir de cette fameuse affaire du collier. Le cardinal aurait montré au joaillier un faux billet de la reine, se serait fait livrer les diamants et les aurait gardés. D'autres disaient, et c'est ce que le procès allait prouver, qu'il avait été le premier dupé. Mais tout cela était encore dans d'épaisses ténèbres.

M. de Narniers s'en alla. Cambel resta.

— Vous aviez cru que je vous oubliais?... dit-il.

— Non. J'avais confiance en votre haine...

— Vous aviez raison.

— Seulement, elle ne me peut plus rien.

— Vous croyez?... Savez-vous pourquoi je venais à Versailles?

— Je n'ai pas besoin de le savoir...

— Et vous ne le saurez pas. Sachez une chose seulement : quand le grand aumônier n'aurait pas été arrêté, mes mesures étaient prises; vous ne montiez pas en chaire. Ce que j'aurais fait, c'est mon secret; essayez d'y monter une autre fois, et vous verrez si mon secret est bon. Oui, vous avez raison; ayez confiance en ma haine. De près, de loin, partout elle vous tiendra en échec. Je vous hais, car vous m'avez méprisé...

— Dites plutôt : « Car vous m'avez deviné... »

— Et vous me devinez encore. Oui; ma grande raison, c'est celle-là...

— Je devine mieux, Cambel. Votre grande raison...

— Bien dit. Oui, la plus grande, c'est qu'*elle* m'a dédaigné, c'est qu'*elle* vous a aimé...

— Et qu'elle m'aime...

— Vous osez le redire?...

— Vous espérez m'en empêcher?

— Mais, malheureux...

— Mais, misérable, ce n'est donc pas assez de nous avoir séparés? Tu voudrais...

— Je ne vous ai pas séparés. J'ai dit ce qui était, ce qui est...

— Et qu'as-tu dit?... Je veux le savoir enfin... Je le veux... Parle...

Cambel eut l'air profondément étonné, mais en même temps tout heureux d'avoir à porter un coup de plus.

— Elle ne vous l'a pas dit?... s'écria-t-il.

— Non.

— Eh bien, je vous le dirai, moi. Mademoiselle de Clavigny...

— Achevez.

— Que vous aimez...

— Achevez !

— Qui vous aime, dites-vous...

— Eh bien?...

— C'est votre sœur...

Julien tressaillit, mais ce fut tout. La foudre laisse quelquefois debout ceux qu'elle frappe. Il ne savait s'il était vivant ou mort.

— Eh bien, reprit Cambel, après l'avoir contemplé en souriant, commencez-vous à voir ce que c'est qu'un ancien jésuite?... Nous savons tout, et vous voyez que nous savons, au besoin, en faire usage. Madame de Clavigny n'était pas plus la mère de Marie que madame de Luxembourg n'est la vôtre. Adieu, Julien. La pièce n'a pas été trop mal filée, n'est-ce pas?... Mais patience. Nous n'en sommes peut-être qu'au premier acte, au second tout au plus...

Julien releva la tête. Il était affreusement pâle, mais calme.

— Cambel, dit-il, je n'ai jamais mis en doute

votre adresse, pas plus que votre haine. La pièce, comme vous dites, n'est peut-être pas finie. Vous m'attendez aux actes qui vont suivre, et je vous attends, moi, au dernier... Celui-là, c'est toujours Dieu qui le fait.

FIN DU TROISIÈME VOLUME.

Paris. — Imprimerie de Gustave GRATIOT, rue Mazarine, 30.

OUVRAGES QUI SE TROUVENT CHEZ LES MÊMES LIBRAIRES

La France protestante, ou Vies des protestants français qui se sont fait un nom dans l'histoire, par MM. Em. et Eug. HAAG. L'ouvrage sera publié en dix parties ou demi-volumes, formant 5 vol. grand in-8. Les demi-volumes 1 à 6 ont paru. Prix de chaque partie ou demi-volume.   4 fr.

Gymnastique populaire, traité élémentaire de gymnastique rationnelle, hygiénique et orthopédique, précédé de la gymnastique de la première enfance et des vieillards, suivie d'une esquisse de gymnastique militaire, par P. H. CLIAS, Genève, 2 vol. in-12, dont un de planches.   7 fr. 50 c.

Description des Mollusques fossiles qui se trouvent dans les grès verts des environs de Genève, par F. J. PICTET et W. ROUX, 4e livr. *Acéphales pleuroconques*. Genève, in-4, fig.   15 fr.

Statistique de la Suisse ou tableau des forces matérielles et morales des 22 cantons comparés entre eux et avec les pays voisins, par M. FRANSCINI, membre du conseil fédéral, traduction augmentée de nouveaux détails, 1re livraison. Lausanne, in-8.   1 fr. 50 c.
  L'ouvrage complet formera 12 livraisons qui paraîtront de mois en mois.

Six nouvelles contemporaines, par M. DE X. Genève, 1853, 1 beau vol. in-8.   8 fr.

Le Roi Babolein, comédie de marionnettes, par Marc MONNIER. Genève, 1853, in-12.   1 fr. 25 c.

Les Écoles du Doute et l'École de la Foi, par A. DE GASPARIN. Genève, 1 beau vol. in-8.   9 fr.

Adélaïde Lindsay, par l'auteur d'*Emilia Wyndham*, trad. de l'anglais. Genève, 1 vol. in-12.   3 fr. 50 c.

Voyages dans les Alpes, partie pittoresque des ouvrages de H.-B. DE SAUSSURE, publiée par M. A. Sayous. Paris, 1 vol. in-12.   3 fr. 50 c.

Panorama d'historiettes, recueil de récits et entretiens pour tous les âges, par A. DE MOLLER. Zurich, 1 vol. in-12, fig.   3 fr. 50 c.

Étrennes religieuses pour 1854. Genève, 1 vol. in-12.   2 fr. 50 c.

Le Mémorial de famille, par Émile SOUVESTRE. Paris, 1 volume in-12.   3 fr. 50 c.

Études sur les écrivains français de la Réformation, par A. SAYOUS, 2e édition. Paris, 2 vol. in-12.   7 fr.

Liberté, Vérité, Charité, prédication chrétienne protestante, par J. MARTIN PASCHOUD, pasteur. 1re série. Paris, in-12 de 60 pages.   60 c.

Causeries historiques et littéraires, par Émile SOUVESTRE. Genève, 2 vol. in-12.   7 fr.

Le Dimanche du grand'père, par J. GOTTHELF, histoire bernoise trad. de l'allemand, par F. NEAF. Genève, 1 vol. in-12.   1 fr. 50 c.

L'Expiation, par le docteur BEMAN, trad. de l'anglais par M. ***, précédé d'une Introduction, par Ph. BOUCHER, chapelain du roi de Hollande. 1 vol. in-12 de 108 et VIII pages.   1 fr. 50 c.

Les Voisins, par Mlle F. BREMER, trad. du texte suédois, par Mlle R. DU PUGET, avec l'autorisation de l'auteur. 1 vol. in-16.   3 fr. 50 c.

Le Foyer Domestique, par Mlle BREMER, trad. du suédois, par Mlle R. DU PUGET, avec autorisation de l'auteur. 1 vol. in-16.   3 fr. 50 c.

Paris. — Imprimerie de G. GRATIOT, rue Mazarine, 30.

www.ingramcontent.com/pod-product-compliance
Lightning Source LLC
Chambersburg PA
CBHW070323030726
47505CB00004B/1066